W0014482

Né en 1977, Valentin Musso est l'auteur de nombreux succès traduits dans plusieurs langues. Agrégé de lettres, il enseigne la littérature et les langues anciennes dans les Alpes-Maritimes. En quelques années, il a su s'imposer comme l'une des voix les plus originales du thriller français, notamment avec *Le Murmure de l'ogre*, *Une vraie famille* et *Dernier été pour Lisa*, tous disponibles chez Points.

DU MÊME AUTEUR

La Ronde des innocents
Les Nouveaux Auteurs, 2010
et « Points », nº P2627

Les Cendres froides
Les Nouveaux Auteurs, 2011
et « Points », nº P2830

Le Murmure de l'ogre
Prix Sang d'Encre des Lycéens
Seuil, 2012
et « Points », nº P3143

Sans faille
Seuil, 2014
et « Points », nº P4000

Une vraie famille
Seuil, 2015
et « Points », nº P4333

La Femme à droite sur la photo
Seuil, 2017
et « Points », nº P4817

Dernier été pour Lisa
Seuil, 2018
et « Points », nº P5025

Valentin Musso

UN AUTRE JOUR

ROMAN

Seuil

TEXTE INTÉGRAL

Pour les citations au fil du texte :

Henning Mankell, *L'Homme inquiet*,
traduit du suédois par Anna Gibson, © Éditions du Seuil,
coll. « Seuil Policiers », 2010

Thomas H. Cook, *Les Leçons du Mal*,
traduit de l'anglais (États-Unis) par Philippe Loubat-Delranc,
© Éditions du Seuil, coll. « Seuil Policiers », 2011

La traduction du sonnet 123 de William Shakespeare
est empruntée à Remo Bodei dans son ouvrage
La Sensation de déjà vu, traduit de l'italien
par Jean-Paul Manganaro, © Éditions du Seuil,
coll. « La Bibliothèque du XXIe siècle », 2007

Fiodor Dostoïevski, *Crime et Châtiment*,
traduit du russe par Pierre Pascal, © Flammarion,
coll. « GF », 1984, 2011

Gabriel García Márquez, *Vivre pour la raconter*,
© Éditions Grasset & Fasquelle, 2003,
dans la traduction d'Annie Morvan

La citation de *Woyzeck*, de Georg Büchner,
a été traduite par l'auteur

ISBN 978-2-7578-8091-3
(ISBN 978-2-02-142351-8, 1ère publication poche)

Prologue

Un paquet de chips coincé dans un distributeur. Voilà à quoi tient une vie.

Zoe Sparks avait eu, selon ses propres mots, « une journée de merde ». Une machine à café en rade, un énième retard au travail, des dossiers qui se multipliaient sur son bureau comme des petits pains, les récriminations incessantes de son patron, les jérémiades de Ruby, sa collègue, qui s'accrochait à son ex comme une naufragée à un radeau de fortune, sans compter ce temps pourri qui lui mettait le moral à zéro. Nuages bas dans le ciel, froid, pluie… Depuis une semaine, son parapluie aux baleines cassées était devenu un prolongement de sa main ; impossible de sortir sans.

Zoe n'avait qu'une envie : rentrer chez elle, se faire couler un bain, allumer quelques bougies et, s'il en restait dans son frigidaire, se servir un verre de vin. De quoi se donner l'illusion que sa morne vie de célibataire n'était pas aussi pathétique qu'elle en avait l'air.

Il faisait déjà nuit. La pluie martelait l'asphalte à ses pieds. Ses talons hauts étaient trempés. Quelle gourde, aussi, de mettre des talons par un temps pareil ! Parapluie collé à son crâne, elle descendit la passerelle qui conduisait à l'arrêt de bus. Elle jeta un coup d'œil à sa montre : inutile de se presser, elle avait encore dix bonnes minutes devant elle.

Son ventre criait famine. Elle avait à peine eu le temps à midi d'avaler un sandwich thon-crudités aussi insipide que rachitique. À l'abri sous la galerie, elle s'arrêta devant un distributeur automatique. *Le* distributeur automatique. Celui qui lui faisait les yeux doux chaque soir après le travail et aux sirènes duquel elle succombait quand elle avait le moral en berne. Boissons gazeuses, barres chocolatées, bonbons, chips… un vrai panel de cochonneries. Exactement ce dont elle avait besoin. Elle promena un doigt indécis sur la vitre et opta pour le paquet de chips. Elle avait envie d'un truc salé. Et d'un soda peut-être… Non, mieux valait être raisonnable. Elle se contenterait de la bouteille d'eau qu'elle avait toujours avec elle dans son sac.

Elle prit deux pièces dans son porte-monnaie et les introduisit dans l'appareil. Composa sur le clavier le numéro 13. *Mauvais présage*, se moqua-t-elle intérieurement.

On n'aurait pu mieux dire. La spirale métallique se mit en branle. Le paquet avança doucement dans la rangée, glissant dans un discret ronronnement. Mais il ne tomba pas. Il demeura coincé, à moitié dans le vide, à moitié retenu par la spirale.

– Tombe. Tombe… répéta Zoe, comme si elle était sur le point de gagner ou de perdre une fortune au casino.

Elle tapa à coups répétés sur la vitre, ce qui n'eut aucun effet. Elle appuya sur le bouton dans l'espoir de récupérer ses pièces. Il ne se passa rien. Elle pesta. Cet insignifiant paquet de chips était devenu son graal, son unique horizon. Elle le voulait, elle l'aurait… Elle avait payé pour, et sa journée ne se terminerait pas par une humiliante défaite face à une stupide machine.

Après s'être retournée pour vérifier que personne ne l'observait, par peur de passer pour folle, elle empoigna le distributeur de chaque côté et tenta de le secouer en y mettant toutes ses forces, mais il demeura arrimé au sol comme un arbre centenaire. Elle enfonça alors une main dans le réceptacle de monnaie et appuya à nouveau frénétiquement sur le bouton, à la manière d'un adolescent addict sur les commandes de sa console de jeux. Elle sentit des larmes perler à ses yeux. Non, elle n'allait pas se mettre à chialer pour un paquet de chips ! Elle était pitoyable. Sa vie était pitoyable. De rage, elle envoya un ultime coup de pied dans la machine.

C'est alors qu'elle entendit le bus. Elle tourna la tête, brutalement ramenée à la réalité. Il venait de se garer le long du trottoir, devant l'abri. Trois ou quatre personnes montaient déjà à l'intérieur.

Au lieu de réagir sur-le-champ, de se mettre à courir comme l'aurait fait n'importe qui, Zoe regarda bêtement sa montre : bon sang, ce fichu bus était en avance de cinq minutes ! À moins que ce ne soit sa montre qui…

Délaissant le paquet de chips qu'elle n'obtiendrait jamais, elle se décida à courir sous la galerie, traînant son parapluie grand ouvert derrière elle. Elle devait avoir l'air comique ! Ses talons la ralentissaient. Elle avait l'impression que ses jambes étaient lestées par du plomb. Quand enfin elle atteignit le trottoir, le bus venait de redémarrer.

– Hé ! Attendez ! hurla-t-elle.

Bien qu'essoufflée – voilà ce que c'était que de ne jamais faire de sport –, elle se remit à courir sur le trottoir, tout en agitant les bras de façon désespérée. Ce fichu bus allait bien s'arrêter… Le chauffeur l'avait vue dans le rétroviseur, elle en était certaine. Mais, loin de ralentir, il prit son élan et s'élança sur la chaussée. Lâchant son parapluie, Zoe parvint tout juste à effleurer la carrosserie à l'arrière du véhicule avant de trébucher et de tomber à terre.

Désormais seule, le pantalon dégoulinant, les mains écorchées, elle regarda le bus s'éloigner. La pluie ruisselait sur son visage. Les larmes remontèrent en elle, mais elle décida de ne pas se laisser abattre. Elle se releva, referma les pans de son manteau, puis ramassa son parapluie avant de se hâter de rejoindre l'abri.

Elle n'arrivait pas à y croire. Quarante minutes ! Elle allait devoir poireauter quarante minutes avant le prochain bus ! Par beau temps, il lui arrivait de rentrer chez elle à pied ; lorsqu'elle était en forme, elle accomplissait même le trajet en une demi-heure. Mais là… même pas la peine d'y songer. Elle était déjà trempée jusqu'aux os.

Perdue dans ses pensées, elle ne vit pas le véhicule arriver sur sa gauche. Elle ne le remarqua que lorsqu'il se fut arrêté pile devant l'arrêt de bus. Un minivan gris, un vieux modèle, dont la carrosserie était striée d'éraflures. Le moteur était resté allumé. Zoe jeta des regards peu rassurés autour d'elle : il n'y avait plus âme qui vive. Ce n'est qu'au bout d'une trentaine de secondes que la vitre côté passager s'ouvrit.

– Vous l'avez loupé ? demanda une voix. Vous ne vous êtes pas fait mal, au moins ?

Zoe pencha la tête sur le côté, mais le conducteur demeura une simple silhouette plongée dans l'ombre. Elle se sentait mal à l'aise. Qu'est-ce que ce type lui voulait ?

– Je peux vous dépanner ? reprit la voix.

Zoe sentit un frisson lui parcourir l'échine. Elle recula d'un pas dans l'abri, en serrant son manteau autour de son corps et en tirant sur son écharpe. Rester calme et courtoise. Ne surtout pas rentrer dans le jeu de cet inconnu, au risque de ne plus pouvoir s'en débarrasser.

– Non merci, je vais me débrouiller…

– Vous êtes sûre ? Il fait vraiment un temps de chien !

En parlant de chien… Venait d'émerger côté passager une deuxième tête, adorable, avec de grands yeux noirs et des oreilles tombantes. Un épagneul marron et blanc.

– Qu'il est mignon ! s'exclama Zoe, soudain attendrie.

Elle s'approcha de la portière.

– Il s'appelle Cobain, dit la voix.

– Quel drôle de nom !

– C'est en hommage à Kurt Cobain. Vous savez, le chanteur de Nirvana…

Elle haussa les sourcils.

– Je n'y connais pas grand-chose en musique.

– Vous ne savez pas ce que vous manquez. Allez-y, vous pouvez le caresser, il ne ferait pas de mal à une mouche.

Prudemment, Zoe s'avança encore un peu. Comme s'il avait tout compris de leur dialogue, le chien passa la tête à travers la vitre baissée. Elle lui frictionna le crâne et les oreilles.

– Que tu es gentil, toi, que tu es gentil…

L'animal émit aussitôt un grognement de satisfaction. Zoe pouvait désormais voir le visage de l'homme. La trentaine. Un peu enrobé, le front dégarni mais le visage avenant, presque poupon. Il lui sourit.

– Bon, vous n'allez pas rester comme ça sous la pluie. Avec cette grève, en plus…

– « Cette grève » ? répéta la jeune femme, soudain inquiète.

– Vous n'êtes pas au courant ? Il n'y a qu'un bus sur deux qui circule aujourd'hui. Deux chauffeurs ont été agressés la semaine dernière. On vit dans un monde de dingues, c'est moi qui vous le dis… On n'est plus en sécurité nulle part.

Elle n'avait pas entendu parler de cette grève. Il faut dire, pour le peu qu'elle écoutait les infos…

– Vous habitez où ? continua l'homme. Si c'est sur ma route…

Zoe hésita. Elle continua de frictionner la tête de l'épagneul pour se donner une contenance, puis lui donna le nom d'un quartier proche du sien, pour ne pas trop s'engager.

– Oh, ça ne me fera faire qu'un tout petit détour.

L'homme se pencha et ouvrit la portière côté passager. Aussitôt, le chien sauta entre les deux sièges pour gagner l'arrière du véhicule.

Zoe se retourna, regarda avec dépit l'abri vide martelé par la pluie, repensa au distributeur automatique. Non, elle n'avait pas le courage d'attendre…

– D'accord, c'est gentil à vous, fit-elle en grimpant dans le minivan.

L'intérieur était impeccable. Il flottait dans l'air une forte odeur de produit nettoyant. Une petite croix dorée pendait au-dessus du tableau de bord.

L'homme mit son clignotant et jeta un coup d'œil au rétroviseur. Zoe remarqua qu'il portait des gants en cuir usé. Elle observa son visage et distingua sur son front dégarni une grosse tache de naissance, comme celle qu'avait cet ancien dirigeant soviétique dont elle ne se rappelait plus le nom.

– Attachez votre ceinture, on n'est jamais trop prudent.

Il alluma l'autoradio. Accords de guitare. Applaudissements du public. Voix rocailleuse.

I need an easy friend
I do, with an ear to lend

– C'est joli.

– Kurt Cobain. Vous ne connaissez vraiment pas ?

– Si si, ça me revient maintenant, dit-elle pour ne pas avoir l'air ignare.

– Ce chauffeur… je suis sûr qu'il vous avait vue. Qu'est-ce que ça lui aurait coûté de vous laisser monter ?

– Ça, je suis bien d'accord !

– Laisser une jeune femme la nuit à attendre seule au bord d'une route déserte…

– Oh, je sais me défendre !

– Je n'en doute pas. Vous avez l'air costaud dans votre genre. Vous ne feriez pas des arts martiaux ou un truc comme ça ?

– Non.

– Vous savez, j'aime les femmes qui ne se laissent pas faire, qui savent tenir tête. Je trouve ça plus drôle.

– Comment ça, « plus drôle » ?

– Plus drôle, répéta-t-il d'un ton atone.

Sentant les battements de son cœur s'accélérer, Zoe tourna la tête vers le chien. L'épagneul, qui lui avait paru adorable quelques minutes plus tôt, lui adressait à présent un regard triste. Presque désespéré.

L'homme continuait de fixer la route devant lui, sans plus faire attention à elle.

– Ça ne sera plus très long maintenant, murmura-t-il, le visage impassible.

Et, à ce moment précis, Zoe Sparks comprit qu'en montant dans cette voiture elle avait commis la plus grosse erreur de son existence.

PREMIÈRE PARTIE

« C'était comme si un grand silence venait de descendre sur lui. Comme si les couleurs s'étaient effacées en laissant derrière elles quelque chose, en noir et blanc, à son intention. »

Henning Mankell, *L'Homme inquiet*

Tu t'appelles Adam Chapman, tu as 41 ans et tu es architecte. Tu es marié depuis huit ans à Claire, la femme que tu aimes, la seule femme que tu aies jamais aimée.

Tu as su dès le premier jour qu'elle était celle avec qui tu passerais le reste de ton existence. Un être comme même le plus chanceux des hommes n'en rencontre qu'un dans sa vie.

Nous sommes le samedi 8 juin 2019. Il est cinq heures et demie du matin. Pour le moment, tu dors. Tu ne le sais pas encore, mais cette journée sera la pire de toute ton existence. L'univers confortable et rassurant que tu t'es construit au fil des ans va s'effondrer comme un château de cartes. Après cette journée, rien ne sera plus comme avant.

En quelques secondes, tu vas tout perdre. En quelques secondes, tu deviendras une ombre, un être vide et sans avenir.

Tu es prêt, Adam ?

1

Adam se réveilla en sursaut, le front couvert de sueur. Le sang battait à ses tempes comme des baguettes sur un tambour. La chambre était encore plongée dans le noir. Pas le moindre rayon de lumière ne passait à travers les rideaux tirés.

Son corps tout entier était pris de panique. Mais la panique n'était qu'une conséquence, un symptôme. Il ressentait au plus profond de lui-même une horrible intuition, même si cette intuition ne recouvrait rien de vraiment précis. Quelque chose n'allait pas, tout simplement.

Sa bouche était sèche, pâteuse. Il était mort de soif.

Quelle heure était-il ? Le réveil sur la table de chevet avait rendu l'âme la veille. Adam ne l'avait pas débranché et il n'affichait qu'une suite de signes dénués de sens. Sa main tâtonna sur la moquette et s'empara du téléphone portable.

05:32
samedi 8 juin

En fond d'écran, une photo de Claire et de lui. Un selfie qu'il avait fait dans une grande roue six mois plus tôt au moment des fêtes de Noël. Il avait été pris de vertige quand la nacelle s'était élevée et que le paysage autour de lui s'était transformé en un immense décor miniature. Ce foutu vertige… Il avait par moments l'impression d'être redevenu un gosse.

Il tendit la main de l'autre côté du lit. Vide. Sa panique redoubla. Où était Claire ? Avait-il été brutalement tiré de son sommeil parce qu'elle n'était plus là ? Il tenta de se raisonner :

Ne sois pas stupide, Claire n'est pas là. Elle est chez ses parents, à la maison du lac.

Il se redressa dans le lit et inspira profondément.

Calme-toi, nom de Dieu !

Plus facile à dire qu'à faire. Sa poitrine semblait prise dans un étau. Il sentait des perles de sueur couler sur son front.

Claire est chez ses parents, se répéta-t-il. *Tu as simplement dû faire un cauchemar.*

Sauf qu'il n'avait pas le moindre souvenir de ce fameux cauchemar. C'était autre chose, mais quoi ?

Il se leva. Ses pieds trouvèrent le contact rassurant de la moquette. Il enfila à l'aveugle son bas de survêtement qui traînait au pied du lit et sortit de la chambre.

Dans la salle de bains, il but tout son soûl directement au robinet puis passa son visage moite sous l'eau. Il alluma le néon au-dessus du miroir et contempla son reflet. Ses traits étaient tirés, ses yeux éteints, ses joues d'une pâleur effrayante. Il était méconnaissable.

Qu'est-ce qui t'arrive, mon vieux ?

Ses mains, posées sur le rebord du lavabo, furent prises d'un tremblement. Il essaya de le faire cesser en serrant les poings, si fort que ses ongles s'enfoncèrent dans sa peau.

Il ouvrit l'armoire à pharmacie, en retira tous les produits et flacons pour accéder, tout au fond, à un petit tube de médicaments. Sa cachette.

Sur l'étiquette, son nom, Adam Chapman, et en dessous celui du docteur Anabella Childress, qui lui avait fait cette prescription.

Il déposa une pilule dans le creux de sa main. Puis, après une brève hésitation, en ajouta deux autres.

Tu es sûr de toi ? Tu crois vraiment que c'est raisonnable ?

Non, il n'en était pas sûr, mais le monde entier pouvait aller se faire foutre, il avait besoin de ces pilules.

*

Son mauvais pressentiment ne voulait pas le quitter. Il était tapi au fond de lui, comme un animal sournois prêt à attaquer. Jamais il n'avait ressenti une telle sensation.

Debout dans la cuisine, Adam se servit une nouvelle tasse de café au goût de brûlé – quand Claire n'était pas là, la préparation du breuvage tournait systématiquement au fiasco. Machinalement, il prit la télécommande et alluma la télé comme il le faisait chaque matin. Une chaîne d'information en continu diffusait les indices boursiers du jour. Adam demeura le regard fixé sur l'écran, l'esprit vide. Il ne tarda cependant pas à éteindre le poste. Il tritura son téléphone portable durant quelques secondes, puis appela pour la quatrième fois le même numéro.

Réponds. Réponds…

« Vous êtes bien sur la messagerie de Claire. Je ne suis pas disponible pour le moment mais… »

Sa femme se levait toujours aux aurores, même le week-end, même en vacances. Et elle ne se séparait jamais de son téléphone. C'était une manie chez elle, une vraie addiction. Sa messagerie, les infos, Instagram, Facebook… elle était capable de se connecter trente fois par jour. « Pour ne rien rater », disait-elle, ce qui avait le don de l'horripiler, lui qui utilisait son mobile presque uniquement pour le travail.

Quand elle allait courir le matin tôt sur la plage, Claire mettait des écouteurs et lançait sa playlist sur son téléphone. Elle avait forcément reçu ses précédents appels. À moins que, pour une fois, elle ne soit pas allée courir…

Pourquoi ce besoin irrépressible de lui parler ? De quoi avait-il peur ? Claire était en sécurité chez ses parents. Et pourtant…

Il hésita, puis chercha dans ses contacts le numéro de Clarissa et de John Durning. Il se sentit aussitôt ridicule. Que pourrait-il leur dire pour justifier un appel aussi matinal ? « J'ai eu un pressentiment. » « Quelque chose ne tourne pas rond chez moi. Vous voyez, vous avez raison : votre gendre est un doux dingue. » Il leur offrirait sur un plateau une nouvelle raison de le critiquer et de le rabaisser. Car Adam ne se berçait pas d'illusions, il connaissait très bien l'opinion que les Durning avaient de lui. C'étaient des regards, des petites remarques, un ton supérieur dans la voix qu'il était visiblement le seul à déceler. « Tu te fais des idées », lui disait Claire quand il s'en plaignait, mais elle prenait alors le même air condescendant et amusé que sa mère. À la longue, il avait capitulé et désormais rongeait son frein en silence.

Malgré sa réussite professionnelle, malgré les efforts qu'il avait déployés, il resterait à jamais une pièce rapportée, la cinquième roue du carrosse. Claire et lui n'étaient pas du même monde et ne le seraient jamais. On n'efface pas ses origines. On ne rattrape pas les écoles privées, les week-ends à Cape Cod, les vacances en Europe et tous les signes d'une jeunesse dorée. Cela ne l'avait pourtant pas empêché de tomber fou amoureux d'elle. Et amoureux, il l'était toujours, peut-être encore plus qu'avant, même si ses angoisses et ses problèmes lui faisaient négliger Claire depuis trop longtemps.

Adam ravala sa fierté et appuya sur le bouton d'appel. Peu importait ce qu'il prétexterait, il improviserait. Il était toujours meilleur dans l'urgence.

Quatre sonneries et le répondeur s'enclencha. Il raccrocha. Qu'est-ce qu'il s'imaginait ? À une heure pareille… Contrairement à sa fille, Clarissa était une lève-tard. Non par paresse mais à cause d'affreuses insomnies qui l'empêchaient de trouver le sommeil avant le petit matin. Quant à John, il était en général debout à l'aube, mais c'était pour faire de longues balades avec son chien – de race, bien entendu, un magnifique lévrier du pharaon – ou aller pêcher au lac, pour avoir la paix.

Adam s'assit au comptoir de la cuisine et essaya de se calmer. Il vérifia sur son téléphone ses messages et son agenda. Réunion à 10 heures. Un samedi…

Ce foutu projet le mettait sur les nerfs. Réhabilitation d'un immeuble ancien de mille mètres carrés en plein cœur de la ville. Le plus gros défi que le cabinet ait eu à relever. L'immeuble de cinq étages était insalubre et dans un état lamentable, mais la municipalité avait interdit sa démolition, pour « conserver le patrimoine et la cohérence architecturale de la rue » – rien de moins. Voilà six mois qu'il guerroyait contre elle et se débattait avec la cohorte des normes qui pouvaient rendre ce boulot cauchemardesque.

Quelques années plus tôt, un tel projet l'aurait rempli d'enthousiasme. À l'époque, rien ne pouvait freiner son ambition. Il était toujours prêt à bouffer du lion, à gravir les montagnes. Mais à présent Adam se sentait vidé, déprimé. S'il s'était battu pour décrocher ce contrat, c'était qu'il y était bien obligé : l'entreprise était dans le rouge, à deux doigts de mettre la clé sous la porte. C'était aussi par fierté, pour ne pas passer aux yeux de sa femme pour un raté, alors même qu'elle ne lui avait jamais mis la moindre pression sur les épaules et qu'elle n'accordait aucune importance aux apparences ou à l'argent.

Le téléphone d'Adam vibra. Apparut sur l'écran le visage de son associé et ami. Il hésita, mais se sentit obligé de décrocher.

– Salut, mon vieux. Je ne te réveille pas ?

– Tu plaisantes ? J'étais en train de boire un café et d'écouter les infos.

Sa voix, il le savait, trahissait sa fébrilité. Il était pourtant capable d'habitude de donner le change même quand les choses n'allaient pas.

– Alors ? Sympa, ta petite vie de célibataire ?

Adam se frotta les yeux.

– Claire est partie depuis un jour seulement... Qu'est-ce que tu imagines ? Que je suis allé faire la nouba en sortant du boulot hier soir ? J'étais crevé, je suis directement rentré me coucher.

– Ah, la morne vie des hommes mariés, et fidèles par-dessus le marché... C'est déprimant ! Eh bien moi, je suis allé prendre un dernier verre au Paradiso après t'avoir quitté. J'y ai fait la rencontre d'une délicieuse rousse du nom de Samantha, mais si tu veux mon avis elle m'a donné un prénom bidon, je crois qu'elle est mariée...

Adam n'écoutait déjà plus son ami. L'histoire qu'il allait raconter, il l'avait entendue cent fois dans sa bouche. Carl n'avait jamais été capable de la moindre relation durable avec une femme. Il enchaînait les rencontres sans lendemain, affichant un penchant presque maladif pour les amours adultérines. Il appartenait à cette catégorie d'hommes ni beaux ni particulièrement charismatiques, mais qui croient tellement en leur potentiel de séduction qu'ils finissent par en devenir réellement séduisants.

– Tu n'as pas oublié notre rendez-vous, au moins ? demanda Carl une fois qu'il eut terminé le récit de ses exploits.

– Comment est-ce que j'aurais pu l'oublier ?

– Je ne sais pas, je te sens distrait en ce moment. Bon, j'espère que tu es en forme, parce qu'il va falloir sortir l'artillerie lourde. Le type dont je t'ai parlé siège au conseil municipal. Et je crois vraiment qu'il peut nous sauver la mise pour l'autorisation de modification des façades…

Adam n'avait jamais senti ce rendez-vous. Rencontrer un politique en douce en plein week-end n'avait vraiment rien de rassurant.

– Carl, je sais qu'on en a déjà parlé, mais je préfère me répéter : je ne veux pas de coups tordus. Je veux qu'on reste dans la plus stricte légalité, tu entends ?

– Quels « coups tordus » ?

– Ne fais pas semblant de ne pas comprendre… On joue notre affaire sur ce projet !

– Arrête un peu de t'inquiéter pour tout. Il n'y a pas que nous qui jouons gros : cet immeuble peut redynamiser tout un quartier. Tu imagines les retombées économiques ? Et ça, je peux te dire que la Ville en a parfaitement conscience.

Adam se massa le front. Un mal de crâne le guettait, qui risquait de ne pas le quitter de la journée. Il n'avait qu'une envie : mettre un terme à cette conversation.

– Bon, on se dit à tout à l'heure ?

– 10 heures au chantier. Et essaie de ne pas être en retard, pour une fois.

Après avoir raccroché, Adam monta dans la mezzanine et se dirigea vers son bureau, au-dessus duquel étaient punaisés plans et photos du chantier. Il ouvrit le tiroir du bas et farfouilla sous des dossiers pour récupérer un paquet de cigarettes presque vide. Il avait arrêté un an plus tôt. Ça, c'était la version officielle qu'il servait à Claire, à Carl et à tous ceux qui le croyaient capable d'une telle résolution. Mais, dès qu'il était seul, il ne résistait pas à la tentation d'en griller une. Puis une autre. Puis encore une autre. Récemment, il avait lu dans un journal une étude scientifique déprimante qui montrait que le nombre de cigarettes fumées n'avait presque aucune incidence sur les risques liés au tabagisme : trois cigarettes ou vingt par jour, vous étiez bon de toute façon pour un cancer ou un infarctus. Alors, pourquoi se priver ?

Il ouvrit la fenêtre sous pente et alluma sa cigarette. La fumée dans ses poumons le rasséréna. Mais cette sensation ne dura que quelques secondes. Son angoisse ne voulait pas le lâcher.

*

Perdu dans ses pensées, Adam n'avait même pas remarqué que le jet brûlant de la douche avait ponctué son torse de traces rougeâtres. Il ferma le robinet et passa une main sur sa peau endolorie. En sortant de la cabine, il se prit un pied dans le tapis de bain tandis que l'autre glissait sur le carrelage. Il n'évita la chute qu'en se rattrapant à la porte de la cabine.

Il noua une serviette autour de sa taille et regagna la chambre, dont il n'avait même pas pris la peine d'ouvrir les volets. Il s'empara de son téléphone, laissé sur les draps défaits, dans l'idée d'appeler Claire une nouvelle fois.

Il constata alors qu'il avait reçu deux appels en absence. Même numéro. Inconnu. Et il n'y avait pas de message.

L'horrible intuition qui l'avait tiré de son sommeil le saisit à nouveau. Qui avait pu vouloir le joindre à une heure pareille ? Il alla dans les favoris et composa pour la cinquième fois le numéro de sa femme.

Il n'y eut cette fois que deux sonneries avant que l'on décroche. Une voix. Ce n'était pas celle de Claire. Adam ne le savait pas encore, mais ce ne serait plus jamais celle de Claire.

– Monsieur Chapman ? demanda un homme à l'autre bout du fil.

– Qui… qui est à l'appareil ?

– J'ai essayé de vous appeler, mais vous ne décrochiez pas. Je m'appelle Miller. Inspecteur Andy Miller.

Le ventre d'Adam se noua.

– La police ? Où est Claire ?

Moment de silence. Respiration gênée.

– Il faudrait que vous veniez au plus vite chez vos beaux-parents. Je veux dire… à leur maison près du lac. Je suis désolé.

Adam était resté debout à côté de son lit. Durant quelques secondes, il ne trouva rien à dire. Ou plutôt il avait trop de choses à dire, mais les mots restaient bloqués au fond de sa gorge.

– Qu'est-ce qui se passe ? finit-il par crier dans le téléphone. Qu'est-ce que vous faites avec le téléphone de ma femme ? Où est-elle ?

– Votre femme… Elle est… Je suis vraiment désolé, monsieur Chapman. Vous devriez venir au plus vite.

2

Il fallait d'habitude une heure et quart à Adam pour accomplir le trajet depuis son domicile jusqu'au lac. Cette fois, il avait fait la route en moins d'une heure, dans un état second, sans jamais respecter les limitations de vitesse. En quittant la ville, il avait grillé un stop et failli se faire emboutir par un camion.

Le monde autour de lui était devenu une masse nébuleuse, un décor informe. Comment imaginer que ce monde pouvait continuer à tourner comme avant quand le sien venait de s'effondrer ?

Le visage de Claire ne le quittait pas. Un visage sur lequel était gravée une expression qu'il ne lui avait jamais vue : la panique.

Morte… « Votre femme est morte. Elle a été assassinée… » Les mots de l'inspecteur Miller revenaient en boucle dans sa tête, mais il n'arrivait toujours pas à leur donner un sens. Ils ne formaient qu'un brouet au fond de son cerveau.

En atteignant le bout de l'allée de gravier, Adam ne regarda ni la grande maison blanche victorienne à deux étages ni le jardin soigneusement entretenu où ils avaient pris tant de repas pendant les vacances, quand le temps ne semblait plus être une chose qui mérite qu'on s'en soucie. Il vit seulement les véhicules garés de façon anarchique devant l'entrée : une ambulance, deux voitures de police et un fourgon blanc – de la police scientifique, comme il l'apprendrait bientôt.

Il se gara un peu en retrait, comme s'il voulait retarder l'instant fatidique, comme s'il espérait secrètement qu'il pourrait échapper à la réalité qui l'attendait.

En sortant de son 4 × 4, il fut pris d'un vertige, si bien qu'il dut prendre appui contre le capot. Il ferma les yeux un instant.

Claire, Claire, dis-moi que c'est un cauchemar. Dis-moi que tout va bien.

Des images de la veille s'immiscèrent en lui.

Le petit déjeuner qu'ils avaient pris dans la cuisine. Claire assise en face de lui, à contre-jour, les rayons du soleil créant un halo diffus autour de sa chevelure blonde. Le sourire radieux qu'elle lui avait adressé quand il avait évoqué le prochain voyage qu'ils feraient à l'été en Europe. Ils s'y étaient rendus trois ans plus tôt mais Claire rêvait d'y retourner.

Il l'avait aidée à ranger ses bagages dans le coffre de la voiture, se demandant pourquoi elle éprouvait toujours le besoin d'emporter autant de valises pour un simple week-end. Ils s'étaient embrassés et, au moment où elle démarrait le moteur, il lui avait lancé : « *¡ Hasta la vista, baby !* » Une taquinerie, une plaisanterie entre eux – c'était une réplique culte du film *Terminator 2*, qu'il avait vu une bonne vingtaine de fois mais qu'elle détestait.

Ces moments banals de l'existence, il ne les vivrait plus jamais et ce simple constat lui était impossible à accepter.

Dès qu'Adam eut refermé la portière, un homme sortit de la maison et vint dans sa direction.

– Monsieur Chapman ? Inspecteur Miller, de la brigade criminelle.

La quarantaine, des yeux noirs enfoncés dans leur orbite, barbe de trois jours, le policier portait un costume avachi et une cravate à moitié dénouée. Il tendit une main qu'Adam serra machinalement.

– Je suis vraiment désolé, ajouta-t-il.

Combien de fois allait-il répéter ce mot ? Sa pitié, Adam n'en avait strictement rien à faire. Qu'est-ce que sa femme pouvait bien représenter pour lui ? Une victime parmi des centaines d'autres, un chiffre insignifiant dans des putains de statistiques, rien de plus.

– Où est Claire ?

– Je sais combien ce moment doit être…

– Où est-elle ?

Miller fit une petite grimace en secouant la tête.

– Votre femme n'est plus ici. Son corps a été… Bref, vous pourrez la voir, mais plus tard.

Non, j'ai besoin de la voir maintenant…

– À quel endroit est-elle morte ?

« Morte ». Le mot lui sembla encore plus irréel et incongru que dans la bouche de l'inspecteur une heure plus tôt. C'était à croire que toute cette scène n'était qu'une gigantesque farce.

Miller fronça bizarrement les sourcils, comme si cette question n'était pas celle qu'il attendait. Comme si Adam venait de commettre un premier faux pas. Qu'était-on censé dire dans un moment pareil ? « *Comment* est-elle morte ? » « *Qui* l'a tuée ? »

– Près du lac, finit par lâcher le policier. En lisière du bois.

Il tourna le regard vers la gauche, là où se situait le sentier pédestre qui courait à travers le bois jusqu'au lac. Ce chemin que Claire et lui avaient si souvent emprunté l'été pour aller se baigner ou prendre le soleil sur la plage. Pourtant, les images de ces moments passés restaient floues dans son esprit, comme si la mort de Claire venait de les estomper et menaçait même de les effacer.

– Je crois que nous ferions mieux d'aller à l'intérieur, monsieur Chapman. Venez avec moi…

*

Adam s'attendait à trouver Clarissa et John Durning effondrés sur le canapé du salon, mais ils n'étaient pas là. Il n'y avait dans la pièce qu'une femme en uniforme en train de prendre des notes sur la grande table, ainsi qu'un jeune policier en conversation au téléphone. Tous deux lui adressèrent un regard à mi-chemin de la compassion et de la gêne avant de rapidement détourner la tête.

– Où sont mes beaux-parents ?

– Mme Durning a dû être prise en charge par une ambulance : elle était en état de choc. Quant à votre beau-père… il a voulu accompagner sa fille.

Et moi, qu'est-ce que je suis dans l'histoire ? Pourquoi n'ai-je pas le droit de la voir ?

– Et Susan ? Est-ce que quelqu'un l'a prévenue que sa sœur… ?

– Je n'en sais rien. Je suppose que vos beaux-parents s'en sont chargés.

Le jeune policier posa son téléphone contre sa poitrine, pour mettre son correspondant en attente, puis il s'approcha de Miller. Il s'apprêtait à lui dire quelque chose, mais l'inspecteur secoua la tête avec agacement – pas maintenant.

– Nous pourrions aller dans la cuisine. Nous serions plus tranquilles, vous ne croyez pas ?

Le policier n'attendait pas de réponse de sa part. Adam le suivit à travers la pièce jusqu'à l'immense cuisine qui faisait la fierté de sa belle-mère.

Miller s'installa sur un des tabourets de l'îlot central et invita Adam à faire de même. Il sortit de sa poche un petit calepin noir qu'il ouvrit à la dernière page écrite.

– Dites-moi ce qui est arrivé à ma femme.

Le policier soupira.

– Je vous raconterai tout, monsieur Chapman, mais j'ai d'abord besoin de vous poser quelques questions. Dans ce genre d'affaires, les premières heures sont capitales. On dit toujours dans mon métier que le temps est notre plus grand ennemi.

– D'accord, se contenta de répondre Adam en hochant la tête.

– À quelle heure votre femme a-t-elle quitté son domicile hier matin ?

– Hier ? Quelle importance est-ce que ça peut avoir ?

– À partir de maintenant, tout peut avoir de l'importance. Je veux savoir si votre femme s'est rendue directement chez ses parents ou si elle a fait un détour en chemin. J'ai besoin que vous coopériez, monsieur Chapman.

Le ton de Miller s'était fait plus offensif. Son regard était devenu presque suspicieux. Adam posa ses coudes sur le comptoir.

– Vers 9 heures… Elle est partie vers 9 heures, puis elle m'a envoyé un SMS environ deux heures plus tard pour me dire qu'elle était bien arrivée.

Miller parut faire un rapide calcul dans sa tête.

– Et à part ce message, avez-vous été en contact avec votre épouse depuis hier ?

– Je l'ai appelée hier soir, assez tard.

– Vers quelle heure ?

Puisqu'il avait le téléphone de Claire, il le savait parfaitement. La police avait déjà eu largement le temps de vérifier ses derniers appels. Adam supposa qu'il s'agissait d'un moyen pour Miller de s'assurer qu'il dirait d'emblée la vérité. Car qui soupçonne-t-on en premier lieu si ce n'est le mari ?

– Minuit… peut-être minuit trente.

– Aviez-vous l'habitude de l'appeler aussi tard ?

– J'ai travaillé comme un dingue toute la journée.

– Vous êtes architecte, n'est-ce pas ?

Adam acquiesça.

– J'ai créé une entreprise avec un ami il y a une dizaine d'années. Nous travaillons en ce moment sur un gros projet, je n'ai pas beaucoup de temps à moi. J'avais prévenu Claire que je l'appellerais à une heure tardive.

– Vous avez également cherché à joindre votre femme ce matin… très tôt. À quatre reprises, pour être exact. Pour quelle raison ?

De suspicieux, le regard de Miller était devenu franchement accusateur. Vu les circonstances, pas un instant Adam n'avait songé à la manière dont il justifierait ces appels répétés.

– J'avais une importante réunion ce matin et je savais que je n'aurais pas la possibilité de joindre Claire avant cet après-midi. Ma femme a l'habitude de se lever tôt, alors…

Miller griffonna quelques mots illisibles sur son carnet.

– Mais tout de même… quatre appels ! Pourquoi ne pas lui avoir simplement laissé un message ?

Adam sentit son pouls s'accélérer.

– Je n'en sais rien ! Qu'est-ce que vous croyez ? Que j'ai quelque chose à voir avec la mort de ma femme ?

Étrangement, Miller ne sembla pas s'offusquer de son ton véhément.

– Je me pose des questions, c'est tout. Et j'ai besoin d'y apporter des réponses. Vous n'avez pas quitté votre domicile depuis hier soir ?

– Non.

– Est-ce que quelqu'un pourrait le confirmer ?

Machinalement, Adam commença à se ronger un ongle – le genre de gestes prétendument révélateurs que les flics devaient traquer.

– J'étais seul, et je n'ai pas bougé de chez moi jusqu'à votre appel.

Inutile de chercher à se justifier davantage. De toute façon, il ne doutait pas que Miller vérifierait la localisation de son mobile. Et si ça ne suffisait pas, Adam pourrait leur fournir les enregistrements des trois caméras que comptait sa maison – un gadget que John avait fait installer chez eux sans même lui demander son avis. « Je veux que ma fille soit en sécurité », s'était-il contenté d'asséner, comme s'il pensait son gendre incapable de la protéger.

– Je veux savoir ce qui arrivé à Claire, dit Adam d'un ton las.

– Dans un moment, monsieur Chapman. Encore quelques questions, je vous prie. Est-ce que tout allait bien dans votre couple ?

Adam sentit ses lèvres se mettre à trembler.

– Vous perdez votre temps avec moi si vous croyez que je peux être mêlé à sa mort.

– Je ne crois rien de tel.

– Pourquoi est-ce que vous me posez cette question, alors ? J'aimais ma femme, inspecteur, comme je n'ai jamais aimé personne dans ma vie. Elle est partie de chez nous hier matin pour aller se reposer chez ses parents et… J'ai tout perdu, vous entendez, j'ai tout perdu !

Miller feuilleta rapidement son carnet, mais il ne donnait pas l'impression d'y chercher quoi que ce soit de précis.

– Je sais que c'est dur et je suis désolé de vous infliger toutes ces questions. Vous n'avez pas d'enfant, je crois ?

– Non, répondit Adam, tandis qu'il sentait des larmes sourdre en lui.

Ce simple « Non » cachait des souffrances que Miller n'aurait pu soupçonner. Voilà quatre ans qu'ils essayaient d'avoir un enfant… Un véritable parcours du combattant. Après les recettes de grands-mères était venu le temps des examens cliniques. « Infertilité inexpliquée », avaient conclu les médecins. Le phénomène touchait moins de 10 % de la population. L'insémination artificielle n'ayant rien donné, ils avaient tenté une fécondation *in vitro* qui avait elle aussi échoué. Claire s'était tant découragée qu'elle avait décidé de prendre son temps avant un nouvel essai.

– C'est peut-être mieux comme ça, fit Miller, fataliste. Je ne sais pas si l'on peut trouver les mots pour expliquer à un enfant… Bref. Est-ce que votre femme avait des ennemis ?

– Bien sûr que non ! Tout le monde adorait Claire. Elle était attentionnée, généreuse, même avec de parfaits inconnus. Personne n'aurait pu lui vouloir du mal. Absolument personne.

Coudes sur la table, Miller se pencha en avant. Adam sentait les effluves trop puissants de son après-rasage bon marché.

– Et vous, Adam, est-ce que vous avez des ennemis ?

C'était la première fois qu'il l'appelait par son prénom. Sans doute une grossière ficelle de flic destinée à créer une fausse complicité et à l'inciter à se confier. Adam secoua la tête d'un air fatigué.

– Pas d'ennemis, non.

– Mais… ?

Adam hésita.

– Quelques concurrents… Quand vous avez une entreprise, il faut vous battre pour décrocher des marchés ou dénicher de bonnes affaires. Parfois, la lutte peut être un peu… brutale. Mais je ne connais personne qui aurait pu s'en prendre à ma femme. Ça ne tient pas debout !

Il abattit une main sur la table.

– J'ai répondu à toutes vos questions, inspecteur. À présent, je veux savoir ce qui est arrivé à Claire.

Miller referma son carnet et planta son regard dans le sien.

– Très bien. Mais ce que je vais vous raconter risque d'être difficile à entendre…

3

Claire avait dû se lever aux aurores, car ni sa mère ni son père ne l'avaient entendue quitter la maison. Il était naturellement impossible pour le moment de déterminer l'heure exacte de sa mort ou de savoir si elle avait été agressée en partant pour son jogging sur la plage ou en en revenant.

Son corps avait été découvert aux alentours de 8 h 30 par un sexagénaire, propriétaire d'une maison située à moins de un kilomètre à vol d'oiseau de celle des Durning. Adam supposa qu'il s'agissait du vieux Ed, un voisin acariâtre et misanthrope qu'il avait eu l'occasion de croiser une ou deux fois. Il savait qu'un différend l'avait opposé à son beau-père au sujet d'une stupide histoire de limite de propriété. En promenant son chien comme tous les matins, l'homme avait distingué une forme étrange au sol, à l'orée du bois de pins en amont des dunes. Il s'était approché et avait découvert, horrifié, qu'il s'agissait d'une femme à moitié dénudée. Il n'avait pas osé toucher le corps, mais il était certain qu'elle n'était plus vivante à ce moment-là. Ne possédant pas de téléphone mobile, il s'était aussitôt rué chez lui pour avertir les secours, qui, malgré une intervention rapide, n'avaient pu que constater le décès.

Même si cela devait être confirmé par le médecin légiste, il était évident que Claire avait été agressée sexuellement – sans qu'il fût encore possible de savoir si l'agression s'était produite *ante* ou *post mortem*. Contusions tissulaires, pétéchies dans les yeux… la cause de la mort ne faisait aucun doute. Elle tomba comme un couperet de la bouche de l'inspecteur : l'asphyxie. Claire avait été étranglée à l'aide de sa brassière de sport, que le tueur avait abandonnée autour de son cou.

Les techniciens de la police scientifique étaient encore en train de ratisser la scène de crime. À en croire Miller, pas un indice ne pouvait leur échapper ; s'il y avait quelque chose à trouver, ils finiraient par le trouver.

Le visage enfoui dans ses mains, Adam écoutait en silence le récit de la mort de sa femme. Les battements de son cœur martelaient sa poitrine. Dans ses oreilles, un sifflement étrange lui donnait la nausée. Il imaginait le corps de Claire étendu sur la plage à quelques centaines de mètres de là, et cette vision lui était insoutenable.

Miller posa une main sur son avant-bras, ce qui le fit sursauter. Pour la première fois – mais peut-être n'était-ce qu'une impression –, le policier semblait vraiment affecté par ce qui s'était passé.

– Voilà tout ce que nous savons pour l'instant. Je n'ai pas donné autant de détails à vos beaux-parents, Mme Durning était déjà trop bouleversée. Mais il faudra que je leur parle assez vite. Je ne voudrais pas qu'ils apprennent toutes ces précisions par le rapport du légiste, ou, pire, par les médias…

Adam sentait des larmes couler sur ses joues. Il était incapable de se souvenir de la dernière fois où il avait pleuré. Peut-être à la mort de sa mère, mais sa mémoire était trop embrouillée pour qu'il en soit vraiment sûr.

– M. Corman est certain de n'avoir croisé personne sur la plage ce matin, reprit Miller. Je ne vais pas vous cacher la vérité : nous n'avons pour le moment aucune piste. Mais peut-être les indices matériels parleront-ils.

L'inspecteur se tut un moment, puis, dès qu'un délai décent se fut écoulé, il s'éclaircit la gorge.

– Est-ce que votre femme fréquentait des gens dans le coin : des amis, des voisins, même de vagues connaissances ?

Adam s'essuya les yeux d'un revers de la main. Bien que sa gorge fût nouée, il fit un effort pour lui répondre.

– Mes beaux-parents ont acheté cette maison il y a cinq ans environ. Claire n'y connaissait pas grand-monde. Et elle ne cherchait pas vraiment à nouer des relations avec qui que ce soit. Elle venait ici pour se reposer, rien d'autre.

– Votre femme avait-elle une vie stressante ? Elle tenait une galerie d'art, je crois.

– « Stressante » ? Autrefois peut-être… Claire a travaillé pendant plusieurs années dans une agence de publicité, mais elle ne supportait plus ce milieu. Elle a enchaîné ensuite quelques boulots qu'elle a vite abandonnés. Elle est passée par une période difficile où elle ne trouvait rien dans ses cordes. Claire avait fait des études d'art à la fac. Cette galerie, c'était un cadeau de son père, mais elle ne lui rapportait quasiment pas d'argent.

Miller promena son regard tout autour de lui.

– Votre beau-père est un homme très riche, n'est-ce pas ? Je suis sûr que même avec un prêt à la banque je ne pourrais pas me payer l'équipement de cette cuisine.

Adam grimaça et lança au policier un regard noir, choqué par sa remarque déplacée. Il n'aurait jamais dû mettre la question de l'argent sur la table. Miller jouait avec lui : il savait très bien qui était John Durning. Avant qu'il ne prenne sa retraite, un an plus tôt, son nom apparaissait régulièrement dans les journaux. Un avocat médiatique qui pouvait aussi bien défendre un délinquant en col blanc qu'un jeune des quartiers difficiles, la pire crapule que la veuve et l'orphelin. Un homme tout à la fois respecté, craint et détesté, dont le talent oratoire n'avait que peu d'égal dans la profession. Sa dernière affaire, en particulier, avait eu un grand retentissement. Durning avait obtenu l'acquittement d'un jeune Noir accusé du meurtre d'une voisine après avoir établi que les preuves incriminantes avaient été en réalité falsifiées par la police. Le procès avait marqué le couronnement de sa carrière mais avait aussi rendu l'homme encore plus arrogant qu'il ne l'était déjà. Depuis quelques mois, il ambitionnait de se lancer en politique et cultivait ses appuis dans le parti républicain.

– Si vous croyez que… Mon beau-père ne nous a jamais aidés à payer aucune de nos factures ! Je ne l'aurais pas accepté, de toute façon. Nous avions largement de quoi vivre avec Claire !

Adam ne supportait pas qu'on puisse penser qu'il devait son train de vie à John. Sa maison, sa voiture, ses costumes, il se les était payés grâce à son travail, et aux sacrifices qui allaient avec. Pourtant, depuis quelque temps, à cause des difficultés que traversait l'entreprise, Adam puisait allègrement dans ses économies pour faire face aux dépenses de la vie courante. Et ce, en cachette de Claire. Habituée à vivre dans l'aisance, elle n'imaginait pas que l'argent pourrait un jour venir à manquer dans leur vie.

– Je ne voulais rien insinuer, désolé… C'était juste un constat. Est-ce que votre femme semblait contrariée ou inquiète ces derniers temps ?

– Écoutez, inspecteur, ma femme allait parfaitement bien. Qu'est-ce que vous cherchez, au juste ? Claire a été violée et étranglée ! Elle a croisé la route d'un putain de psychopathe ! Je suis certain qu'elle ne connaissait pas son…

Il s'apprêtait à dire « meurtrier », n'en eut pas le courage.

– … son agresseur.

Miller se gratta la joue en poussant un soupir.

– Au stade où j'en suis, je ne peux exclure aucune possibilité. Le coin est très tranquille, et le boulot de mes collègues ici se résume en général à des querelles de voisinage ou des infractions routières. Ils ne sont jamais confrontés à des meurtres. Peut-être l'agresseur de votre femme était-il au courant de ses habitudes et l'a-t-il attendue sur la plage. Je ne voudrais pas vous embêter avec les statistiques, mais sachez que les crimes sexuels ont en général lieu le soir ou la nuit, et plutôt dans un environnement urbain. Je ne crois vraiment pas à une rencontre fortuite aussi matinale.

Miller avait raison. Le coin était sans histoires. À l'exception de quelques natifs comme le vieux Ed Corman, la plupart des propriétaires étaient de riches types semblables à son beau-père qui ne venaient ici qu'en villégiature.

– Je veux aller là-bas…

Miller fronça les sourcils.

– Vous voulez dire… sur la plage ?

– Oui.

– Je ne crois pas que ce soit une bonne idée. C'est une scène de crime. Les techniciens n'ont pas fini de…

– Je veux y aller. Maintenant ! J'ai patiemment répondu à toutes vos questions. Vous ne pouvez pas me refuser ça !

Miller joignit ses mains, puis il baissa les yeux, soudain gêné.

– Il y a une chose dont je ne vous ai pas parlé…

Adam secoua la tête. La voix de l'inspecteur lui paraissait lointaine, comme assourdie par un mur d'ouate. Claire violée. Assassinée. Quelle horreur pouvait bien venir s'ajouter à ce cauchemar ?

– Quelle chose ?

– Puisque vous voulez aller sur la plage, je préférerais que vous la voyiez par vous-même…

4

Dès qu'ils émergèrent du bois de pins, par le sentier qui conduisait directement de la propriété des Durning à la plage, le lac apparut devant eux, étale, d'un bleu profond, insensible au drame qui s'était joué là quelques heures plus tôt.

Adam s'arrêta, le regard perdu dans le vide, laissant Miller avancer seul sur le sable. Étrangement, il était incapable à ce moment précis de se remémorer le moindre souvenir heureux rattaché à ce lieu. Pas de balade le long de la grève, pas de pique-nique le dimanche, pas de baignade aux heures les plus chaudes de l'été.

La seule scène qui lui revenait était une scène de dispute, dont il ne pouvait se rappeler la cause. Peut-être, encore une fois, y avait-il eu un mot de travers de la part de John ou de Clarissa, une remarque désobligeante qu'il avait mal prise… Claire s'était éloignée de lui en courant sur le sable. Il l'avait rattrapée à grand-peine, avait cherché sa main, qui s'était dérobée. Le genre de disputes stupides qu'on regrette aussitôt et qui, à présent, lui était comme une épine dans le cœur.

Miller se retourna.

– Vous êtes sûr de vouloir continuer ?

Adam acquiesça. Il devait se montrer à la hauteur. C'était la dernière chose qu'il pouvait faire pour Claire.

Ils marchèrent pendant environ deux cents mètres, en suivant l'orée du bois. Adam gardait les yeux au sol, se contentant de rester dans le sillage de l'inspecteur. Il ne pensait plus à rien de précis. Le bourdonnement dans ses oreilles s'était intensifié depuis qu'ils avaient quitté la maison.

Quand il sentit que Miller ralentissait, il leva les yeux. À la limite du bois, un large périmètre en partie envahi d'herbes folles avait été délimité à l'aide de bandes jaunes tenues par des piquets. Des hommes et des femmes en combinaison blanche allaient et venaient en un ballet qui semblait n'avoir aucune logique.

Miller lui fit signe de le suivre plus en contrebas sur la plage. Ils marchèrent jusqu'à se retrouver au niveau de la scène de crime. Le policier leva soudain le bras.

– Nous ne pouvons pas aller plus loin. Vous ne devriez déjà pas être ici…

Adam inspira profondément et considéra le bout de plage où son existence avait volé en éclats. Il n'était plus que le spectateur d'une histoire qui le dépassait. Le sable avait été creusé là où sa femme avait lutté et où avait reposé son corps avant qu'il ne soit emporté dans une housse et chargé dans une ambulance par des inconnus. Il distingua tout autour des petites taches rouges espacées avec régularité, de manière à former un cercle.

– Qu'est-ce que c'est ? demanda-t-il en tournant le regard vers Miller.

– C'est ce que je voulais que vous voyiez par vous-même, Adam… Ce sont des pétales de roses.

– « Des pétales de roses » ? Qui les a mis là ?

– À part le tueur, je ne vois pas.

Miller avança de quelques pas et s'adressa à voix basse à un technicien qui avait en main une petite mallette blanche. Adam était incapable de saisir la teneur de leur conversation. Au bout d'une minute, l'inspecteur revint vers lui. Adam fut à cet instant frappé par la fatigue et la gravité qui marquaient son visage.

– Vous comprenez à présent pourquoi je ne crois pas à une rencontre fortuite ? Rien dans ce meurtre n'a été improvisé. L'assassin de votre femme avait ces pétales avec lui. Il n'a pas simplement cédé à une pulsion. Il savait parfaitement ce qu'il faisait. Il avait tout préparé.

– Pourquoi des roses ? demanda Adam, la voix tremblante.

– Ça a tout l'air d'être une mise en scène.

– « Une mise en scène » ?

– Je ne suis pas psychologue, et soyez sûr que tout un tas de policiers spécialisés vont se pencher sur cette énigme… Mais, si vous voulez mon avis, ces fleurs sont l'expression d'une sorte de fantasme.

Adam secoua la tête, incrédule. Miller inspira bruyamment avant de poursuivre :

– Un fantasme que le tueur n'a pas pu accomplir dans la vie réelle. Je n'irais pas jusqu'à dire qu'il connaissait vraiment votre femme, mais je suis presque certain qu'il l'avait observée et qu'il connaissait ses habitudes. M. Durning m'a confié que sa fille venait courir ici chaque matin quand elle logeait chez lui – c'est exact ?

– Oui. Claire aimait courir, elle en avait besoin, c'était une sorte de drogue. Elle n'aurait manqué son jogging quotidien pour rien au monde.

– On peut donc imaginer qu'il l'avait déjà épiée par le passé ?

– Claire venait voir ses parents un week-end sur deux, parfois plus. Je ne la rejoignais en général que le dimanche.

Miller hocha la tête.

– On offre des fleurs à une femme pour lui témoigner son amour ou entrer dans un jeu de séduction. L'homme qui a fait ça est probablement incapable de nouer un vrai contact. Ces fleurs… c'était peut-être une manière pour lui de prendre le contrôle, de se donner l'illusion qu'il avait réussi à créer une relation intime avec votre femme.

Adam sentit une froide colère monter en lui.

– De l'« amour » ! « Une relation intime » ! Comment pouvez-vous employer des mots pareils ? Ce monstre a violé Claire avant de la tuer !

L'inspecteur mit les mains dans ses poches et regarda ses pieds.

– Je sais qu'une telle chose est dure à entendre et encore plus à comprendre pour les familles des victimes, mais je préfère jouer cartes sur table avec vous et ne pas vous baratiner. Même si chaque affaire est unique, j'ai déjà enquêté sur des meurtres tout aussi affreux. La plupart des tueurs n'assument pas leur geste : ils tentent après coup de le maquiller, de lui donner un sens pour surmonter la part d'inhumain qui est en eux.

Adam sentit ses jambes flageoler. Il tomba à genoux dans le sable. À l'horreur de la mort venait s'ajouter celle de la motivation du meurtrier. Si Claire n'avait été qu'une inconnue choisie au hasard, il aurait peut-être pu faire face, maudire la fatalité ou le destin. Mais Miller était persuadé qu'elle avait été épiée par ce fou. À l'endroit même où ils se trouvaient. Qui sait si cette ordure ne les avait pas espionnés lorsqu'ils se promenaient ensemble sur la plage un dimanche ? Peut-être que la seule présence d'Adam avait attisé la jalousie et la rage du meurtrier… Peut-être qu'il avait une part de responsabilité dans la mort de Claire…

Miller s'approcha de lui et lui tendit une main pour l'aider à se relever.

– Vous ne devriez pas rester là, Adam. C'était une mauvaise idée de venir. Je vais vous raccompagner.

*

Adam ne repassa par la maison des Durning que pour récupérer ses clés de voiture, qu'il avait oubliées dans la cuisine. Il ne s'y attarda pas. Il n'avait jamais vraiment aimé cette demeure, trop luxueuse et tape-à-l'œil à son goût. Pourtant, le fait que Claire y ait été attachée suffisait désormais à la rendre précieuse à ses yeux. En refermant la porte derrière lui, il sut qu'il venait d'y mettre les pieds pour la dernière fois.

L'inspecteur Miller le suivit jusqu'à sa voiture. Depuis leur retour de la plage, il s'était adouci et ne semblait plus du tout le regarder comme un suspect potentiel.

– Vous êtes sûr que vous ne voulez pas qu'on vous raccompagne chez vous ? Je peux demander à un de mes agents de…

Adam secoua la tête.

– Je suis venu seul, inspecteur, j'arriverai à rentrer chez moi.

Il ouvrit la portière, mais ce fut pour la refermer aussitôt.

– Que va-t-il se passer maintenant ?

Miller se gratta le menton.

– En général, nous suivons toujours le même protocole. Nous allons faire une enquête de voisinage, interroger tous ceux qui auraient pu voir ou entendre quelque chose, ou avec un peu de chance croiser votre femme ce matin. Puis nous travaillerons sur le fichier des délinquants sexuels de la région, et attendrons bien sûr les résultats de l'autopsie et de l'examen de la scène de crime. Il nous faudra aussi enquêter sur l'entourage de votre femme pour voir si quelque chose de particulier s'est produit dans sa vie ces derniers temps. J'ai déjà son téléphone… J'aurais besoin que vous me dressiez une liste de ses amis et connaissances les plus proches, si ça ne vous dérange pas.

Adam acquiesça. Les amis, Claire n'en manquait pas. Elle avait toujours aimé sortir et faire la fête. Il lui arrivait quelquefois de l'accompagner dans des soirées, mais en général il s'y ennuyait ferme et faisait tapisserie. Ses seules sorties à lui se résumaient à quelques verres pris en compagnie de Carl au Paradiso, un pub situé à deux rues de leur entreprise où ils avaient passé maintes soirées à refaire le monde, comme deux gosses pleins de rêves et d'ambition.

Miller réajusta un pan de sa chemise qui dépassait de son pantalon, avant de poursuivre :

– Nous ferons notre maximum, Adam, mais je ne veux pas vous donner de faux espoirs. Dans ce type d'affaires, le facteur chance est énorme. Si nous trouvons des traces d'ADN et que notre homme est fiché, nous serons vite fixés. Dans le cas contraire… Vous savez, ce genre d'enquêtes peut durer parfois des années.

Adam imaginait parfaitement ce que « des années » signifiait dans la bouche du policier. Peu auparavant, il avait entendu parler à la télé d'une affaire de viol et de meurtre qui avait été résolue trente ans après les faits, grâce aux progrès de la science et à un réexamen des scellés. Mais, comme Miller venait de l'expliquer, cela n'avait été possible que parce que l'assassin était déjà fiché : une trace d'ADN sans point de comparaison ne servait à rien.

– Tout à l'heure, sur la plage…

– Oui ?

– Vous avez dit que cet homme avait tout soigneusement préparé. Et que ces pétales étaient une sorte de carte de visite…

Miller haussa les sourcils, attendant qu'il poursuive. Mais Adam garda le silence.

– Très bien… Vous voulez toute la vérité, Adam ? Je ne devrais certainement pas vous dire ça, mais je ne crois pas du tout que cet homme en soit à sa première agression sexuelle. Ni peut-être même à son premier meurtre… Au début, un meurtrier improvise, se montre impulsif et commet beaucoup d'erreurs. Ce n'est visiblement pas le cas ici.

Il y eut un silence, plus long que le précédent.

– Ma femme a été victime d'un tueur en série ? C'est ce que vous pensez depuis le début, n'est-ce pas ?

Miller baissa le regard, avant de sortir de sa poche une carte de visite et un stylo. Prenant appui sur le capot de la voiture, il griffonna quelque chose au dos du carton.

– Tenez, n'hésitez pas à m'appeler au moindre problème ou si vous avez quelque chose à me dire qui puisse être utile. Vous pouvez me joindre à n'importe quelle heure, c'est le numéro de mon portable personnel. Même si les circonstances sont très difficiles, j'aimerais récupérer la liste dont je vous ai parlé. Appelez-moi quand vous l'aurez faite, j'enverrai un de mes agents la chercher.

Miller ouvrit la portière en lui adressant pour la première fois un regard compatissant. Adam s'engouffra dans l'habitacle sans plus poser de questions.

Il avait de toute façon déjà obtenu bien assez de réponses. Claire avait été violée. Claire avait été étranglée. Et d'autres femmes avaient subi ce même sort avant elle.

5

Adam referma la porte du garage à l'aide de sa télécommande, coupa le moteur et resta immobile derrière le volant, dans le noir complet.

Le peu de force dont il avait fait preuve sur la plage s'était encore émoussé au fil de la route. Son corps était pris d'une extrême langueur. Il ne sentait plus en lui qu'un immense désespoir.

Et il était seul. Comme jamais il ne l'avait été. Il n'avait personne à prévenir de la mort de sa femme. Personne auprès de qui chercher du réconfort. Plus de parents, pas de frère ni de sœur. Quant aux amis… À part Carl, qui dans sa vie aurait bien pu mériter ce qualificatif ? La plupart des êtres dont il avait été proche dans sa jeunesse, il les avait depuis longtemps perdus de vue. Il n'avait vécu ces dernières années que pour l'entreprise. Le boulot, le boulot, encore le boulot…

Comme beaucoup, Adam savait que nul n'est à l'abri d'une tragédie. Mais cette idée n'avait jamais été qu'une vague généralité dont il s'imaginait pouvoir être préservé. Voilà peut-être le drame de l'existence : se croire toujours différent des autres. Personne, pourtant, ne fait exception sur cette terre. Chacun de nous est susceptible de voir sa vie voler en éclats, quelle que soit sa force de caractère.

Et maintenant, que faire ? Sortir de cette foutue voiture, errer dans une maison vide, se siffler une bouteille en enchaînant des cigarettes affalé sur le canapé du salon ? Jusqu'à être ivre mort. Jusqu'à ce que l'alcool l'abrutisse assez pour lui faire oublier pendant quelques heures que sa femme avait été assassinée.

Qu'est-ce que Claire pouvait penser de lui en ce moment ? Rien, strictement rien, parce qu'elle était morte et que toutes les histoires qu'on raconte aux gosses – le paradis, les âmes qui montent au ciel et continuent de veiller sur les vivants – n'étaient qu'un beau ramassis de conneries. Il n'y avait rien après la mort. Claire avait disparu. Elle n'était plus qu'un corps enveloppé dans une housse qui attendait d'être charcuté par un médecin légiste. Voilà la stricte vérité.

Son portable sonna sur le siège passager. Sans doute encore un message de Carl. Il en avait déjà laissé trois ou quatre qu'Adam n'avait pas eu le courage d'écouter. Inutile, il en connaissait la teneur. Carl devait être fou de rage qu'il ait loupé le rendez-vous. Comment aurait-il pu imaginer la tragédie qui venait de se jouer ?

Agacé par la sonnerie qui retentissait à nouveau, Adam s'empara du téléphone. L'écran n'affichait pas le visage de Carl, mais celui de la seule personne qu'il eût vraiment envie d'entendre à cet instant. Il répondit aussitôt.

– Adam ? Je n'arrivais pas à te joindre. Où es-tu ?

Il s'apprêtait à dire « Dans mon garage » mais se ravisa :

– Chez moi. Je reviens de la maison du lac. Et toi ?

– Je suis à l'hôpital, avec ma mère.

– Comment va-t-elle ?

– Mal, très mal. Ils l'ont mise en observation. Et je ne sais même pas où est mon père, il ne répond pas à mes appels.

Adam entendait Susan renifler dans le combiné.

– Dans quel hôpital est-ce que tu es ?

– Au Memorial.

– Quoi ! Tu es en ville ? Pourquoi est-ce que l'ambulance s'est tapé tout ce trajet ? Il n'y avait pas un hôpital plus proche ?

– C'est mon père… Tu sais bien qu'il connaît tout le monde ici. Il voulait que maman soit entre de bonnes mains.

Cette attitude était typique de John : même le jour de la mort de sa fille, il fallait qu'il continue à imposer ses vues à tous.

– Je n'y arrive pas, reprit Susan. Je n'arrive pas à croire que Claire soit morte.

– Je n'y arrive pas moi non plus.

Adam alluma la lumière du plafonnier. Il ne trouvait pas les mots. Susan avait perdu son unique sœur et il était incapable de lui offrir la moindre parole réconfortante. Il écarta le téléphone de sa bouche et inspira profondément pour se donner du courage.

– Adam ? Tu es toujours là.

– Oui. Je serai à l'hôpital dans moins de dix minutes. Tu ne bouges pas, d'accord ? Il faut qu'on se montre forts, Susan. C'est ce que Claire aurait voulu. Faisons-le pour elle…

Mais Adam ne croyait pas un mot de ces banalités. Se montrer fort ne servait plus à rien désormais. Claire était morte, et rien de ce qu'il ferait ou dirait n'y changerait quoi que ce soit.

*

Adam trouva Susan dans un couloir de l'hôpital. L'air perdu, elle était assise sur une chaise en plastique près d'un distributeur et tenait un gobelet en main. Ses cheveux, encore plus blonds que ceux de Claire, étaient détachés et en désordre. Elle portait un sweat des Virginia Cavaliers beaucoup trop grand pour elle. Dès qu'elle le vit, elle se leva pour venir se jeter dans ses bras.

– Oh, Adam ! Merci d'être venu si vite…

Adam avait toujours apprécié Susan. Pas plus que Claire elle n'avait hérité de la froideur et de la condescendance de ses parents. C'était une fille spontanée, qui l'avait accueilli à bras ouverts dans la famille, et qui faisait figure de mouton noir dans le clan Durning. Elle avait rapidement mis fin à ses études – « un an trois quarts de faculté », comme le rappelait parfois son père avec sarcasme – pour se mettre en couple avec un « marginal » – toujours selon les mots de John. Ils avaient ouvert ensemble une boutique d'objets *vintage* qui devait tout juste leur rapporter de quoi payer leur loyer. Fière de son indépendance, elle refusait obstinément l'argent que lui proposait son père. Pour joindre les deux bouts, elle cumulait des boulots ingrats dont elle ne se plaignait pourtant jamais.

– Comment va ta mère ?

– Ils l'ont assommée de médocs. Elle dort. Les médecins ne veulent pas que je reste dans la chambre.

Elle sortit un kleenex de sa poche, essuya ses yeux rougis et se moucha.

– Tu reviens du lac, alors ?

– Oui.

– C'est la police qui t'a prévenu ?

Adam hocha la tête.

– Un flic était dans l'ambulance avec ma mère, reprit Susan. Il m'a posé des questions tout à l'heure, mais je n'ai rien pu lui dire d'intéressant. Je ne savais même pas que Claire passait le week-end au lac. Ils t'ont interrogé ?

– Oui. L'inspecteur chargé de l'enquête – il s'appelle Miller – voulait essayer de reconstituer l'emploi du temps de Claire. Il a l'air d'avoir pas mal d'expérience, je crois qu'on peut compter sur lui.

Susan lui posa une main sur l'avant-bras.

– Qu'est-ce que t'a dit la police *exactement* ?

Adam se mordit les lèvres. Il se voyait mal raconter dans le menu détail tout ce que lui avait confié Miller. Ce serait trop difficile à entendre pour Susan et il ne se sentait pas le courage de revivre la scène de la plage une seconde fois.

– Ils ne savent pas grand-chose pour le moment. Ils sont en train de passer les lieux au peigne fin. Ils espèrent trouver des indices…

Il détourna la tête. Susan n'eut guère de mal à percevoir sa gêne.

– Adam, je veux que tu me dises la vérité.

– Quelle vérité ?

– Je sais que la police ne m'a pas tout dit. Sois honnête. Est-ce que ma sœur a été violée ?

Adam se sentit pris d'un haut-le-cœur. Mais, cette fois, il ne détourna pas le regard.

– Je suis désolé, tellement désolé…

Les traits de Susan s'affaissèrent, puis son corps tout entier fut secoué de sanglots. Elle lui tourna le dos et se dirigea vers la chaise.

Adam resta planté au milieu du couloir, sans savoir quoi faire à part observer Susan, qui pleurait, le visage enfoui dans ses mains. Il se sentait tout aussi impuissant que lorsqu'il lui avait parlé au téléphone. Il lui laissa un moment avant de s'approcher d'elle.

– Ils retrouveront l'homme qui a fait ça.

Susan releva vers lui ses yeux troublés de larmes.

– Ne dis pas une chose pareille si tu n'en es pas sûr.

S'il n'avait pas l'intention de parler des pétales de roses, Adam se sentit soudain coupable de laisser autant Susan à l'écart.

– Ils le retrouveront parce qu'ils sont certains qu'il a déjà agressé d'autres femmes auparavant…

Le visage de Susan se figea.

– Quoi ?

– Miller pense que ce type est très organisé et qu'il n'a pas rencontré Claire par hasard sur la plage. Ce qui signifie que son ADN est peut-être fiché.

Adam avait l'impression de faire plus de mal que de bien en donnant de tels espoirs à sa belle-sœur. Celle-ci se moucha à nouveau.

– Pourquoi est-ce qu'une telle chose est arrivée maintenant, alors que… ?

Elle secoua la tête. Sa voix était devenue blanche.

– Alors que quoi, Susan ?

Après une brève hésitation, elle saisit son sac à main au pied de la chaise et en sortit son téléphone, un vieux modèle dont l'écran était fissuré. Elle appuya sur quelques boutons avant de le lui tendre.

– Je n'ai pas le droit de te mentir, même par omission. Claire m'a envoyé ça il y a trois jours. Il faut que tu le voies.

Adam scruta l'écran. C'était une photo de mauvaise qualité qui représentait un bâtonnet rose et blanc qu'il n'arriva pas à identifier. Dessous, Claire avait tapé une série d'émoticônes qui affichaient un large sourire. Il leva les yeux vers Susan, le visage interrogateur.

– Qu'est-ce que… ?

– C'est un test de grossesse. Claire était enceinte, Adam… De six semaines. Vous alliez avoir un bébé…

6

Une odeur d'ammoniaque flottait dans la pièce carrelée éclairée de puissants néons. Adam fixait la housse mortuaire noire devant lui sur un chariot métallique – une housse que l'assistant du médecin légiste avait sortie quelques minutes plus tôt de l'un des casiers qui tapissaient le mur du fond.

Combien d'hommes et de femmes, peut-être d'enfants, reposaient là ? Combien d'êtres dont la vie avait été fauchée comme celle de Claire ? Et qu'est-ce qui les y avait conduits ? Accident, mort naturelle, suicide ou homicide… Le hasard, la fatalité, une mauvaise rencontre – des circonstances aléatoires dont ils n'avaient plus à se soucier. Ils étaient tous égaux à présent ; « en paix », disait-on pour se rassurer.

Adam se retrouvait dans une morgue pour la première fois de son existence. Et c'était pour y voir le corps de sa femme qui, quelques heures plus tard, allait être découpé par un inconnu.

Dans les cas d'homicides, aucun membre de la famille n'était autorisé à voir le corps avant que les examens médico-légaux aient été pratiqués. Adam ne devait sa présence dans cette salle qu'à l'influence de son beau-père, qui attendait dans une pièce attenante, refusant toujours de quitter la morgue et d'abandonner sa fille.

Avant qu'il n'entre, on avait seulement contraint Adam à enfiler une blouse, des gants en latex, un masque élastique en papier blanc, et on lui avait demandé de se tenir à une distance raisonnable du corps.

Debout et immobile devant le chariot, Adam entendait encore résonner dans sa tête les paroles de Susan : « Claire était enceinte… Vous alliez avoir un bébé. » Cette nouvelle l'avait anéanti. Ce qui aurait dû être leur plus grande joie était devenu un nouveau drame à affronter. Un espoir mort-né qui redoublait la souffrance qu'il subissait. En une seule journée, il avait perdu l'être qu'il aimait le plus au monde et celui qu'il aurait dû aimer tout autant.

Puis il repensa aux paroles que Claire et lui avaient échangées devant l'autel le jour où ils avaient uni leurs destins : « Dans la joie comme dans la peine, dans la richesse et dans la pauvreté, pour le meilleur et pour le pire, je promets de t'aimer et de te chérir jusqu'à ce que la mort nous sépare. Et je promets que je ne laisserai rien ni personne nous séparer. » Il avait promis, et il avait échoué. On ne devrait jamais faire de promesses dans la vie, au risque de se révéler un jour incapable de les tenir.

Adam ferma les yeux, inspira profondément et énonça d'une voix éteinte :

– Allez-y, je suis prêt.

L'assistant du légiste, un trentenaire à la mine pincée qui semblait contrarié par l'infraction que représentait sa présence dans cette salle, fit un pas vers le chariot.

– Vous êtes vraiment sûr, monsieur ? Vous n'y êtes pas obligé. Les gens pensent souvent que voir…

– Allez-y, répéta Adam d'un ton plus autoritaire.

L'homme toussota discrètement derrière son masque, puis descendit la fermeture éclair, juste assez pour révéler la tête. Les cheveux de Claire étaient tirés en arrière, peut-être encore attachés par l'élastique qu'elle utilisait lorsqu'elle allait courir. Adam avait espéré trouver dans ses traits une expression de sérénité. Mais son visage, blême, lisse et légèrement gonflé – comme si la peau avait été remplacée par une matière caoutchouteuse –, n'exprimait rien. Ses lèvres figées avaient pris une teinte violacée. Adam n'avait devant lui qu'une enveloppe. Un tremblement traversa tous ses membres et il détourna brièvement le regard. Puis, sans pouvoir s'en empêcher, il pencha légèrement la tête en avant et distingua l'empreinte profonde et bleuâtre autour de son cou, causée par la strangulation.

Claire, mon amour, qu'est-ce qu'il t'a fait ?

Adam sentit ses jambes se dérober sous son poids. Il dut s'accroupir et poser ses mains sur ses cuisses pour ne pas perdre l'équilibre. Un goût acide jaillit au fond de sa gorge ; il était à deux doigts de vomir.

– Ça suffit, murmura-t-il.

Mais, avant même qu'il prononce ces paroles, on avait déjà refermé la sinistre housse sur le visage de sa femme.

*

Debout dans le petit coin cuisine de la salle de repos de la morgue, John Durning se servit une tasse de café.

– Tu en veux une ? demanda-t-il en se retournant.

– Non merci, déclina Adam.

Ce dont il avait besoin, c'était une nouvelle cigarette. Après avoir quitté l'assistant du légiste, il était sorti sur le parking à l'arrière du bâtiment pour en fumer deux, mais elles n'avaient pas suffi à faire taire le tremblement qui l'avait saisi à la vue du corps de Claire. Il avait dans la bouche un affreux goût de bile et de tabac, et ses vêtements étaient imprégnés d'une odeur de transpiration et d'ammoniaque.

Quand il avait rejoint son beau-père, quelques minutes plus tard, il avait été profondément frappé par son visage dénué de haine ou de colère. John ne portait qu'un masque froid et inexpressif qui lui donnait l'apparence d'un homme à moitié absent – à moitié mort, avait même songé Adam. Il n'y avait pas eu d'accolade entre eux, simplement une poignée de main qu'il avait trouvée détachée, alors qu'elle virait d'habitude chez John à la démonstration de force.

– Je n'aurais pas dû venir.

Adam crut avoir seulement pensé cette phrase, mais ses lèvres l'avaient formulée, assez perceptiblement pour que son beau-père l'entende.

– Non, tu as bien fait. Il fallait que tu la voies. Il fallait que tu voies ce que cet homme a fait à Claire.

John délaissa la tasse qu'il venait à peine de se servir pour s'asseoir en face de lui sur une banquette de velours rouge à l'aspect douteux. Il croisa les doigts et garda le silence. Adam se sentait affreusement mal à l'aise.

– John, depuis combien de temps êtes-vous ici ? finit-il par demander. Susan est à l'hôpital, je suis allée la voir tout à l'heure, elle est au chevet de Clarissa. Vous devriez aller les rejoindre. Je sais que vous avez besoin de temps mais… elles ont besoin de vous, plus que jamais.

Les yeux perdus dans le vague, John ne semblait pas vraiment l'écouter. Adam en profita pour scruter son visage. Pour la première fois, sans doute parce qu'il avait perdu cet air hautain et sûr de lui qu'il affichait en toutes circonstances, il lui trouva une vraie ressemblance avec sa fille. Et, pour la première fois, il ressentit pour lui un sentiment qu'il n'aurait jamais cru pouvoir éprouver : de la compassion. Le brillant John Durning avait laissé la place à un homme brisé, tel qu'il l'était lui-même.

– À l'âge de 7 ans, Claire a attrapé une méningite. Tu le savais ?

– Non, elle ne m'en a jamais parlé, répondit Adam sans comprendre où il voulait en venir.

– Elle est rentrée de l'école un soir en se plaignant de maux de tête et de ventre. Nous ne nous sommes pas inquiétés outre mesure : ce sont des choses qui arrivent avec les enfants. Clarissa lui a donné de l'aspirine et l'a couchée tôt. Mais, à son réveil, son état avait empiré. Elle était épuisée et arrivait à peine à tenir debout. Comme j'étais parti très tôt au travail ce matin-là, je n'ai pas su ce qui se passait. J'étais en déplacement toute la journée et Clarissa n'a réussi à me joindre que l'après-midi – il n'y avait évidemment pas de portable à l'époque. Elle avait dû l'emmener aux urgences, où la maladie avait aussitôt été diagnostiquée. La méningite est mortelle dans pratiquement 100 % des cas si on n'administre pas rapidement des antibiotiques. Claire en avait reçu, mais bien tard. Son état n'a cessé de se dégrader au fil des heures. Son visage avait pris une horrible teinte grise et elle n'arrêtait pas de délirer dans son sommeil. Durant la nuit, les médecins nous ont expliqué qu'elle était dans un état critique et que nous devions nous préparer au pire…

Un employé en blouse blanche, en grande conversation au téléphone, entra dans la salle. John tourna la tête vers la porte avant de poursuivre :

– J'ai prié Dieu, comme je ne l'avais jamais fait : « Si vous sauvez ma fille… » – tu imagines la suite. J'ai dû me répandre en tout un tas de promesses ridicules, de celles qu'on fait dans ce genre de situations désespérées. Cette nuit-là, j'ai eu l'impression que c'était moi qui étais allongé dans ce lit d'hôpital en train d'agoniser. Mais j'espérais un miracle. Au fond de moi, je me disais que les choses ne pouvaient pas se terminer ainsi pour ma fille.

John se tut. Adam voyait ses lèvres trembler. Il sentait qu'il faisait un effort surhumain pour ne pas flancher.

– Et le miracle a eu lieu... dit-il pour l'inciter à continuer.

John hocha la tête. Un sourire à peine perceptible se dessina sur ses lèvres.

– Le lendemain, au petit matin, son état s'est soudainement amélioré. Son visage avait repris des couleurs et elle était à nouveau consciente. Même si les médecins se sont montrés prudents, j'ai su qu'elle était tirée d'affaire. J'ai su que ma petite fille vivrait. Je n'aurais jamais cru devoir connaître une telle épreuve à nouveau...

John plongea son regard dans celui d'Adam. Ses yeux brillants laissaient désormais apparaître une tristesse mêlée de colère.

– Il n'y a rien qui nous rende plus vulnérables que les enfants, Adam. Tout ce que l'on prend pour des problèmes n'en est pas tant que la chair de notre chair est en sécurité. J'ai longtemps cru que rien ne pouvait m'atteindre. Mais du jour où j'ai failli perdre Claire, je crois que je n'ai plus jamais été en paix... Je vivais dans l'angoisse qu'il arrive quelque chose à ma famille. Alors j'ai tout fait pour protéger Claire et Susan des dangers de ce monde. J'ai surveillé leurs fréquentations, je les ai inscrites dans les meilleures écoles, j'ai voulu régir leur vie de A à Z. On voit pour quel résultat...

– Vous n'avez rien à vous reprocher, John. Ce qui est arrivé, personne n'aurait pu l'empêcher.

– Je sais ce que tu crois, Adam : que je ne t'ai jamais apprécié à ta juste valeur, que je t'ai toujours pris de haut…

– Ne parlons pas de ça, s'il vous plaît, pas maintenant.

– Si. Je veux que tu entendes ce que j'ai à te dire. J'ai agi envers toi comme avec n'importe quel autre homme que Claire aurait voulu épouser. Tu sais, j'ai grandi dans un milieu modeste, très modeste. Ce que j'ai obtenu dans la vie, je ne le dois qu'à mon travail et à mon acharnement à réussir. Clarissa venait d'une famille fortunée et j'ai eu beaucoup de mal à m'imposer dans son monde. J'avais toujours l'impression que ses parents me prenaient pour un imposteur. Ce que tu as vécu avec moi, je l'ai vécu avec mon beau-père. Même lorsque j'ai commencé à gagner beaucoup d'argent avec mon cabinet, j'avais le sentiment qu'il ne me jugeait pas digne de sa fille. J'aurais dû laisser plus de liberté à Claire. J'aurais dû lui faire davantage confiance.

Adam n'aurait jamais imaginé entendre de telles paroles dans la bouche de son beau-père. Alors qu'il s'apprêtait à lui répondre, le visage de John redevint un masque impénétrable.

– Je retrouverai cet homme, et je le retrouverai avant la police.

Adam sentit les battements de son cœur s'accélérer.

– Que voulez-vous dire ?

– J'ai déjà engagé les deux meilleurs détectives privés de l'État. Ils ont accepté de se consacrer à l'affaire dès aujourd'hui.

– Quoi ! Des détectives ?

– Ça n'a rien d'illégal, et je crois en connaître un rayon sur ce sujet.

Adam était abasourdi.

– John, vous avez conscience de l'impact désastreux que ça pourrait avoir sur l'enquête ? La police va penser que vous ne lui faites pas confiance pour retrouver l'assassin de Claire. Ou, pire, que vous cherchez à lui mettre des bâtons dans les roues.

– Je connais ces hommes, j'ai déjà travaillé avec eux par le passé. Je sais qu'ils sauront se montrer d'une totale discrétion, du moins dans un premier temps. J'ai de l'argent, Adam, beaucoup d'argent, et je compte bien l'utiliser pour mettre toutes les chances de notre côté.

– Vous me faites peur, John. Pourquoi avez-vous dit que vous vouliez le retrouver *avant* la police ?

– Quand je suis parti ce matin dans l'ambulance qui transportait le corps de Claire, je n'avais qu'une idée en tête : tuer cet homme, le tuer de mes propres mains pour me venger…

Adam sentit ses poils se dresser sur ses bras. Il était horrifié. Non par les paroles de John, mais parce qu'il éprouvait exactement le même sentiment que lui. Quels reproches aurait-il bien pu lui faire ? Il ressentait cette même haine au fond de son cœur, cette même soif de vengeance. Il fallait que cet homme paye pour ce qu'il avait fait.

– Je sais ce que tu penses, reprit Durning après un silence. « Comment un avocat qui a passé sa vie dans le box de la défense peut-il mépriser à ce point les lois et vouloir se faire justice lui-même ? »

– Je ne pense rien de tel.

– Tu en es sûr ? Il y a pourtant là un paradoxe que j'assume. Je pourrais te dire que je croyais innocents la plupart des accusés que j'ai défendus. Mais la vérité, c'est que je pensais avant tout à ma carrière et aux retombées médiatiques qu'auraient les affaires que j'acceptais. Je n'ai jamais réellement pensé aux souffrances des familles des victimes. Je suis un monstre, n'est-ce pas ?

– Non, répondit Adam en secouant la tête. Vous êtes un homme, tout simplement.

Le téléphone de John émit un bourdonnement dans sa poche. D'un air las, il le sortit et jeta un rapide coup d'œil à l'écran.

– C'est Susan. Elle n'arrête pas de m'envoyer des messages.

– Vous devriez aller la rejoindre. Il n'y a plus rien que vous puissiez faire ici.

– Oui, tu as raison, j'imagine que c'est la seule chose qu'il me reste à faire.

John se leva et réajusta sa veste, comme pour se donner une contenance désormais bien inutile.

– Je retrouverai cet homme, Adam, mais je ne le tuerai pas. Quand on est mort, tout s'arrête : on ne ressent plus rien, on ne souffre plus. Or je veux que cet homme souffre comme il me fait souffrir. Je rêve d'une vengeance qui n'aurait pas de fin. Oui, je veux qu'il souffre jusqu'au dernier jour de son existence…

7

– Je voudrais être seul, Carl.

– Non, mon grand, je ne peux pas te laisser comme ça… pas dans un moment pareil. Tu ne peux pas savoir comme je m'en veux… moi qui n'ai pas arrêté de t'envoyer des messages furibards alors que…

Assis sur un coin de la table basse du salon, Carl n'osa pas terminer sa phrase. D'un air affligé, il regardait Adam, qui venait d'allumer une nouvelle cigarette, affalé sur le canapé. Le plaid était parsemé de cendres. Carl rapprocha de son ami la coupelle en verre qui servait de cendrier, puis s'empara du paquet de cigarettes posé à ses côtés.

– Merde, voilà que je replonge !…

Il alluma une cigarette et tira plusieurs bouffées avant de reprendre la parole :

– Tu ne te doutais vraiment de rien ? Claire n'a pas cherché à te faire comprendre qu'elle était enceinte ?

Adam secoua la tête.

– Personne à part Susan n'était au courant. Même ses parents ne savaient rien. Susan m'a dit que Claire voulait garder le secret encore quelque temps.

– Elle avait peur d'être déçue une nouvelle fois ?

– Non, je crois que c'est moi qu'elle avait peur de décevoir. Claire était persuadée que c'était de sa faute si nous ne pouvions pas avoir d'enfant.

Carl se leva et commença à arpenter la pièce avec anxiété, cigarette à la main.

– Comment une chose pareille a pu arriver ? Pourquoi est-ce qu'il a fallu que ça tombe sur Claire ?

Il tira sur sa clope, puis fronça les sourcils.

– Je vais contacter un avocat sans perdre de temps.

– De quoi est-ce que tu parles ? Quel avocat ?

– Ce que tu m'as raconté ne me plaît pas. Ce flic n'aurait pas dû te rudoyer comme il l'a fait. Ne sois pas naïf. Ils vont te mettre la pression si on ne fait rien… C'est toujours ce qu'ils font avec le mari de la victime quand ils n'ont pas la moindre piste.

Adam se redressa sur le canapé.

– Putain, Carl ! Mais tu t'entends ? Claire a été assassinée, j'ai perdu ma femme, nom de Dieu ! Tu crois que j'en ai quelque chose à foutre que ce flic me mette sur la liste de ses suspects ?

– Ce n'est pas que de toi qu'il s'agit… tu ne comprends pas ? En s'acharnant sur toi au lieu de rechercher le vrai coupable, ils vont perdre du temps !

– Miller ne me soupçonne pas vraiment. Je t'ai dit qu'il pensait que cet homme avait déjà fait du mal à d'autres femmes. Ces pétales de roses… Ce mec est un malade mental, Carl. C'est un psychopathe !

Les mains d'Adam s'étaient mises à trembler. Des cendres tombèrent sur le tapis. Carl secoua la tête. Il revint s'asseoir sur le coin de la table basse et écrasa sa cigarette dans la coupelle.

– Tu ne dois pas penser à ça pour le moment… Tu dois prendre soin de toi et ne surtout pas rester seul ce soir. Je ne veux pas que tu fasses une connerie. Pourquoi tu ne viendrais pas t'installer quelques jours à la maison ?

– Quelle « maison » ? Tu parles comme si tu avais une femme et trois gosses. Ton appartement est déprimant, tu n'y mets les pieds que pour dormir.

– C'est vrai que ça n'est pas folichon. C'est moi qui resterai ici, alors. Qu'est-ce que tu en dis ? Tu as besoin de quelqu'un qui veille sur toi.

– J'ai surtout besoin de rester seul.

– C'est une offre que tu ne peux pas refuser, répondit Carl en prenant une voix feutrée et en se grattant le menton.

– Qui es-tu censé imiter, là ? Brando dans *Le Parrain* ?

– Va te faire foutre ! Si tu savais combien d'heures j'ai passées devant ma glace à perfectionner cette imitation…

Adam eut un sourire triste.

– Tu es mon seul ami, Carl. Tu le sais, n'est-ce pas ?

– Arrête les violons, s'il te plaît.

– C'est pitoyable de dire un truc pareil à 40 balais, pas vrai ? Et pourtant, c'est la vérité. Tu te rends compte que je n'ai personne dans ma vie à part Claire et toi… Personne.

– On va s'en sortir.

– Non, je ne m'en sortirai pas.

Adam promena son regard sur le salon comme s'il découvrait cette pièce pour la première fois.

– Je me souviens du jour où on a visité cette maison, continua-t-il. Je m'y suis senti mal à la seconde où j'ai mis le pied à l'intérieur. Je savais que je n'y serais jamais heureux. Mais Claire l'a tout de suite adorée. Elle passait de pièce en pièce, excitée comme une gamine avec un nouveau jouet entre les mains. L'agent immobilier avait la mine satisfaite du type qui sait qu'il va bientôt toucher une grosse commission. Alors, tu vois, j'ai voulu lui faire plaisir et j'ai menti en prétendant que j'avais eu moi aussi un coup de cœur.

– C'était une preuve d'amour.

Adam secoua la tête et écrasa à son tour sa cigarette dans la coupelle.

– Non. Mentir à l'autre n'est jamais une preuve d'amour… Tu sais, quand j'étais gosse, il y avait une vieille maison abandonnée au bout de la rue où j'habitais : une bâtisse surmontée d'une petite tour qui ressemblait à un manoir. Du lierre avait recouvert presque toute la façade et le jardin avait fini par devenir une vraie jungle. Cette maison m'obsédait, c'était mon rêve. Je m'étais juré qu'un jour je gagnerais assez d'argent pour l'acheter et la rénover. C'est dans un lieu comme ça que j'aurais aimé passer ma vie et élever mes gosses. Et puis un jour, sans prévenir, une pancarte « À VENDRE » est apparue sur le portail. J'en ai fait une maladie.

– Pourquoi est-ce que tu me racontes ça ?

– Je ne sais pas trop. La maison est restée en vente pendant plus d'un an avant d'être achetée par un promoteur. Elle a été rasée et remplacée par un immeuble. Pfut ! Envolé, mon rêve ! Tu vois, les choses disparaissent plus vite qu'on ne le croit, et même les rêves de gosses ne peuvent rien contre ça.

Se sentant pris d'une terrible fatigue, Adam se laissa aller dans le canapé.

– Je crois qu'on a besoin de boire un truc, fit Carl.

Adam n'avait plus la force de lui répondre. Il laissa son ami farfouiller dans le buffet et en sortir une bouteille de gin aux trois quarts pleine. Il se souvint de l'avoir entamée un soir où Claire était sortie et qu'il s'était senti seul – mais avait-il jamais su jusqu'à ce jour ce que signifiait l'adjectif « seul » ?

Carl prit deux verres sur le buffet, les remplit généreusement et lui en apporta un.

– Allez, bois ! Ça te fera du bien.

Adam contempla un instant le breuvage transparent. Il avait une irrésistible envie d'alcool, mais il n'était pas certain que céder à ce type de tentation soit une si bonne idée que ça. Il ne voulait pas du scénario qu'il avait imaginé quelques heures plus tôt dans sa voiture : enchaîner les verres jusqu'à s'en abrutir. Une voix intérieure lui murmurait qu'il n'avait pas le droit de fuir ni d'oublier la réalité.

– À Claire, ajouta Carl, tandis que des larmes se mettaient à luire dans ses yeux.

Après une dernière hésitation, Adam porta le verre à ses lèvres. À peine eut-il avalé une gorgée brûlante de gin que la sonnette retentit. Il sursauta, renversant un peu d'alcool sur le tapis sous ses pieds.

– Bon sang ! Qui ça peut être ? maugréa Carl. Tu veux que j'aille voir ?

– Non, c'est à moi d'aller ouvrir.

Adam eut le plus grand mal à s'extraire du canapé, et les quelques mètres qui le séparaient de la porte d'entrée lui furent une épreuve. Alors qu'il s'arrêtait dans le vestibule, la sonnette se fit entendre à nouveau.

Ayant pris une grande inspiration, il ouvrit la porte. L'inspecteur Miller se tenait devant lui, flanqué d'un agent en uniforme qui semblait tout juste sorti de l'école de police – un homme qu'il était certain de ne pas avoir vu à la maison du lac.

– Adam, fit Miller avec un petit signe de la tête. Désolé de venir vous déranger… Je n'étais même pas certain de vous trouver chez vous. Vous tenez le coup ?

Planté dans l'entrée, Adam le regardait, comme éteint. Il finit par lui adresser à son tour un de ces signes de la tête qui ne signifient rien de vraiment précis.

– Est-ce qu'on pourrait entrer un moment ? ajouta l'inspecteur. J'ai à vous parler.

Adam s'écarta pour libérer le passage et indiqua aux policiers la direction du salon.

– Très jolie maison, lâcha Miller.

Adam sentit dans sa voix une pointe d'envie, la même qu'il avait décelée dans la cuisine de ses beaux-parents. Il espéra qu'il n'allait pas remettre la question de l'argent sur le tapis.

Carl était debout près du comptoir de la cuisine ouverte et affichait un air franchement hostile.

– Je vous présente mon ami, Carl Terry.

– Monsieur, se contenta de dire Miller sans même lui tendre la main.

Le salon empestait la cigarette. Adam regarda la table basse et regretta d'y avoir laissé la bouteille de gin et les verres. Même s'il n'y avait pas de loi interdisant à un homme qui vient de perdre sa femme de boire un verre, il ne voulait pas offrir ce genre de spectacle à Miller.

– Je suis désolé, mais je n'ai pas encore fait la liste que vous m'avez demandée.

– Ce n'est pas pour cela que je suis venu vous voir.

– Vous avez du nouveau ?

– Non. Malheureusement, rien de probant pour l'instant. Il est peu vraisemblable qu'un voisin ait vu votre femme ce matin, mais on espère bien que quelqu'un aura croisé l'homme dans les alentours. S'il n'est pas du coin, il avait forcément un véhicule pour venir jusqu'à la plage. On va tenter notre chance du côté des caméras de surveillance du réseau routier.

Adam hocha la tête, mais les paroles du policier glissaient sur lui comme de l'eau sur un tissu imperméable. Il lui semblait que plus rien n'avait d'importance à présent. Qu'on arrête cet homme ou non, cela ne changerait rien au fait que Claire n'était plus là. Miller toussota avant de poursuivre :

– Nous sommes ici parce que nous aurions besoin de jeter un coup d'œil aux affaires de votre femme, et probablement d'en emporter quelques-unes…

– Attendez une minute ! s'insurgea Carl. Est-ce que vous avez un mandat pour ça ?

– Carl, à quoi tu joues ?

Miller leva aussitôt une main en l'air.

– Il n'y a pas de problème. Je comprends… Non, nous n'avons pas de mandat, pour la simple et bonne raison qu'il ne s'agit pas d'une perquisition. Nous sommes dans le même camp, je veux que vous en soyez persuadés. Nous voulons juste en apprendre plus sur votre femme. Je vous ai dit combien il était important qu'on puisse établir son emploi du temps des derniers jours et savoir qui elle fréquentait.

– Je peux te parler ? demanda Carl en posant une main sur l'avant-bras d'Adam.

– De quoi est-ce que tu veux qu'on parle ?

– Je t'en prie, juste une minute.

Adam soupira.

– D'accord.

Il se tourna vers les policiers.

– Vous nous excusez ?

Les deux hommes échangèrent un regard perplexe avant d'acquiescer de concert, comme deux marionnettes parfaitement synchronisées.

À contrecœur, Adam se laissa entraîner par Carl dans le couloir de l'étage qui menait aux chambres. Les murs étaient couverts de photos de voyage. Claire et lui dans les rues de Madrid, sur le Champ-de-Mars devant la tour Eiffel, sur la place de la Vieille-Ville à Prague… Des souvenirs d'un périple qu'ils avaient fait en Europe l'été, trois ans plus tôt. Adam détourna le regard pour fuir ces traces d'un bonheur perdu.

– Je n'aime pas ce type, fit Carl à voix basse. Il te faut absolument un avocat.

– Tu ne vas pas recommencer ! Miller n'a pas de mauvaises intentions, il veut juste savoir qui Claire aurait pu croiser ces derniers jours. On ne peut pas exclure qu'elle connaissait ce malade et qu'il l'ait suivie jusqu'à la maison du lac. Je veux l'aider…

– Parle moins fort ! Tu ne comprends donc rien ! Imagine qu'ils tombent sur un journal intime ou sur des mails que Claire aurait échangés avec des amies. Il suffirait que vous vous soyez disputés un jour et qu'elle en ait parlé pour qu'ils essaient de le retourner contre toi !

– Je n'ai rien à cacher.

– Toi non, mais Claire, tu n'en sais rien. On a tous un jardin secret. Tu as entendu ce flic ? Ils n'ont pas la moindre foutue piste ! Ils vont essayer de se raccrocher aux branches. Et les branches, c'est tout ce qu'ils trouveront dans ta baraque. Quand on cherche, on finit toujours par trouver…

Adam s'appuya contre un mur du couloir. Devant lui, le visage souriant de Claire se découpait sur l'église de Notre-Dame-de-Týn à Prague.

– Désolé. Je sais que tu essaies de m'aider, mais je ne les empêcherai pas de fouiller dans les affaires de Claire. Je ne changerai pas d'avis. Redescendons, s'il te plaît.

*

Après avoir fait un rapide tour du rez-de-chaussée, Miller et son acolyte explorèrent la chambre. Contrairement à ce que l'on voit dans les films, où les flics mettent chaque pièce sens dessus dessous, les deux hommes agirent méticuleusement, prenant soin de remettre chaque affaire à la place où ils l'avaient trouvée – comme l'avait si bien souligné l'inspecteur, il ne s'agissait pas d'une perquisition.

Adam demeurait immobile dans l'embrasure de la porte, sans prononcer un mot. Il regardait les policiers s'affairer, incapable, tout comme le matin sur la plage, de croire que la scène qui se déroulait sous ses yeux était réelle. Carl se tenait au centre de la chambre, l'œil à l'affût, prêt à intervenir si les policiers devaient passer les bornes.

Tandis que le plus jeune flic furetait dans des boîtes à chaussures, Miller sortit de la penderie deux sacs à main qu'il agita au-dessus du lit. Il n'en tomba qu'un bâton de rouge à lèvres, un paquet de mouchoirs et quelques cartes de visite colorées provenant de boutiques du centre-ville. Qu'espérait-il ? À supposer que Claire ait croisé son assassin les derniers jours – ou, pire, qu'elle le connût vraiment –, quelle probabilité y avait-il qu'on en trouve trace dans ses affaires ?

Délaissant les sacs à main, Miller s'approcha du bureau situé dans un angle de la pièce, juste à côté de la fenêtre. C'était là que Claire travaillait parfois le soir, à la lumière d'une petite lampe de banquier.

– C'est l'ordinateur de votre femme ? demanda-t-il en tapotant le PC portable posé sur le bureau.

– Oui.

– Est-ce que vous connaissez le mot de passe ?

Adam entra enfin dans la chambre pour le rejoindre.

– Claire n'en avait pas.

Miller releva le capot et attendit que l'ordinateur sorte de son état de veille.

– Il y en a un pourtant. Regardez…

Adam s'avança. Un petit rectangle gris invitait en effet l'utilisateur à entrer son mot de passe.

– Je ne comprends pas. J'ai souvent utilisé cet ordinateur et…

– Vous n'auriez pas une idée ?

– Non, je ne vois pas.

– Vous permettez que j'essaie ?

– Bien sûr, allez-y.

Tandis que Carl lançait à Adam un regard réprobateur, Miller s'installa au bureau et commença à pianoter sur le clavier. Adam suivit ses doigts qui composèrent toute une série de prénoms : « Claire », « Adam », « John », « Clarissa », « Susan »… En vain. Puis il tapa des chaînes de caractères qui parurent totalement absurdes à Adam, comme « 123456 » ou « motdepasse ». Sans plus de succès.

– Vous ne pouvez pas savoir le nombre de personnes qui utilisent ce genre de codes, remarqua Miller, qui se sentait observé. Vous n'avez pas d'animal de compagnie ?

– Non.

– Est-ce que votre femme avait un second prénom ?

Adam hocha la tête.

– Rose.

– Comme la fleur ? demanda Miller, stupéfait.

– Oui.

Adam mit deux ou trois secondes à faire le lien avec les pétales trouvés sur la plage.

Miller s'empressa de taper les quatre lettres, puis actionna la touche « entrée ». La session s'ouvrit, comme par magie.

– Bingo ! s'écria-t-il.

En fond d'écran, un tableau qu'Adam reconnut aussitôt. La Vierge Marie, pensive, tenait son enfant dans les bras, assise devant un jardin envahi de buissons de roses. Miller s'approcha de l'écran et le scruta attentivement. Il posa un doigt sur l'arrière-plan de la scène.

– Ce sont des roses, n'est-ce pas ?

– Oui, répondit Adam, le cœur battant. C'est un tableau de Botticelli, *La Vierge à la roseraie*. Il se trouve à Florence. Claire et moi l'avons vu lors d'un voyage en Europe.

– Vous saviez que votre femme avait choisi ce fond d'écran ?

– Non, c'est la première fois que je le vois.

Adam était déboussolé. Les pétales sur la scène de crime. Le prénom Rose. Le tableau de Botticelli.

– Nous devons absolument emporter cet ordinateur. Vous ne vous y opposez pas, monsieur Chapman ?

Adam secoua la tête. Il avait l'impression de perdre pied, d'être plongé dans un monde qui n'avait ni sens ni logique.

Carl, à ses côtés, intervint dans la conversation :

– Alors cet homme n'a pas frappé au hasard ? Il connaissait vraiment Claire ? Vous ne croyez pas à une coïncidence, n'est-ce pas ?

Miller scruta une nouvelle fois l'écran. Son visage était devenu grave et songeur.

– Non, je n'y crois pas une seconde. Dans mon métier, monsieur Terry, on part toujours du principe que les coïncidences n'existent pas.

8

Adam se releva du canapé pour se servir un énième verre de gin. Il se sentait la gorge irritée d'avoir trop fumé. La coupelle sur la table basse était remplie de mégots. Le salon était plongé dans la pénombre, seulement éclairé par une lampe près de l'entrée. Carl somnolait dans un fauteuil, le corps à moitié recouvert d'un plaid. Les deux hommes avaient passé la soirée à boire et à parler – même si leur discussion avait été interrompue par de longues et inhabituelles plages de silence.

Les policiers avaient emporté l'ordinateur de Claire, quelques dossiers ainsi qu'un agenda qu'elle utilisait pour son travail. « Je vous tiendrai au courant », s'était contenté de lui dire Miller en lui serrant la main.

Les idées se bousculaient dans la tête d'Adam. Miller ne croyait pas aux coïncidences. Mais la rose devait être la fleur préférée de la moitié de la population. Quant au mot de passe, combien de personnes avaient recours à des choses aussi banales qu'un second prénom ou une date de naissance ? De là à y voir un lien avec les pétales que ce malade avait disposés tout autour du corps de Claire…

Adam alluma son téléphone. Minuit quinze déjà. Il y avait quantité d'appels en absence dont il ne chercha pas à prendre connaissance. La nouvelle de la mort de Claire avait dû se répandre comme une traînée de poudre. Sans doute en parlait-on sur les chaînes d'information. Peut-être avait-on déjà donné son nom. Il s'étonnait même que des voisins ne soient pas venus sonner à la porte. Mais pour lui dire quoi, de toute façon ? Les gens ne supportaient pas la mort. Ils la tenaient à distance, comme une maladie contagieuse.

– Tu sais, quand je me suis réveillé ce matin, je crois que je savais ce qui allait se passer.

Carl ouvrit brièvement un œil.

– Quoi ?

Adam avala une gorgée d'alcool avant de s'allonger sur le canapé.

– Ou plutôt, je savais qu'il allait se passer quelque chose de terrible. Ça peut paraître fou, Carl, mais je ne crois pas qu'il s'agissait d'un hasard. J'étais angoissé, je n'arrivais plus à respirer… J'ai essayé d'appeler Claire plusieurs fois, pour savoir si tout allait bien, mais elle n'a pas répondu. Elle était peut-être déjà… Est-ce que tu crois qu'on peut prédire ce genre de choses ? Des choses si horribles qu'elles vous marquent avant même de se produire. Une sorte d'intuition… Tu m'écoutes, Carl ?

– Hum…

– Je crois que j'aurais pu la sauver. Je le crois vraiment.

– Essaie de dormir, maintenant, marmonna Carl en se retournant dans son fauteuil.

– Je n'étais qu'un pauvre type avant de la rencontrer. C'est Claire qui a fait de moi ce que je suis. Je ne suis plus rien sans elle, tu comprends ?

Au bout de quelques minutes, Adam se releva. La tête lui tourna. Il avala d'un trait le reste de son verre, s'approcha de son ami qui s'était endormi et remonta sur lui le plaid. Carl affichait une drôle de grimace : il avait la bouche grande ouverte et ronflait légèrement.

– Si tu te voyais, Carl… Tu n'es pas bien beau…

Adam traversa la pièce et emprunta l'escalier qui menait à l'étage. Il s'arrêta dans le couloir, regarda à nouveau les innombrables photos de voyage qui décoraient les murs. Le visage de Claire, démultiplié, lumineux, si plein de vie – des images, de simples images qui n'avaient plus aucune réalité tangible sur cette terre. Il sentit une lame de désespoir monter en lui, puis l'envahir complètement. Ce n'était plus de la tristesse qu'il éprouvait. C'était une impuissance accablante, la peur de devoir continuer à vivre seul sans Claire à ses côtés. Ce fardeau quotidien, il n'arrivait pas à l'envisager.

Les mois qui allaient suivre, il lui semblait les avoir déjà vécus : les rares personnes qui ne le fuiraient pas comme la peste essaieraient tant bien que mal de le consoler, avec des formules vaines et maladroites. Cette perspective le terrifia. Il sentait bien au fond de lui, même de manière confuse, qu'il ne parviendrait pas à endurer tout cela. Ou plutôt qu'il ne le voulait pas. Il n'avait pas envie que ça aille mieux, pas envie de passer sa vie de thérapie en thérapie en se faisant croire que peut-être, un jour, un autre bonheur serait possible. Il ne souhaitait pas que sa douleur s'apaise, puisque c'était la seule chose qui le reliât encore à Claire.

Planté au milieu du couloir, il regardait la fenêtre qui lui faisait face. Dehors, l'obscurité était si totale qu'il eut l'impression de contempler davantage que la nuit : le néant dans sa plus pure expression. Mais, étrangement, cette vision ne l'angoissa pas. Cette noirceur dans laquelle se cachait peut-être ce qu'il restait de sa femme l'attirait soudain terriblement.

Adam leva les yeux au plafond. Les policiers croyaient avoir inspecté toutes les pièces de la maison, mais il en était une qui leur avait échappé. Il se mit sur la pointe des pieds et attrapa la corde permettant de déployer l'escalier escamotable en bois qui conduisait au grenier.

Il demeura un instant immobile, un pied sur une marche, puis commença à gravir l'escalier abrupt. Arrivé en haut, il actionna l'interrupteur. Voilà des lustres qu'il n'était pas venu là. Le grenier était une pièce d'une dizaine de mètres carrés aseptisée et sans charme. Pas de poussière, de toiles d'araignée, ni de vieux bibelots ou de meubles recouverts d'un drap. Seulement quelques caisses d'outils qui leur avaient servi lors de leur installation et des cartons remplis d'habits ou de livres dont ils auraient un jour ou l'autre fini par se débarrasser. Son regard ne s'arrêta que sur un carton remisé entre la trémie et le mur. À moitié ouvert, il contenait un petit lit à barreaux qu'ils avaient eu le malheur d'acheter au troisième mois de grossesse de Claire, avant qu'une fausse couche ne réduise leurs rêves à néant. Il n'avait pas uniquement perdu sa femme ; on lui avait aussi arraché toute son existence à venir, ses projets, ses rêves les plus ordinaires, l'espoir d'avoir un jour des enfants. Imaginer une vie sans elle reviendrait à balayer d'un revers de main tout ce qu'ils avaient vécu ensemble. Et cette pensée lui était insupportable.

S'accroupissant à cause du mur en pente, Adam progressa jusqu'au fond du grenier. Derrière des sacs de couchage et du matériel de camping, il attrapa un long étui noir, qu'il fit glisser jusqu'à ses pieds.

« Tu n'as pas le choix, il n'y a pas d'autre solution », lui murmura une voix intérieure.

Il ouvrit l'étui. Reposait à l'intérieur un Beretta calibre 22 qu'il avait acheté deux ans plus tôt sur l'insistance de Carl : celui-ci le houspillait sans cesse pour qu'il l'accompagne à ses séances de tir hebdomadaires. Adam l'avait utilisé quatre ou cinq fois avant de le remiser dans le grenier. L'arme était flambant neuve et en parfait état de marche. Il n'aurait jamais cru devoir la réutiliser un jour. Ironie du sort. Ne jamais dire « jamais ».

Méticuleusement, il inséra un chargeur neuf. Prenant une inspiration, il fit monter une balle dans le canon et baissa la sécurité.

Carl devait être profondément endormi. Vu la quantité d'alcool qu'il avait ingurgitée, il y avait peu de chances qu'il débarque ici, au moment fatidique, pour l'empêcher de faire ce qu'il avait à faire.

Les choses étaient si simples en fin de compte. Beaucoup plus que ce que le commun des mortels pouvait croire. Il suffisait de se laisser aller. De ne plus lutter. Adam n'éprouva même pas de moment d'incertitude ou de doute. Ce qu'il aurait été incapable d'imaginer vingt-quatre heures plus tôt s'imposait à lui avec le plus grand naturel.

Il regarda une dernière fois le carton qui contenait le petit lit de bébé, à l'autre bout du grenier. Si seulement… Sa vie, *leur* vie, aurait pu être tellement différente. Pourquoi le malheur prenait-il un plaisir sadique à venir briser un bonheur naissant ?

Calmement, sans peur ni hésitation, Adam fit remonter le canon de son arme jusqu'à sa tempe. Il régnait un parfait silence dans le grenier. Un de ces silences qui vous font pleinement ressentir ce qu'est la solitude. Et la sienne était affreuse, au point que l'issue qu'il avait choisie lui paraissait presque réconfortante.

Il posa un doigt sur la détente. Sa vie ne défila pas devant ses yeux. Non. Un centième de seconde avant que la balle lui explose le cerveau, Adam Chapman vit seulement le visage de sa femme.

Elle avait peur. Elle avait besoin de lui. Et il n'avait pas été là pour elle.

DEUXIÈME PARTIE

« Gâté par le sort, je n'ai pas su voir les ténèbres ni ce qu'elles dissimulaient. »

Thomas H. Cook, *Les Leçons du Mal*

1

Adam se réveilla en sursaut, le front couvert de sueur. Le sang battait à ses tempes comme des baguettes sur un tambour. L'endroit où il se trouvait était plongé dans le noir. Pas le moindre rayon de lumière autour de lui.

Qu'est-ce qui m'arrive ?

Telle fut la première question qui imprima son esprit.

Où suis-je ? fut la seconde.

Son corps tout entier était pris de panique. Il tourna la tête. Sur sa droite, les chiffres dénués de sens du radio-réveil apportèrent une réponse à sa seconde question. Il était dans sa chambre, allongé dans son lit comme tous les matins.

Il tendit la main de l'autre côté du lit. Vide. Le drap était glacé. Personne n'avait dormi à ses côtés.

Claire... elle est morte.

Cette pensée s'abattit sur lui comme un couperet. Une détresse absolue l'envahit et, aussitôt, un flot d'images déferla dans son esprit. Il se revit au volant de sa voiture, roulant à tombeau ouvert pour rejoindre la maison du lac. La rencontre avec l'inspecteur de police. L'interrogatoire dans la cuisine de ses beaux-parents. La marche sur la plage devenue une scène de crime. Son retour en ville. Sa discussion avec Susan. La morgue. Carl. Et le grenier. Il se souvint de l'arme qu'il tenait dans sa main, de la sensation froide du canon sur sa tempe, de son doigt sur la détente. Et après… plus rien. Le noir total, le vide, le néant.

Je suis mort, bordel ! Je suis mort, tout comme Claire !

Il porta une main à sa tempe, comme pour y chercher la trace de ce qu'il avait vécu. Une blessure. Du sang séché. Mais il ne trouva rien.

Qu'est-ce que tu t'imagines, mon vieux ? Qu'on peut se tirer une balle dans le citron avec un Beretta puis aller tranquillement se coucher dans son lit ?

Je n'ai pas tiré, c'est ça, je n'ai pas tiré... J'ai renoncé au dernier moment. J'ai dû me traîner jusqu'à la chambre et m'endormir. J'ai tellement bu hier que je ne m'en souviens pas. Carl doit être encore en train de roupiller dans le salon.

En quelques secondes, ses yeux se remplirent de larmes. Voilà à quoi ressemblerait désormais chaque matin de son existence. Claire n'était plus là, ne serait plus jamais là. Il n'était qu'un minable. Il avait perdu sa femme et n'avait même pas eu le courage de se foutre en l'air.

Il s'essuya les yeux d'un revers de la main, repoussa le drap d'un geste brusque et s'assit au bord du lit. Son crâne était pris dans un étau, prêt à exploser. Il commença à se masser énergiquement le front, puis les tempes, mais la douleur ne voulait pas partir. Et les mêmes images continuaient de tourner dans sa tête. Le visage de Claire. Le lac. La parcelle de sable où avait reposé son corps. Les techniciens de la police qui passaient au crible la scène de crime…

S'étant un peu habitué à l'obscurité, il distingua son téléphone portable sur la moquette. Posé exactement au même endroit que la veille. Il ne se souvenait pourtant pas de l'avoir gardé avec lui. Il était certain de l'avoir laissé dans le salon avant de monter au grenier. Il s'en empara et l'alluma.

Sur la photo de fond d'écran apparurent l'heure et la date :

05:12
samedi 8 juin

Son cœur s'emballa.

C'est impossible ! Ce téléphone déconne.

Paniqué, il ouvrit plusieurs applications : son agenda, les pages d'actualité de deux journaux… Mais, partout, la même date revenait : samedi 8 juin.

Pris d'un haut-le-cœur, Adam se leva et se rua dans la salle de bains. Il eut à peine le temps de s'accroupir devant les toilettes qu'il régurgita dans la cuvette tout ce que contenait son estomac.

Sans même tirer la chasse, il se releva, s'aspergea le visage d'eau puis se rinça plusieurs fois la bouche. Ce n'est qu'après s'être essuyé sommairement avec une serviette qu'il alluma le néon surplombant le miroir et découvrit son reflet. Traits tirés, yeux éteints, joues d'une pâleur effrayante. Exactement le même visage que la veille.

« La veille » ? Quelle veille ? Samedi ? Mais samedi, c'est aujourd'hui !

Ses mains, posées sur le rebord du lavabo, furent prises d'un tremblement familier. Il serra les poings. Ses ongles s'enfoncèrent dans sa peau.

Les médicaments !

Il lui fallait une preuve : les médicaments en seraient une. Il saisit la petite poubelle de salle de bains et la vida entièrement à même le sol. Rien, à part deux mouchoirs usagés, quelques cotons-tiges et un emballage de produit de beauté de Claire. Pas le moindre tube.

Son cerveau tourna à plein régime pour trouver une explication rationnelle à sa situation. Leur femme de ménage ? Elle passait deux fois par semaine, uniquement le lundi et le jeudi. De toute façon, la poubelle n'avait pas été vidée… Aurait-il pu mettre le tube autre part ? Non, il se revoyait parfaitement le jeter dans la poubelle. Alors où était-il passé ?

C'est avec fébrilité qu'Adam ouvrit l'armoire à pharmacie. Les produits et les flacons étaient tous parfaitement rangés. Il les retira un à un, lentement, comme s'il attendait qu'un éclair de génie frappe son esprit et mette un terme à cette énigme. Le tube de médicaments était toujours à la même place, tout au fond.

En le prenant, il entendit distinctement les pilules qui s'entrechoquaient à l'intérieur. Sur l'étiquette abîmée, il lut son nom et celui du docteur Childress. Il ouvrit le tube, y compta trois pilules. Les trois dernières pilules qu'il avait avalées vingt-quatre heures plus tôt.

Pris d'affolement, il les vida dans le lavabo et ouvrit le robinet pour les faire disparaître dans le tuyau d'évacuation, comme si ce simple geste pouvait suffire à abolir la réalité. Puis il poussa un hurlement et jeta de toutes ses forces le tube contre le mur de la salle de bains. Il ricocha dessus et alla terminer sa course dans le bac de la douche.

Adam prit à nouveau appui sur le bord du lavabo et contempla son visage dans le miroir. Si fou que cela paraisse, il n'était plus certain que d'une chose : il avait tiré. Il avait appuyé sur la détente quand il était dans le grenier. Il avait bel et bien mis fin à ses jours.

2

Après avoir enfilé un jean et un pull à la va-vite, Adam descendit au rez-de-chaussée et alluma toutes les lumières du salon. Comme il s'y attendait, il n'y avait pas de trace de Carl. Rien qui puisse laisser penser que son ami lui avait rendu visite, encore moins qu'il avait passé une partie de la nuit dans un fauteuil. Pas de coupelle remplie de mégots de cigarettes ni de verres sur la table basse. Il ouvrit le buffet, où il trouva la bouteille de gin aux trois quarts pleine. Cette bouteille que son ami et lui avaient pourtant bue jusqu'à la dernière goutte.

Qu'est-ce qui se passe, nom de Dieu !

Il alluma le poste de télé de la cuisine, zappa jusqu'à tomber sur une chaîne d'information en continu. « Samedi 8 juin », indiquait-elle. Au moins n'y avait-il plus aucun doute sur la date. Plus de raison de mettre en cause son téléphone.

Indifférent au reportage diffusé, Adam resta les yeux rivés sur le bandeau en bas de l'écran qui donnait les actualités en temps réel. La Bourse avait fini en baisse le vendredi, mais les indices qui défilaient n'étaient pas exactement les mêmes que ceux de la veille. Il avait une mémoire quasi photographique des chiffres. Il était sûr de lui.

Alors quoi ? S'il avait vraiment appuyé sur la détente du Beretta et qu'il s'était fait exploser la cervelle, quelle explication lui restait-il ?

Peut-être qu'il s'était raté et qu'il était en ce moment même étendu dans un lit d'hôpital, plongé dans un profond coma, entraîné dans les limbes d'un univers imaginaire, le cerveau ravagé. Absurde... Il posa les mains sur le comptoir de la cuisine. Il sentait les aspérités du chêne brut sous ses doigts. Il entendait son pouls battre. Il se sentait respirer. Il était tout ce qu'il y avait de plus vivant. Le monde qui l'entourait était réel. Cette cuisine était réelle. Les images qui se succédaient sur le poste ne pouvaient pas être une création de son cerveau. Non. Il était en train de revivre la même journée, à quelques détails près. Et Dieu sait qu'il n'avait jamais cru à ces putains d'histoires de science-fiction sur les voyages dans le temps ou les failles spatio-temporelles...

Il chercha son portefeuille, le trouva sur le meuble de l'entrée, là où il déposait ses clés et son courrier. Il le vida entièrement mais, sans grande surprise, il fut incapable de remettre la main sur la carte de visite de Miller. Si cette foutue journée n'avait pas existé, alors il n'avait tout simplement jamais eu cette carte en sa possession. Il tenta de se remémorer le numéro du policier, mais son esprit demeura une toile blanche.

Tu te souviens des indices du Dow Jones, mais tu n'arrives pas à te rappeler le numéro du flic qui enquête sur la mort de ta femme ?

Il vérifia les appels passés sur son portable. Le dernier numéro appelé était celui de Carl. Un coup de fil daté du vendredi, en fin d'après-midi. Rien de plus récent. Aucun appel à Claire. Ils avaient pourtant parlé ensemble plus d'un quart d'heure la nuit du vendredi au samedi, peu après minuit.

Son cerveau n'était plus qu'un marécage opaque d'où n'émergeait aucune explication rationnelle.

Il posa son portefeuille et remonta à l'étage. Une fois dans le couloir, comme quelques heures plus tôt, il fit descendre l'échelle escamotable et grimpa au grenier. Cette fois, il eut beau appuyer plusieurs fois sur l'interrupteur, la lumière ne s'alluma pas. L'ampoule avait peut-être grillé. Tout comme son cerveau…

Il sortit son téléphone et le mit en mode torche pour pouvoir progresser jusqu'au fond de la pièce. Il trouva l'étui noir remisé derrière le matériel de camping. Le Beretta était rangé à l'intérieur, à côté du chargeur neuf. Il saisit l'arme et en renifla le canon. Pas la moindre odeur de poudre. À l'évidence, cette arme n'avait pas servi depuis belle lurette – sans doute depuis la dernière fois qu'il s'était rendu au stand de tir avec Carl. Les choses étaient claires en tout cas : même s'il n'avait pas eu le courage de tirer, le nouveau chargeur aurait dû se trouver dans le Beretta.

Il coupa la fonction torche et demeura pensif dans le noir. Il ne servait à rien de chercher une explication plausible. Tout ce qui arrivait était en contradiction totale avec les lois les plus élémentaires de la physique. S'il ne pouvait pas expliquer le phénomène qu'il vivait, il pouvait néanmoins agir. Oui, agir pour changer le cours des choses.

Il regarda l'heure sur son téléphone : 5:30.

S'il n'était pas mort, si la journée de samedi n'avait pas encore eu lieu, cela signifiait une chose : Claire était encore en vie et il pouvait la sauver.

3

– Réponds. Réponds…

« Vous êtes bien sur la messagerie de Claire. Je ne suis pas disponible pour le moment mais… »

– Putain ! s'exclama Adam en mettant fin à l'appel.

C'était la quatrième fois qu'il essayait de joindre sa femme, mais son portable était visiblement éteint puisque la messagerie s'enclenchait dès la première sonnerie. Les trois SMS qu'il lui avait fait parvenir en l'espace de cinq minutes n'avaient pas eu plus de succès : « Rappelle-moi, Claire. Le plus vite possible ! » « Surtout, reste chez tes parents. Ne va pas sur la plage, je t'expliquerai. » « Ne sors pas. OK ? Sous aucun prétexte. »

Adam plaça son téléphone sur le support du tableau de bord et fit démarrer le moteur de son 4 × 4. Avant même que le portail du garage ne se soit complètement ouvert, il enclencha la marche arrière et recula, percutant au passage une desserte à outils mal rangée.

Calme-toi ! Tu n'arriveras strictement à rien si tu commences à paniquer.

Une aube pâle se levait sur la ville. La rue était déserte. Pas âme qui vive sur les trottoirs. Adam eut la brève impression de se trouver dans un vieil épisode de *La Quatrième Dimension*, où un type se réveille un beau matin pour s'apercevoir qu'il est le dernier homme sur la Terre.

Il donna un coup d'accélérateur et dépassa très vite la limite de vitesse autorisée dans le quartier. Il jeta un regard au tableau de bord : 5:40. Rien n'était encore perdu. Il avait bien réussi à faire le trajet de la maison jusqu'au lac en une heure la veille – quand allait-il donc arrêter de penser « la veille », alors qu'à l'évidence cette journée n'avait pas encore eu lieu ?

Le corps de Claire avait été découvert aux alentours de 8 h 30, mais, comme l'avait indiqué Miller, rien ne permettait de fixer l'heure précise de l'agression. Il devait se concentrer. À quelle heure Claire partait-elle en général faire son jogging ? En semaine, il lui arrivait de courir une petite demi-heure avant d'aller au boulot. Elle était toujours de retour à la maison avant 8 heures. Mais le week-end, les rares fois où il l'accompagnait chez ses parents, elle sortait beaucoup plus tôt. Elle aimait bien, disait-elle, profiter de la maison encore endormie et prendre son petit déjeuner seule dans la grande cuisine. Ce qui ne l'avançait pas à grand-chose.

Dès qu'il eut quitté le quartier, Adam appuya franchement sur l'accélérateur. Il pila néanmoins au stop où il avait failli se faire percuter par un camion, mais il n'y avait cette fois aucun autre véhicule au carrefour.

Comment les choses étaient-elles censées se passer ? Y avait-il des règles ? Cette journée allait-elle se dérouler strictement de la même manière que l'autre ? S'il était arrivé au stop à la même heure que la première fois, aurait-il risqué de se faire emboutir par ce camion ? Ou les choses étaient-elles plus aléatoires ? N'existait-il qu'un canevas vaguement écrit à l'avance qui tolérait des variations ?

5 h 50. Il devait rouler plus vite, beaucoup plus vite, quitte à prendre le risque de se faire arrêter par des flics qui terminaient leur ronde de nuit. Il avait hésité, d'ailleurs, à appeler la police – pas Miller, bien entendu, dont il n'avait pas le numéro et qui n'existait peut-être pas. Mais l'appeler pour lui dire quoi ? « J'ai déjà vécu cette journée et je sais que ma femme va se faire assassiner dans une heure ou deux. » Combien d'appels de ce genre, émanant de doux malades mentaux, les flics devaient-ils recevoir chaque jour ? « Mon voisin est la réincarnation de Satan », « Je suis le Zodiaque », « Lee Harvey Oswald n'y était pour rien, j'ai la preuve que c'est mon père qui a appuyé sur la détente à Dallas »...

Personne ne pouvait comprendre ce qui lui arrivait. Oh, il aurait pu passer un simple coup de fil anonyme pour annoncer qu'un meurtre allait être commis près de la propriété de ses beaux-parents. Mais même si les flics prenaient l'appel au sérieux, combien de temps leur faudrait-il pour arriver sur les lieux ? Plus sans doute qu'il ne lui en faudrait à lui-même. Désormais, il ne pouvait plus compter sur personne.

Toi seul peux la sauver...

Adam enclencha la commande vocale sur son téléphone pour rappeler Claire, mais il tomba une nouvelle fois sur sa messagerie.

Ses parents !

Ça n'avait pas marché la première fois, mais s'il comptait sur les variations que toléraient les règles du jeu...

Malheureusement, ni John ni Clarissa ne décrochèrent. Appeler un voisin ? Ironie du sort, il ne connaissait le nom que d'un seul habitant du coin : Ed Corman, qui avait découvert le corps de Claire sur la plage. Tout en conduisant, il lança une recherche sur l'annuaire téléphonique, mais s'il existait plusieurs Ed Corman dans le pays, ils habitaient tous à des centaines de kilomètres de là.

Il n'avait pourtant pas encore perdu la bataille.

Ce qui t'arrive est une chance. Tu peux te racheter, Adam. Tu peux sauver Claire. Tu peux réécrire l'histoire...

Il appuya encore un peu plus sur l'accélérateur.

*

Il était exactement 6 h 33 quand Adam se gara dans la propriété de ses beaux-parents, en faisant crisser les pneus du 4 × 4 sur le gravier de l'allée. Aucune fenêtre de la grande bâtisse n'était éclairée. Personne n'était encore levé, à part peut-être Claire. Il pensa brièvement débarquer dans la maison et se ruer dans sa chambre, mais à quoi bon ? Si elle était en sécurité à l'intérieur, tant mieux. Dans le cas contraire, il ne pouvait pas se permettre de perdre la moindre seconde et devait partir à sa recherche.

Sans prendre la peine de refermer la portière, il courut comme un fou jusqu'au sentier qui menait à la plage. Dès qu'il fut dans le bois de pins, il accéléra mais, au bout de quelques dizaines de mètres seulement, il sentit l'essoufflement le gagner. Pourquoi ne faisait-il pas plus de sport ? Pourquoi n'accompagnait-il jamais Claire courir le matin ?

Haletant, il tenta d'ignorer la fatigue de son corps. Poussé par l'adrénaline, il parvint même à augmenter le rythme de ses foulées. Les branches qui jonchaient le sentier craquaient sous ses pieds. À chaque respiration, des nuages de buée s'échappaient de sa bouche.

Il sentait l'odeur du petit matin, mélange d'humus et de bois mouillé par la rosée. D'une certaine manière, il ne s'était jamais senti aussi vivant qu'à cet instant. Il allait sauver sa femme, il s'en faisait le serment.

Il n'était plus qu'à une vingtaine de mètres du bout du sentier quand un cri affreux brisa le silence. Un cri de femme, déchirant, désespéré.

– Claire ! hurla-t-il tout en continuant à courir à un rythme effréné.

Plus que quelques foulées… Le lac, enfin ! Il ne fut pour Adam qu'une grande tache bleue un peu floue. Il bifurqua aussitôt sur la gauche. Nul besoin de chercher d'où venait le cri, il savait parfaitement où avait lieu l'agression.

Il évitait de courir dans le sable, pour ne pas ralentir sa course, et longea autant qu'il le put l'orée du bois. Sa cage thoracique était comprimée. Ses poumons le brûlaient.

Un nouveau cri retentit. Moins puissant, plus étouffé que le précédent. Dès qu'il eut franchi une petite dune qui dissimulait à son regard une partie de la plage, Adam aperçut deux silhouettes à une cinquantaine de mètres de lui. Deux silhouettes engagées dans une lutte violente.

Claire – car ça ne pouvait être qu'elle – était à terre, allongée sur le sable. À califourchon sur elle, un homme, la tête couverte d'une casquette bleue, était en train de l'agresser. Paniquée, battant des bras, Claire essayait de se dégager de sa prise.

Adam stoppa net, pétrifié par la scène qui se déroulait sous ses yeux. Un vertige le saisit. Il cria à nouveau le nom de Claire, deux fois, avec une rage dont il ne se serait pas cru capable. L'homme tourna aussitôt la tête dans sa direction et cessa sa sinistre besogne. Pendant une ou deux secondes, le temps s'arrêta.

Adam n'entendait plus que les battements de son cœur, prêt à fendre sa cage. Les jambes liquéfiées, il reprit sa course, simple succession de foulées pathétiques. Mais cela eut l'effet escompté. Visiblement pris de panique, l'homme se releva, puis il se mit à courir dans la direction opposée, en suivant le bois.

Il ne fallut que quelques secondes à Adam pour rejoindre sa femme. Mais ces quelques secondes lui parurent une éternité. Étendue à l'endroit précis où les techniciens de la police s'étaient affairés, la poitrine dénudée, Claire haletait. Ses cheveux en désordre lui dissimulaient la moitié du visage. Ses doigts cherchaient à arracher la brassière nouée autour de son cou. Adam s'accroupit à ses côtés et la retira délicatement, par peur de la blesser davantage. Il vit aussitôt les profondes traces de strangulation sur sa gorge.

– Claire, ma chérie, est-ce que ça va ?

– Adam…

Ce fut la seule parole qu'elle fut capable de prononcer. Elle releva le buste et toussa bruyamment, par quintes. Adam lui passa une main dans le dos pour la maintenir droite et dégagea les cheveux derrière ses oreilles. Son visage était blême, comme s'il avait été vidé de tout son sang. Quant à ses yeux, ils n'affichaient rien d'autre qu'une expression de terreur.

Croisant enfin son regard, Claire hocha la tête en anhélant. Sur sa droite, Adam eut tout juste le temps de voir l'homme quitter la plage et disparaître à travers bois.

– Tu en es sûre ?

Elle hocha la tête à nouveau. Adam sentait son cœur continuer de battre à tout rompre. Claire était sauvée. Pourtant, l'angoisse qui l'étreignait depuis le matin ne voulait pas le quitter.

Je ne peux pas le laisser s'en tirer. Ce type a agressé et peut-être tué plusieurs femmes. Il faut que je l'arrête.

Il jeta un dernier regard à Claire. Elle était blessée, choquée, mais hors de danger. S'il voulait agir, c'était maintenant ou jamais. Alors qu'il se relevait, Claire tendit une main dans sa direction, comme si elle venait de comprendre ce qu'il avait l'intention de faire et voulait l'en empêcher. Mais Adam ne pouvait plus reculer. Il aurait tout le temps de prendre soin de sa femme. Il avait toute une vie devant lui.

Dès qu'il se remit à courir, ses jambes lui semblèrent moins lourdes. Il se sentait habité par une force nouvelle. Peu importait pourquoi il devait revivre cette journée, l'essentiel était ailleurs : il avait réussi à sauver Claire.

Animé d'un second souffle, Adam fut beaucoup plus prompt à gagner le bois que l'agresseur de sa femme. Il suivit le même chemin que lui, un sentier étroit et presque effacé, obstrué de branches qui lui fouettaient les jambes à chaque pas. Au bout de quelques mètres, il aperçut à terre la casquette bleue que l'homme venait de perdre.

Ce type a paniqué. Il n'a pas cherché la confrontation, sans doute parce qu'il savait qu'il n'aurait pas le dessus sur moi.

Les rôles venaient de s'inverser. De prédateur, l'homme était devenu une proie. Et Adam était bien décidé à ne pas la lâcher.

Pour l'avoir déjà emprunté lors de promenades, il connaissait ce sentier qui conduisait à une esplanade terreuse pouvant accueillir deux ou trois véhicules, tout près de la nationale. Miller l'avait dit : l'agresseur possédait forcément un véhicule. C'était là qu'il avait dû se garer. Un endroit proche de la plage mais discret, où il était certain de ne croiser personne en cette heure matinale.

Au moment même où il se faisait cette réflexion, Adam perçut nettement le rugissement d'un moteur.

Je vais le perdre !

En quelques secondes, après avoir enjambé un gros tronc d'arbre qui lui barrait le chemin, il déboucha sur l'esplanade, plus petite que dans son souvenir. À bord d'un vieux minivan gris, l'homme avait déjà effectué une marche arrière, mais l'un des pneus patinait dans un trou boueux.

Adam se précipita. Il contourna le véhicule et aperçut brièvement, à travers la vitre sale, le visage de l'agresseur, qui avait rabattu sur son crâne la capuche de son haut de survêtement. Si ses traits demeurèrent flous, Adam fut en revanche frappé par l'expression d'affolement qu'il lut dans ses yeux. Il agrippa la poignée et tira dessus. La portière s'ouvrit, l'homme n'ayant pas eu le temps ou la présence d'esprit de la verrouiller.

Je vais te tuer, espèce d'ordure ! Tu ne t'en tireras pas, cette fois...

Adam l'attrapa par son survêtement. Mais, à l'instant où il s'apprêtait à l'extirper de l'habitacle, le véhicule se désembourba et fut propulsé en avant. Adam ne put que lâcher prise. La portière heurta violemment son crâne et il chuta au sol, face la première.

Il demeura étourdi l'espace de deux ou trois secondes. Lorsqu'il releva la tête, les mains écorchées et les yeux pleins de terre, il aperçut le véhicule qui disparaissait derrière une rangée d'arbres.

Adam prit appui sur ses avant-bras pour se remettre debout. C'est alors qu'il distingua au sol, à moins d'un mètre de lui, deux pétales de rose que l'agresseur de Claire avait laissés tomber dans sa fuite.

4

Un policier en uniforme tendit une tasse de café à Adam, qui le remercia d'un signe de la tête. Puis il agita devant lui une pochette en plastique transparent contenant la casquette bleue abandonnée dans les bois.

– Vous êtes sûr de ne pas y avoir touché ?

Adam acquiesça :

– Oui. Je savais qu'on pouvait y prélever des cheveux ou des traces d'ADN.

– Vous avez fait ce qu'il fallait. Si tout le monde pouvait avoir votre présence d'esprit… répliqua le policier avant de rejoindre un de ses collègues.

Adam porta la tasse à ses lèvres, mais le café était trop chaud. Il se laissa aller dans le volumineux canapé du salon, parvenant pour la première fois depuis son réveil à relâcher un peu la pression accumulée dans son corps. Mais son esprit, lui, n'était pas en paix.

Après sa confrontation avec l'inconnu, alors qu'il rebroussait chemin à travers bois, il avait appelé la police pour signaler l'agression et demander qu'on dépêche une ambulance chez ses beaux-parents. Claire n'avait pas bougé de la plage. Il l'avait retrouvée sonnée, les yeux hagards, tremblante de peur. Adam s'en était alors terriblement voulu de l'avoir quittée pour se lancer dans cette course-poursuite inutile. Il avait passé son blouson autour de ses épaules et l'avait aidée à se relever. Mais ses membres étaient tétanisés, elle était incapable d'un quelconque mouvement. On aurait dit qu'elle s'était retirée au plus profond d'elle-même pour fuir la réalité.

Adam n'avait pas voulu qu'elle demeure une seconde de plus sur cette plage maudite et il l'avait soutenue – portée, aurait-on pu dire – durant le trajet qui les séparait de la maison de ses parents. « Je crois que ça va aller », avait-elle répété au fil du chemin, alors que tout, dans sa voix et son corps, disait le contraire. Adam ne lui avait pas posé de questions, préférant la laisser parler et se confier à son rythme.

Elle s'était levée avec le soleil et était partie faire un jogging. Dès qu'elle était arrivée sur la plage, un homme était sorti du bois et l'avait projetée à terre, sans qu'elle ait le temps de réagir. Puis il l'avait violemment frappée au visage, à deux reprises, avant de la forcer à retirer son T-shirt et sa brassière. Claire avait crié, s'était défendue de toutes ses forces, mais elle n'avait rien pu faire contre la détermination de son agresseur, qui avait passé la brassière autour de son cou pour l'étrangler. Alors qu'elle était sur le point de perdre connaissance, elle avait entendu crier son nom, au loin, puis elle avait senti l'étreinte se relâcher. Autrement dit, son intervention mise à part, les choses semblaient s'être déroulées exactement comme la première fois. Claire ne lui avait rien appris d'important qu'il ne sache déjà.

« Est-ce que tu as vu son visage ? »

C'était la seule question qu'il s'était permise à la fin de son récit.

« Je ne sais pas. Tout se mélange dans ma tête… »

Elle avait porté un doigt sur son front, juste au-dessus de son arcade sourcilière, avant d'ajouter :

« Il avait… il avait quelque chose sur le front…
– Sur le front ? Quoi exactement ?
– Une sorte de tache… ou de brûlure. »

Sur le seuil de la maison, Claire s'était arrêtée et, comme si elle venait seulement de recouvrer ses esprits, lui avait demandé :

« Adam, qu'est-ce que tu fais ici ? Tu devrais être au travail, n'est-ce pas ?
– Je voulais simplement te faire une surprise », s'était-il contenté de répondre en ouvrant la porte.

Une voiture de police et une ambulance s'étaient rapidement rendues sur les lieux. Bien que les lésions autour du cou de Claire aient été jugées superficielles, on avait insisté pour l'emmener à l'hôpital afin de lui faire passer une série d'examens. Mais Claire avait refusé, soutenue par ses parents, qui voulaient la garder « en sécurité » chez eux.

Elle se reposait à présent dans sa chambre en compagnie de Clarissa, qui, depuis qu'on l'avait réveillée en sursaut, pleurait toutes les larmes de son corps. *Si vous saviez à quoi Claire a échappé, vous remercieriez le ciel*, avait pensé Adam. John, quant à lui, faisait les cent pas devant la maison. Il était en grande conversation au téléphone, avec Dieu sait qui. Peut-être un collègue avocat, une huile du bureau du procureur ou l'un de ces détectives dont il avait parlé à la morgue. Adam n'avait entendu que quelques bribes de la conversation : « Je veux qu'on retrouve ce fils de pute, tu m'entends ! »

Aux deux premiers policiers arrivés sur place, Adam avait raconté toute l'histoire, ou plutôt une version plausible de l'histoire, omettant par exemple d'évoquer les pétales de rose qu'il avait ramassés et gardés dans sa poche. L'un des agents avait retrouvé la casquette. Il était ensuite retourné sur l'aire de stationnement pour attendre la scientifique, qui devait prendre les empreintes des pneus puis ratisser les lieux de l'agression.

Le téléphone d'Adam avait sonné plusieurs fois. Carl l'incendiait de messages furibonds pour avoir fait capoter le rendez-vous. De guerre lasse, Adam lui avait fait parvenir un court texto : « Désolé, je suis chez mes beaux-parents. Une urgence, je t'expliquerai. »

Adam but une gorgée de café un peu refroidi. Il se sentait vaseux, comme s'il venait d'être tiré d'un lourd sommeil et ne parvenait pas à retrouver ses repères. Claire était sauvée, mais son cauchemar à lui n'avait pas pris fin. Qu'allait-il se passer, à présent qu'il avait modifié le cours des choses ? Tout allait-il rentrer dans l'ordre comme si de rien n'était ? Pouvait-il faire comme si cette première journée n'avait pas eu lieu ?

Il fut tiré de ses pensées quand il entendit le policier s'adresser à un homme dans l'entrée. Il reconnut immédiatement la voix de son interlocuteur et sentit son cœur s'emballer. La conversation dura une ou deux minutes avant que l'individu pénètre dans la pièce.

C'était Miller. Ou du moins un homme qui aurait pu être son sosie ou son frère. Adam n'aurait pu dire précisément ce qu'il y avait de différent dans son visage et son allure. C'était lui, et pourtant…

Il se leva du canapé. Miller traça droit vers lui pour lui tendre la main.

– Bonjour. J'ai fait aussi vite que j'ai pu. Vous êtes le mari de Mme Chapman, n'est-ce pas ?

Adam acquiesça, mal à l'aise.

– Inspecteur Miller ?

– « Miller » ? répéta l'homme en levant les sourcils. Non, je suis l'inspecteur Becker, de la brigade criminelle…

5

– Je comprends que vous soyez terriblement choqué, monsieur Chapman. Mais votre femme va bien et, même si vous avez déjà été interrogé par mes collègues, je dois vous poser un certain nombre de questions pour essayer d'y voir plus clair.

Non, ma femme ne va pas bien. Et j'y ai déjà répondu, à toutes vos foutues questions, mais il n'y a malheureusement que moi qui m'en souvienne...

Adam s'installa sur un tabouret de la cuisine, tandis que l'inspecteur ouvrait son petit calepin noir et sortait un stylo de sa poche. Terrible impression de revivre une scène à l'identique… Il se sentait vidé, résigné, privé de toute envie de lutter contre l'absurdité de la situation.

– Vous dites que vous avez pu voir le visage de cet homme… commença le policier.

Adam tenta de passer outre sa lassitude et de donner le change :

– Je l'ai vu, mais c'était à travers une vitre et ça n'a pas duré plus d'une ou deux secondes. Sans compter le fait qu'il avait rabattu sa capuche sur sa tête après avoir perdu sa casquette.

– Est-ce que vous seriez capable de le décrire à un portraitiste judiciaire pour que l'on établisse un portrait-robot ?

– Non, je ne crois pas, répondit Adam sans même prendre le temps de réfléchir. Je me souviens seulement de la panique qu'il y avait dans ses yeux, mais je ne pourrais même pas vous indiquer leur couleur. Peut-être que Claire serait capable de le décrire, elle.

– Ma collègue va l'interroger. Mais sachez qu'après un violent traumatisme les victimes ne sont pas toujours très fiables dans leurs descriptions.

– Cet homme avait une marque sur le front.

– Vous l'avez vue ou c'est votre femme qui… ?

– C'est Claire qui m'en a parlé en revenant de la plage.

– Qu'entendez-vous par « une marque » ? Était-ce une blessure ? Un tatouage ?

– Non, d'après ce que j'ai cru comprendre, il s'agissait plutôt d'une brûlure ou d'une tache de naissance.

L'inspecteur griffonna quelques mots sur son calepin.

– Que pouvez-vous me dire sur sa taille et sa corpulence ?

– Il était plus petit que moi, j'en suis certain. Un mètre soixante-quinze tout au plus, un peu enrobé et pas très sportif.

Le policier lui adressa un drôle de regard.

– Vous êtes sûr ? Je veux dire… vous avez l'air d'être en très bonne condition physique, monsieur Chapman, et cet homme vous a pourtant échappé.

Adam se sentit piqué au vif.

– Écoutez, inspecteur Miller…

– Becker, je m'appelle Becker.

– Désolé. Il m'a échappé parce que je suis resté un moment auprès de Claire pour m'assurer qu'elle n'était pas grièvement blessée. Dès qu'il m'a vu, il a été pris de panique. Et il ne courait pas vite, je peux vous l'assurer.

Il n'a pas cherché à se battre, parce qu'il savait qu'il n'aurait pas fait le poids contre moi.

Adam regretta cette dernière remarque, qui pouvait sembler fanfaronne. En fait, vu ce qui lui arrivait, sa fierté masculine était bien le cadet de ses soucis.

– Très bien, fit l'inspecteur, sans grande conviction. Et la voiture ? Est-ce que vous avez eu le temps de voir la plaque ? Même quelques chiffres pourraient nous aider…

– Non. Comme je l'ai déjà raconté, je suis tombé à terre quand elle a démarré. Je peux juste vous dire qu'il s'agissait d'un minivan gris, un modèle Chevrolet assez ancien et plutôt cabossé. Il y avait tout un tas d'autocollants sur le pare-brise arrière, mais je n'ai pas pu voir lesquels…

– C'est un bon début, remarqua Becker tout en continuant à prendre des notes. Si nous avons de la chance avec les caméras de surveillance de la région, au moins nous pourrons vous montrer des photos de véhicules en espérant que vous arriviez à identifier le modèle précis.

– Je ferai tout pour vous aider.

Dès qu'il eut fini d'écrire, le policier fixa Adam droit dans les yeux.

– Monsieur Chapman, que pensez-vous que cet homme avait l'intention de faire à votre femme ?

– Quelle question ! Ça me paraît clair. Il voulait la tuer !

– Ou… l'agresser sexuellement… Il lui a arraché une partie de ses vêtements. Il a même utilisé la brassière qu'elle portait pour l'immobiliser et l'empêcher de se débattre…

– Il ne voulait pas seulement l'immobiliser, il était en train de l'étrangler ! s'exclama Adam en élevant la voix. Je pense qu'il voulait violer Claire *et* la tuer. Je suis sûr qu'il l'aurait fait si je n'étais pas arrivé à temps.

– Je réalise le traumatisme que votre femme et vous avez subi aujourd'hui. J'essaie simplement de déterminer à quel type d'agresseur nous avons affaire.

Adam détourna le regard.

– Tentative de viol ou tentative de meurtre, ça n'est pas tout à fait la même chose devant un tribunal, n'est-ce pas ? Et cette qualification peut changer la place qu'occupera cette affaire dans l'ordre de vos priorités ?

Cette fois, ce fut l'inspecteur qui manifesta son irritation :

– Nous prenons cette affaire très au sérieux, monsieur Chapman, n'en doutez pas. Comme vous pouvez le constater, un nombre important d'agents est déjà à l'œuvre et la police scientifique a été mobilisée sans délai. Nous faisons le maximum.

Adam devait se rendre à l'évidence : Becker – il n'arrivait décidément pas à se faire à ce nom – disait vrai. Qu'est-ce que les flics auraient pu faire de plus qu'ils ne faisaient déjà ? Combien de tentatives de viol y avait-il chaque jour dans le pays ? Des centaines probablement, qui devaient pour la plupart bénéficier de bien moins d'attention de la part de la police.

Adam savait que cet homme était un violeur et un assassin récidiviste, qui méritait une dose d'injection létale. Mais pour les autres, tous les autres, il n'était que l'auteur d'une agression manquée qui écoperait à peine, s'il était arrêté, de quelques années de prison. On ne peut pas condamner un meurtrier avant qu'il accomplisse un meurtre. Les intentions font peu de poids face aux actes, et la police, elle, ne s'intéressait qu'aux actes. Il ne fallait d'ailleurs pas se montrer naïf : si les flics avaient mobilisé autant d'hommes aussi rapidement pour une simple agression, il y avait une raison à cela.

– C'est à cause de mon beau-père, n'est-ce pas ?

– Pardon ?

– Franchement, inspecteur, est-ce que vous seriez là si mon beau-père n'était pas un ponte du barreau et un personnage aussi médiatique ? Je l'ai entendu passer plusieurs coups de fil dès qu'il a appris l'agression de Claire. Est-ce qu'il a fait jouer ses relations ? Qui a-t-il appelé ? Le procureur ?

Cette fois, Becker parut plus attristé qu'irrité.

– Je ne vous comprends pas, monsieur Chapman. Vous me reprochiez à l'instant de ne pas prendre cette affaire au sérieux. Je fais simplement mon travail, du mieux que je le peux. Pour moi, une victime est une victime, quelle que soit sa condition sociale. Votre femme a subi une violente agression, et retrouver le coupable est la seule chose qui m'importe pour le moment.

Adam croisa les mains et pencha la tête en avant, accablé.

– Je suis sur les nerfs… Je vous prie de m'excuser.

Becker leva les deux paumes en l'air.

– Ça n'est pas grave, je vous comprends… Monsieur Chapman, est-ce que vous vous êtes changé depuis l'agression ?

– « Changé » ?

– Vous portez des habits de ville. J'avais cru comprendre que vous étiez en train de rejoindre votre femme pour un jogging quand cet homme s'est imaginé qu'elle était seule et qu'elle s'est fait agresser.

Adam sentit une bouffée de chaleur monter en lui. Et aussitôt, alors même qu'il ne savait quoi répondre à Becker, il pensa au portable de Claire. Aux multiples appels qu'il avait passés… et aux SMS alarmistes qu'il lui avait envoyés… Autant d'indices qui ne pouvaient laisser supposer qu'une seule chose : qu'il savait parfaitement qu'un drame allait se produire sur la plage.

Mon Dieu, faites que Claire n'ait pas allumé son téléphone.

– Non, ce n'est pas exactement ce qui s'est passé, répondit-il sans réfléchir.

– Que s'est-il passé, alors ?

– Je n'ai pas dormi ici cette nuit, inspecteur. Je n'étais pas censé être avec Claire. Une réunion de travail à laquelle je devais assister dans la matinée a été annulée. Puisque j'étais libre, j'ai voulu faire une surprise à Claire en la rejoignant ici. Je suis arrivé ce matin même, très tôt. Comme je ne voulais pas déranger mes beaux-parents, j'ai décidé d'aller faire une promenade sur la plage. C'est en traversant le bois que j'ai entendu ses cris.

– C'est une incroyable coïncidence, remarqua Becker.

Et, pour la première fois, Adam sentit dans sa voix une franche suspicion.

Vous ne croyez pas aux coïncidences, c'est vous qui l'avez dit…

– Oui, nous avons eu beaucoup de chance.

– Votre épouse a été agressée aux alentours de 6 h 30, c'est exact ?

– À peu près, oui.

Becker saisit son calepin et revint une page en arrière.

– Vous n'habitez pas dans le coin, à ce que je vois… À quelle heure êtes-vous donc parti de chez vous pour arriver si tôt au lac ?

– J'ai des insomnies, inspecteur. Je suis toujours debout aux aurores, et j'avais vraiment envie de passer pour une fois un week-end entier avec ma femme.

– Quand avez-vous appris que cette réunion était annulée ?

– Tard hier soir, mais j'étais trop fatigué pour faire la route.

– Aviez-vous prévenu votre femme ?

– Non, comme je l'ai dit, je voulais lui faire une surprise.

– Vous avez l'air très occupé par votre travail. Que faites-vous au juste ?

– Je suis architecte, et associé dans une importante entreprise de rénovation que j'ai créée avec un ami il y a dix ans. Nous sommes sur un gros projet en ce moment.

– Hum… se contenta de faire Becker en feuilletant mécaniquement quelques pages de son calepin.

Adam s'était attendu à ce que le policier continue de le presser de questions comme la première fois, mais il garda le silence, ne sachant visiblement plus quoi dire.

Pour lui, c'est une simple agression, ne l'oublie pas… Il ignore ce que ce type a fait et refera sans doute. Il ignore qu'un meurtrier se trouve en ce moment même dans la nature.

Adam hésita. S'il voulait qu'on le prenne au sérieux, il ne pouvait garder tout ce qu'il savait pour lui. Mais parler, c'était prendre le risque d'attirer l'attention et de passer pour plus étrange encore aux yeux de Becker – car la version des faits qu'il avait donnée, cette réunion annulée, ces insomnies, ce départ à l'aube, lui semblait de plus en plus tirée par les cheveux.

– Inspecteur ?

– Oui…

– Je crois que cet homme ne se trouvait pas sur la plage par hasard.

L'attention de Becker parut soudain ranimée.

– Que voulez-vous dire ?

Conscient de l'ironie de la situation, Adam entreprit de répéter les propres hypothèses que Miller, le « double » de Becker, lui avait exposées durant cette mystérieuse journée qu'il semblait être le seul à avoir vécue. Il parla du lieu, très isolé, de la rencontre qui ne pouvait à ses yeux être fortuite, de l'idée selon laquelle l'agresseur connaissait peut-être les habitudes de Claire et l'avait observée. Quand il eut terminé, Becker hocha lentement la tête.

– Ce que vous me dites est intéressant, monsieur Chapman, mais nous n'avons pour le moment aucun indice matériel qui laisse supposer que cet individu soit venu sur cette plage spécifiquement pour s'en prendre à votre femme.

– Mais rien ne prouve le contraire.

– Vous savez, les agresseurs sexuels sont en général des êtres très instables et peu calculateurs. Ils cèdent à leurs pulsions quand le hasard met sur leur route une victime potentielle – victime qui, selon les statistiques, leur est le plus souvent inconnue.

Adam songea brièvement aux pétales de roses, mais ce qui avait été un indice capital sur une scène de crime n'était plus qu'un élément insignifiant dont il ne pouvait tirer aucun profit. Il devait trouver autre chose pour convaincre Becker.

– L'esplanade sur laquelle il s'est garé, elle n'est connue que des gens du coin, et le sentier qui mène à la plage est presque effacé. Il n'a pas pu se retrouver là par hasard. Je suis certain que cet homme avait repéré les lieux et qu'il savait parfaitement ce qu'il faisait.

– Bien, j'en tiendrai compte dans mon enquête…

Le visage de Becker commençait à montrer de vrais signes d'impatience. Mais Adam n'était pas prêt à capituler.

– Inspecteur, si comme je le pense cet homme connaît l'identité de Claire, cela signifie qu'il pourrait la retrouver et revenir lui faire du mal.

– Un de mes hommes restera ici aujourd'hui. Mais je ne vais pas vous mentir : au-delà, je n'obtiendrai pas de protection policière si nous n'avons pas la certitude que votre femme est encore en danger. Or, comme je vous l'ai dit, rien ne laisse penser que c'est le cas.

Becker referma son calepin d'un geste sec et se leva.

– Je pense avoir assez d'éléments comme ça pour le moment. Je dois vous laisser, il faut que je rejoigne la scientifique. Évidemment, je vous appellerai pour vous tenir au courant de toutes les avancées de l'enquête. Rassurez-vous, monsieur Chapman : si nous trouvons de l'ADN et que nous avons de la chance avec les caméras de surveillance, nous finirons par arrêter cet homme.

Ils échangèrent une poignée de main.

Vous aviez l'air moins sûr de vous la dernière fois, pensa Adam en regardant Becker quitter la pièce.

6

Clarissa Durning apparut dans l'entrebâillement de la porte de la chambre, les cheveux défaits et les yeux rougis. La lumière du couloir écrasait les traits de son visage. D'aussi loin qu'il s'en souvînt, Adam ne l'avait jamais surprise dans un tel moment d'intimité ni vue aussi bouleversée. Les paroles de John à la morgue lui revinrent alors en mémoire : « Il n'y a rien qui nous rende plus vulnérables que les enfants. »

– Ah, c'est toi, fit-elle d'une voix étouffée, avec un air qui lui parut contrarié.

– Est-ce que Claire s'est endormie ?

Clarissa écarta légèrement la porte pour le rejoindre dans le couloir et la referma aussitôt derrière elle, sans lui laisser le loisir de voir le lit.

– Non. Une policière est venue lui poser tout un tas de questions. Claire a fait front comme elle a pu, mais elle n'avait vraiment pas besoin de revivre cette épreuve… Je ne crois pas qu'elle arrivera à dormir.

Clarissa tira nerveusement sur les pans du gilet gris qu'elle portait. Puis elle secoua lentement la tête.

– Je ne comprends pas ce qui s'est passé… Nous venons au lac pour être tranquilles, pour fuir la ville et toutes ces sordides affaires dont s'occupait John. Je pensais que nous étions en sécurité ici.

– Vous l'êtes dans cette maison, répondit Adam, conscient pourtant qu'il proférait peut-être un mensonge. Cet homme ne reviendra pas. Il ne sait pas où vous habitez et l'inspecteur Becker m'a assuré qu'un policier allait rester là aujourd'hui.

Clarissa se mit à sangloter et, contre toute attente, elle s'approcha soudain de lui et posa la tête contre son épaule. Adam eut un bref mouvement de recul, mais finit par la serrer dans ses bras. Un ange passa. Il éprouvait la même gêne que lorsqu'il s'était retrouvé seul avec John dans cette salle de repos à la morgue. Les mots lui manquaient. Jamais il n'avait été habitué à ce type de relation avec ses beaux-parents.

– Ne vous en faites pas, Clarissa, tout va bien se passer. Le pire est derrière nous.

Elle releva le visage. Ses yeux mouillés de larmes avaient retrouvé une certaine dureté. Peut-être regrettait-elle de s'être montrée si fragile devant lui. Comme elle gardait le silence, Adam continua :

– Vous pourriez aller prendre un café en bas. Je crois que vous en avez besoin. Je vais rester un moment avec Claire, si vous êtes d'accord.

Clarissa hocha la tête avec résignation.

– D'accord, mais juste un moment. Je veux être près de ma fille, c'est tout ce qui compte pour moi.

*

Les rideaux de la chambre avaient été tirés. Adam s'avança dans la pénombre jusqu'au lit. Il ne distinguait qu'une masse de cheveux qui émergeait des draps.

– Ma chérie, c'est moi, dit-il doucement, pour ne pas l'effrayer.

Il vit les draps bouger.

– Adam ? Allume la lumière, s'il te plaît…

Il s'approcha de la table de chevet et appuya sur l'interrupteur de la lampe. Claire s'était redressée dans le lit. Ses cheveux blonds tombaient négligemment sur ses épaules. Elle avait le teint pâle et le regard absent. Adam regarda brièvement son cou et constata que les marques rouges s'étaient atténuées depuis leur retour de la plage. À cette image se superposa celle des profondes traces de strangulation qu'il avait vues sur son corps à la morgue. Et, une fois de plus, il sentit son esprit chavirer.

– Comment te sens-tu ?

Il eut tout de suite conscience de l'absurdité de sa question. La réponse était sous ses yeux : il n'avait jamais vu Claire dans un tel état.

– Où est ma mère ? dit-elle seulement.

– Elle est descendue. Elle va revenir dans un moment.

– La police est venue m'interroger.

– Je sais, Clarissa me l'a dit.

Adam baissa le regard. Quelque chose n'allait pas. Dans son attitude tout comme dans celle de Claire. Ils auraient dû tomber dans les bras l'un de l'autre, remercier le ciel d'avoir échappé au pire, échanger autre chose que des paroles convenues. Un drame de ce genre n'était-il pas censé rapprocher encore un peu plus les êtres qui s'aimaient ? Au-delà de l'état de choc dans lequel Claire se trouvait, il avait l'impression d'avoir une étrangère devant lui. Elle le tenait à distance. Et lui ne faisait rien pour arranger les choses.

Quand il releva les yeux, il vit que Claire s'était mise à pleurer. La faible lumière de la lampe donnait à son visage une apparence sépulcrale.

– Pourquoi est-ce que tu m'as abandonnée, Adam ?

Il lui prit aussitôt la main.

– De quoi est-ce que tu parles ?

– Sur la plage… j'avais besoin de toi. Pourquoi est-ce que tu es parti ?

À ces paroles, il éprouva une tristesse infinie.

– Je ne t'ai pas abandonnée, Claire ! Pourquoi dis-tu une chose pareille ? J'étais tellement fou de rage quand j'ai vu cet homme te faire du mal que j'ai voulu l'arrêter…

– Mais tu n'as pas réussi, fit-elle dans un sanglot. J'avais besoin de toi ! J'étais seule et terrorisée. Je t'ai attendu sur la plage et tu ne revenais pas.

Adam serra la main de sa femme un peu plus fort, pour tenter de combler le vide qui les séparait.

– Écoute-moi, Claire. J'ai vu que tu étais hors de danger. Je ne t'aurais pas laissée si ça n'avait pas été le cas. Je n'ai pas réussi à arrêter cet homme, mais j'ai pu fournir à la police le signalement de sa voiture. L'inspecteur à qui j'ai parlé pense que ça permettra de le retrouver. Tu as subi une épreuve terrible et je crois que tu ne pourras te reconstruire que si cet individu est jugé et mis définitivement hors d'état de nuire.

« Te reconstruire »… Adam regretta ces mots. Il avait l'impression de s'exprimer comme dans un magazine de psychologie. Que savait-il de ce que ressentait Claire en cet instant et de ce dont elle avait vraiment besoin ?

Au moment où elle retirait sa main, la porte de la chambre s'ouvrit. Adam tourna la tête : Clarissa était déjà de retour.

Pourquoi ne pouvait-elle les laisser seuls un moment ? Pourquoi n'était-elle pas allée boire ce foutu café ? Qu'avait-elle fait durant ces quelques minutes ? Était-elle restée derrière la porte à les espionner ?

– Tu devrais redescendre, lui dit Claire d'un air las.

– C’est vraiment ce que tu veux ?

Elle hocha la tête. Adam tenta de lui reprendre la main, mais elle se déroba. Sans un mot, déstabilisé, il se leva du lit. Clarissa lui adressa un regard compatissant.

– Laisse-lui un peu de temps, lui murmura-t-elle à l’oreille en passant à côté de lui.

Alors qu’Adam s’apprêtait à sortir de la chambre, son regard s’arrêta sur le plateau en marbre de la commode près de la porte. Il était là. Le portable de Claire. Posé près d’une pile de livres.

L’avait-elle oublié en partant faire son jogging ? La police ayant récupéré tous les vêtements qu’elle portait pour les examiner, il ne voyait pas d’autre explication possible. Ce qui signifiait que Claire n’avait probablement pas allumé son téléphone de la journée. Et que donc personne n’avait pu lire ses SMS…

7

Encore bouleversé par sa brève entrevue avec Claire, Adam ferma à clé la porte de la salle de bains de l'étage. Il sortit de sa poche le téléphone qu'il venait de subtiliser et fut soulagé de voir qu'il n'avait pas été allumé. Il appuya sur le bouton principal. Au bout de quelques secondes, comme il s'y attendait, apparut le message « Carte SIM verrouillée ».

Il connaissait heureusement le code de Claire – elle n'avait pas sa mémoire des chiffres et, par peur de l'oublier, elle l'avait inscrit en première page du répertoire téléphonique posé près de leur fixe chez eux. Mais, au moment d'appuyer sur les touches, il fut soudain moins sûr de lui.

Qui te dit que les chiffres que tu as en tête sont les bons, que tu peux encore te fier à ta fameuse mémoire ? Tu as vécu deux fois la même journée. La terre entière te prendrait pour un fou si tu racontais ce que tu es en train de vivre...

Il composa fébrilement les quatre chiffres.

« Code PIN refusé. Deux tentatives restantes. »

Comment était-ce possible ? Pourquoi Claire aurait-elle changé ce foutu code ?

Tu es trop nerveux, tu n'as peut-être pas appuyé sur les bonnes touches... Au pire, tu n'auras qu'à te débarrasser de la carte de ce téléphone si tu n'arrives pas à l'allumer.

Adam réessaya, en prenant tout son temps cette fois. Ses mains n'arrêtaient pas de trembler. Lorsque l'écran afficha « Déverrouillé », il ne put retenir un soupir de soulagement.

Le téléphone indiquait quatre appels manqués. Tous de lui. Il s'empressa de les effacer. Il fit de même avec les trois SMS compromettants qu'il avait envoyés avant de partir de chez eux. Y avait-il un moyen de récupérer sur un téléphone des messages supprimés ? Sans doute, mais il eût fallu pour cela être un féru d'informatique et avoir une bonne raison de le faire. Il n'avait rien à craindre de ce côté-là.

Ne voulant prendre aucun risque, il effectua les mêmes opérations sur son propre appareil. Une brève euphorie s'empara de lui, avant qu'il ne prenne à nouveau conscience de l'insanité de la situation. Il détruisait des messages comme un vulgaire criminel détruit les traces de son crime. Il n'avait pourtant rien fait de mal. Il avait sauvé la femme qu'il aimait. Dans des circonstances folles, anormales, irrationnelles, mais il l'avait sauvée.

Au moment où il rangeait les téléphones dans sa poche, la conversation qu'il avait eue avec Susan lui revint brutalement en mémoire. Le bébé… Comment avait-il pu oublier ? Comment avait-il pu occulter depuis son réveil le fait que Claire était enceinte ?

Il ralluma le téléphone et chercha le fil des messages qu'elle avait échangés avec sa sœur. Elle était censée lui avoir envoyé la photo du test de grossesse trois jours plus tôt – oui, c'était bien ce qu'avait affirmé Susan. Mais Adam n'en trouva nulle trace. Il remonta alors plus loin dans le temps. Des jours, puis des semaines… Les textos étaient banals, sans grand intérêt. Aucun d'entre eux ne laissait supposer que Claire avait fait un test ou qu'elle ait eu une grande nouvelle à annoncer.

Il ne trouvait rien parce qu'il n'y avait rien à trouver. Claire n'avait jamais été enceinte. Elle n'avait jamais rien envoyé à sa sœur. L'hypothèse selon laquelle il revivait la même journée à quelques détails près s'effondrait. Porter un enfant n'était pas un détail. Cela n'avait rien à voir avec croiser un camion à un rond-point.

Adam vint se planter devant l'imposant miroir de la salle de bains. Son visage faisait peur à voir, mais il doutait que quiconque y prête attention étant donné les circonstances. Il passa une main crispée dans ses cheveux ébouriffés. L'espace d'une ou deux secondes, il eut la désagréable impression que ce n'était plus lui qui fixait son reflet, mais son reflet qui le fixait. Il posa un doigt sur la glace et lui fit suivre les contours de son visage, comme s'il espérait par ce simple geste trouver des réponses à ses questions.

Objectivement, qu'est-ce qui peut expliquer ce qui se passe en ce moment ? Personne ne peut revivre des événements passés. Personne n'a le pouvoir de changer le cours de son existence.

Ce pouvoir, il l'avait pourtant eu. Et il ne pouvait exclure de l'avoir à nouveau. Rien n'assurait qu'il pourrait reprendre le fil de sa vie et se contenter de dissimuler son secret ou de tenter de l'oublier. Qu'allait-il se passer ? Se réveillerait-il le lendemain dans son lit, couvert de sueur, à devoir revivre cette journée ? À devoir sauver Claire une nouvelle fois ? Il ne supporterait pas cette épreuve sans fin, ce supplice vain et absurde. C'était au-dessus de ses forces.

Adam posa la paume de sa main sur le miroir, pour dissimuler son propre reflet. Il avait accompli sa mission.

La seule chose qu'il pouvait faire, maintenant, pour ne pas devenir fou, c'était de découvrir ce qui lui arrivait. Mais il savait que, seul, il en serait incapable.

Il avait besoin d'aide. Et il ne voyait qu'une personne susceptible de lui en apporter.

*

Des gouttes de pluie s'abattirent sur le pare-brise du 4 × 4 d'Adam quand celui-ci se gara en face de la maison victorienne en briques rouges où habitait le docteur Childress. La rue de ce quartier chic où s'alignaient des maisons cossues entourées de carrés de pelouse parfaitement entretenus respirait le calme et la douceur de vivre. L'atmosphère du lieu était à l'exact opposé de l'état mental dans lequel il se trouvait.

Il avait quitté le domicile des Durning presque comme un voleur, sans chercher à retourner voir Claire. Il savait que c'était inutile : elle n'était pas encore en état d'accepter ni de comprendre le comportement qui avait été le sien. Mais le serait-elle un jour ? La première chose qu'elle avait éprouvée après l'agression était un sentiment d'abandon. Il était gravé en elle. Profondément. Parce que la réalité de ce qui s'était passé sur cette plage lui échappait totalement. Il y avait pensé durant tout son trajet en voiture.

S'il le faut, je lui dirai toute la vérité. J'ai confiance en Claire. Elle est la seule à pouvoir me comprendre... Enfin, lui dire la vérité, c'est bien beau... Mais que pensera-t-elle alors ? Que l'homme avec lequel elle a partagé huit années de sa vie n'est qu'un dément ? Un fou qui s'imagine être capable de lire l'avenir ou de voyager dans le temps ?

Il sortit de son véhicule. L'air frais et les gouttes qui frappèrent son visage le rassérénèrent brièvement. Il traversa la rue. Les volets de l'étage étaient fermés, rien n'indiquait qu'Anabella Childress était chez elle. Mais c'était le week-end, et il avait pensé avoir plus de chances de la trouver là qu'à son cabinet ou à la clinique.

Il monta les marches du perron avec une certaine anxiété et sonna. Rapidement, une femme d'une cinquantaine d'années aux cheveux auburn ouvrit la porte, affichant un air surpris tout autant que contrarié.

– Adam ? Que faites-vous là ?

– Je suis désolé de venir vous déranger, docteur, mais j'ai besoin de vous parler.

– Comment avez-vous eu cette adresse ? rétorqua-t-elle avec un brin d'inquiétude dans la voix.

– Je vous ai raccompagnée ici un soir. Vous ne vous en souvenez pas ?

– Non.

Elle jeta un coup d'œil par-dessus son épaule pour s'assurer qu'il était seul.

– Je ne reçois jamais à mon domicile personnel, vous le savez bien. Cela va à l'encontre de toute déontologie et…

– J'ai vraiment besoin de vous parler, dit-il en haussant la voix. Maintenant ! Ma femme, Claire… quelqu'un a cherché à la tuer aujourd'hui.

– « La tuer » ? Mais c'est horrible ! Est-ce qu'elle va bien ? Est-ce que vous avez prévenu la police ?

– Elle est hors de danger. Elle est chez mes beaux-parents, la police est sur place.

– Écoutez, Adam, ce qui vous arrive est terrible, mais je préférerais que nous prenions un rendez-vous pour la semaine prochaine. Comme je vous l'ai dit…

– Quelqu'un a essayé de la tuer, la coupa-t-il sans ménagement, mais je savais ce matin en me réveillant que ça allait arriver. J'ai déjà vécu la journée que nous sommes en train de vivre.

À ces mots, le visage d'Anabella Childress se figea. Il y eut un silence. Après quelques secondes de stupéfaction, elle ouvrit largement la porte pour libérer le passage.

– Entrez, Adam, je crois effectivement que nous avons besoin de parler…

8

– Je suis fou, c'est ça ? Je suis en train de perdre la raison ?

Le docteur Childress retira sa paire de lunettes et la laissa pendre au bout de sa chaînette en perles noires. Puis elle posa calmement ses avant-bras sur le sous-main en cuir de son bureau. Elle se tenait parfaitement droite dans son fauteuil avec cet air attentif, professionnel et un peu rigide qui ne la quittait presque jamais durant les séances. Elle avait écouté Adam pendant plus de vingt minutes, sans presque l'interrompre, se contentant le plus souvent d'un hochement de tête pour l'inciter à continuer à parler.

Adam avait essayé de se montrer le plus clair possible dans ses propos, mais son anxiété n'avait cessé de grandir au fil de son récit : il avait du mal à maîtriser le débit de sa voix et avait donné l'impression qu'il se perdait dans la chronologie des événements. Il devait se rendre à l'évidence : l'histoire qu'il vivait lui paraissait encore plus irrationnelle à présent qu'il la formulait à voix haute.

– Nous avons déjà eu ce type de conversation, il me semble. Il y a deux ans… quand vous avez connu cette dépression après la mort de votre mère.

– Je ne veux pas parler de ma mère, rétorqua-t-il en se rembrunissant.

– Rassurez-vous, nous n'allons pas parler d'elle. Je voulais simplement vous rappeler que ce n'est pas la première fois que vous vous sentez perdu.

– « Perdu » ? Je suis un peu plus que « perdu ». Je peux vous assurer qu'il ne m'est jamais arrivé de revivre deux fois la même journée ! Je sais ce que c'est qu'une dépression. Et ce n'est pas ce que je suis en train de vivre en ce moment.

Le docteur croisa les mains et fixa Adam droit dans les yeux.

– D'accord… Le récit de ces deux journées est extrêmement troublant parce que vous l'avez fait avec beaucoup de conviction et que vous paraissez sincère. Oui, cette profusion de détails que vous m'avez donnés est déstabilisante. Considérons donc que la situation est nouvelle et ne pensons plus au passé. Reprenons tout depuis le début.

– Il n'y a rien à reprendre depuis le début. Je vous ai tout raconté ! Le réveil dans mon lit, la mort de Claire, l'interrogatoire de ce policier, ma visite à la morgue et… ce qui s'est passé dans le grenier.

– Votre suicide ? Dites les choses franchement.

– Mon suicide, répéta Adam avec honte. Vous ne croyez pas à mon histoire, n'est-ce pas ? Vous pensez que je vous mens.

– Quel intérêt auriez-vous à me mentir ?

– Je ne sais pas… J'imagine que vous recevez à longueur de journée des types dérangés qui seraient prêts à raconter n'importe quoi pour attirer votre attention.

– Je vous connais depuis un certain temps, Adam. Je sais que vous êtes un homme honnête et je n'imagine pas une seconde que vous ayez pu inventer cette histoire de toutes pièces simplement pour que je m'intéresse à vous.

À cette réponse, Adam n'éprouva aucun soulagement particulier. Après tout, Childress était thérapeute et elle pouvait très bien dissimuler ses véritables pensées, simplement pour le mettre en confiance.

– Une simple question, reprit-elle. Avez-vous vraiment une arme ?

– Oui. C'est un Beretta. Je l'ai acheté il y a deux ans dans une armurerie du centre-ville. Mon ami Carl me tannait pour que je l'accompagne au stand de tir…

– D'accord, laissons cette arme de côté pour l'instant. Qu'est-ce qui vous dit que cette journée que vous êtes persuadé d'avoir vécue a bel et bien eu lieu ? Ça pourrait être un cauchemar après tout, un cauchemar qui vous aurait profondément marqué…

– Ce n'était pas un cauchemar, c'était la réalité. Une autre réalité, certes, mais elle était aussi tangible que celle que je suis en train de vivre maintenant.

– Avez-vous pris des médicaments récemment ?

Adam hésita, détourna la tête.

– J'en ai pris hier en me réveillant… enfin, le matin de cette journée qui à l'évidence n'a existé que pour moi. Quelques cachets que vous m'aviez prescrits.

– Je vois. Vous n'ignorez pas que ce sont des anxiolytiques très puissants, qu'il ne faut prendre qu'au compte-gouttes. Et qui peuvent avoir des effets secondaires importants : perte de mémoire, somnolence, hallucinations visuelles et auditives…

– Franchement, docteur, j'avais déjà pris ces médicaments auparavant et ils ne m'ont jamais rendu dingue. Quelle dose un homme comme moi devrait en ingurgiter pour être victime de ce genre d'hallucinations ? De toute façon, si cette journée n'a pas existé, je ne vois pas comment j'aurais pu subir les effets de ce médicament que je n'ai pas pris.

– Ne jouez pas avec les mots. Vous avez pu les prendre à n'importe quel moment : hier, avant-hier, ce matin…

– Effets secondaires ou pas, ce n'était pas un rêve ou une divagation de mon esprit. Claire était morte. J'étais dans la propriété de ses parents, je suis allé sur la plage, j'ai vu la scène de crime, les pétales de roses, les techniciens de la police scientifique… et le corps de ma femme qu'on avait tiré d'un casier à la morgue. Je ne me souviens pas seulement d'images, mais aussi de conversations entières. J'ai parlé longuement avec mon beau-père et avec ce policier.

– Quel est son vrai nom, selon vous ? Vous avez parlé de Miller, puis de Becker…

– Peu importe son nom. C'était bien le même homme, à quelques détails près.

Anabella Childress recula son fauteuil avec une étonnante économie d'énergie et se leva, toujours aussi hiératique. Elle se tourna vers la grande bibliothèque qui occupait tout un mur de la pièce : nul besoin d'être un bibliophile averti pour voir qu'elle ne contenait que des éditions anciennes et coûteuses. Elle fit courir une main le long d'une rangée de livres et en extirpa un vieux volume relié à la tranche ornée de lettres d'or.

– Connaissez-vous Descartes, le philosophe ?

Adam fit une moue.

– De nom, mais je ne suis pas un littéraire.

– Je ne crois pas qu'il faille être un « littéraire » pour s'intéresser à Descartes. Je crois même que tout bon scientifique devrait l'avoir lu.

Elle fit défiler quelques pages entre ses doigts jusqu'à trouver le passage qui l'intéressait.

– Écoutez, Adam : « Tout ce que j'ai reçu jusqu'à présent pour le plus vrai et assuré, je l'ai appris des sens ou par les sens : or j'ai quelquefois éprouvé que ces sens étaient trompeurs, et il est de la prudence de ne se fier jamais entièrement à ceux qui nous ont une fois trompés. »

– Vous croyez qu'une citation va suffire à me rassurer ?

– Je ne cherche pas à vous rassurer, je cherche à trouver des explications. Dans ce passage, Descartes nous raconte qu'il lui est souvent arrivé la nuit de penser qu'il était près du feu tout habillé alors qu'il était dans son lit.

Le docteur Childress tourna une page et poursuivit sa lecture :

– « Je vois si manifestement qu'il n'y a point d'indices certains par où l'on puisse distinguer nettement la veille d'avec le sommeil, que j'en suis tout étonné, et mon étonnement est tel qu'il est presque capable de me persuader que je dors. »

– Ce sont des mots, tout ça…

– Bien sûr que ce sont des mots. Mais des mots qui décrivent une réalité à laquelle tout être humain peut un jour être confronté. La philosophie de Descartes repose sur une remise en question systématique de tout ce qui nous semble vrai et évident.

– Il y a une différence entre s'imaginer être au coin d'un feu et être sur une plage où on vient d'assassiner votre femme, vous ne croyez pas ?

Le docteur Childress referma son livre et fit quelques pas jusqu'à la fenêtre, qui donnait sur un immense marronnier dont les branches touchaient presque la vitre. Elle écarta un pan du rideau. La pluie au-dehors s'était intensifiée. Adam n'avait pas souvenir qu'il ait plu « la première fois ».

– Avez-vous une seule preuve irréfutable que cette journée ait vraiment existé ? Votre arme, par exemple : avez-vous vérifié qu'elle se trouvait bien dans votre grenier ?

– Je suis monté au grenier…

– Et… ? L'arme avait-elle été utilisée ?

Adam enfouit son visage entre ses mains.

– L'arme était dans son étui. Et le chargeur dans sa boîte, intact.

– Rationnellement, est-ce que cela suffit à vous convaincre que cette journée est le fruit de votre imagination ?

– Non. J'ai très bien pu ne pas passer à l'acte et remettre le chargeur dans sa boîte, pour éviter un accident.

– Et vous auriez oublié l'avoir fait ? Je doute qu'un homme qui vient de renoncer à se suicider ait assez de lucidité pour accomplir ce genre de geste et se préoccuper d'un éventuel accident.

– Comment pouvais-je savoir que quelqu'un allait agresser Claire sur la plage si, d'une manière ou d'une autre, je n'avais pas déjà vécu cette journée ?

Anabella Childress relâcha le pan du rideau avant de revenir prendre place derrière son bureau.

– Vous ne le saviez peut-être pas. Je ne nie pas du tout que vous ayez pu avoir une intuition, un mauvais pressentiment, comme nous en avons tous dans la vie. Un cauchemar terrible et inhabituel vous a réveillé, vous étiez paniqué. Et quand on est en état de panique, on s'inquiète en général pour ce que l'on a de plus cher au monde. Qui est à vos yeux plus cher que Claire ?

– Personne.

– Vous avez eu peur pour elle, c'est normal. Elle n'était pas en danger chez ses parents – du moins pouvait-on le penser à ce moment-là –, mais elle était loin de vous. Vous vous êtes alors précipité à la maison du lac. L'agression que vous avez empêchée a créé en vous un puissant traumatisme qui a lui-même engendré un fort sentiment de culpabilité. Quelques minutes de plus et Dieu sait ce qui serait arrivé à votre femme.

– Cet homme l'aurait tuée, j'en suis sûr.

– Vous voyez… Ce sentiment de culpabilité vous a désorienté. Claire aurait pu mourir et cette éventualité, ce scénario pourrais-je dire, s'est imprimée si profondément en vous que vous l'avez crue réelle.

Adam se recroquevilla sur sa chaise.

– On tourne en rond, docteur… Il y avait des détails que je n'aurais pas pu inventer. Les pétales de roses, par exemple. Le tueur les avait disposés autour du corps de Claire. Et j'en ai retrouvé deux sur le parking avant qu'il n'arrive à prendre la fuite.

– Je ne cherche pas à tout expliquer pour l'instant. J'essaie simplement d'établir un cadre rationnel dans lequel replacer ces événements. Êtes-vous particulièrement stressé en ce moment ? À cause de votre travail, par exemple ?

– Un peu…

– Dites-m'en plus.

Childress n'était pas Becker ou Miller. Adam savait qu'il ne risquait rien à parler librement.

– Carl et moi, nous sommes sur une très grosse affaire : la rénovation complète d'un immeuble en ville. Nous rencontrons des problèmes d'autorisation, et Carl est prêt à employer des méthodes douteuses, à la limite de la légalité, pour en venir à bout. Si le projet capote, notre boîte coule et je me retrouverai avec des dettes que je serai incapable de payer.

– J'apprécie votre franchise. Cette situation que vous vivez a toutes les apparences d'un très gros stress, doublé comme je vous le disais d'un fort sentiment de culpabilité. La famille de votre femme est fortunée mais vous avez toujours refusé son aide, et la situation professionnelle de Claire est des plus précaires. Tout repose donc aujourd'hui sur vos épaules. Ce doit être un poids écrasant pour vous.

– Le stress ne peut pas tout expliquer, docteur. Ce que j'ai vécu n'est pas normal. Je crois vraiment que je suis en train de devenir fou, il n'y a pas d'autre explication.

– « Fou »… répéta Childress. Ce terme que vous utilisez n'a aucune valeur scientifique, Adam, il ne signifie rien en soi. Voilà des centaines d'années que l'homme essaie de classifier les maladies mentales. À une époque, on employait les termes « folie » ou « aliénation » par commodité, pour désigner aussi bien les névroses que les perversions, les arriérations mentales que les hystéries…

– Désolé, mais je ne suis pas un spécialiste de la question et je ne trouve pas d'autre mot pour le moment.

– Soit. Je peux vous assurer que vous n'êtes pas fou au sens où vous l'entendez. Si vous l'étiez, vous resteriez enfermé dans votre monde et vous nieriez la réalité. Or vous ne le faites pas.

– Un fou ne sait pas qu'il est fou : n'est-ce pas ce qu'on dit en général ?

– Disons que vous ne doutez nullement que ce qui s'est passé ce matin s'est bel et bien passé. Que Claire est vivante et qu'elle est en ce moment même chez vos beaux-parents.

– Comment pourrais-je le nier ?

Anabella Childress se mit à pianoter le livre de Descartes resté sur son bureau.

– Connaissez-vous le sentiment de déjà-vu, Adam ? On l'appelait autrefois « paramnésie ». Il est fugace et ne retient en général guère notre attention. Mais, parfois, ce sentiment de déjà-vu est si fort qu'il s'apparente à un sentiment de déjà-vécu. La sensation de vivre à nouveau le passé, de façon identique, est si nette et frappante qu'elle nous déconcerte totalement. Dans des formes aiguës, elle peut nous menacer de désagrégation, de scission de notre personnalité.

Adam se leva de son fauteuil et se mit à arpenter la pièce.

– Je n'ai pas eu l'impression de revivre des scènes à proprement parler. J'avais l'impression que les véritables scènes s'étaient produites avant. Que je n'en revivais qu'une sorte de remake, comme si j'étais un acteur en train de jouer un rôle.

– Il me semble que nous faisons un pas en arrière.

– Je ne sais plus bien ce que je crois, docteur... Mais si vous me dites que ce sentiment de déjà-vécu peut provoquer une rupture de la personnalité, c'est bien que je suis fou – quelle que soit la signification précise qu'on met derrière ce mot.

Adam cessa ses déambulations et agrippa le dossier de son fauteuil.

– Et si quelque chose n'allait pas dans mon cerveau ?

Childress lui jeta un regard circonspect.

– Précisez votre idée, Adam.

– Je ne sais pas, moi... Je pourrais être atteint d'une tumeur ou d'une maladie qui détraquerait ma pensée et mes souvenirs.

– Avez-vous eu récemment de violentes douleurs à la tête, des éblouissements ou des vertiges ? Des pertes de connaissance, peut-être ?

– Rien d'aussi violent. Si je me suis senti mal, c'était uniquement à cause des événements qui viennent de se produire dans ma vie.

– Donc, en dehors du choc dû à l'agression de Claire, aucun symptôme physique ne peut laisser supposer que vous soyez malade ?

– Non. Mais ça ne suffit pas à exclure que j'aie un problème au cerveau, n'est-ce pas ?

Anabella Childress croisa les bras et prit tout son temps pour lui répondre. Elle donnait l'impression de vouloir peser chacun des mots qui allaient franchir ses lèvres.

– On pense que les sentiments de déjà-vu et de déjà-vécu s'expliquent par un dysfonctionnement dans le traitement des informations transmises au cerveau, une difficulté à retrouver un souvenir dans sa mémoire. Ces expériences de dissociation, quand elles sont anormalement persistantes, sont liées à des troubles neurologiques graves. La zone du cerveau touchée serait celle du lobe temporal.

– De quels types de pathologies êtes-vous en train de parler ?

– L'épilepsie, ou une tumeur.

– Donc, l'hypothèse se tient ?

– Les choses ne sont pas si simples, Adam. Vous n'avez eu ni crise ni perte de connaissance. Et même dans les cas d'épilepsie ou de tumeur, la sensation de familiarité persiste rarement au-delà d'une vingtaine de secondes. Or, dans votre cas, il est question non pas de secondes, ni même de minutes, mais d'une journée entière… Nous pourrons pratiquer tous les examens que vous voudrez, mais le récit que vous m'avez fait exclut à mon sens une explication de ce genre.

Adam baissa la tête de découragement. À quoi s'était-il attendu ? Qu'espérait-il ? Qu'un médecin puisse en quelques minutes trouver une explication rationnelle au calvaire qu'il vivait et y mettre un terme ?

– Rasseyez-vous, Adam, j'aimerais vous raconter une histoire…

Après un soupir, il s'exécuta à contrecœur.

– Je vous écoute.

– Il y a quelques années de cela, un jeune étudiant a commencé à vivre des épisodes de déjà-vu de manière anormalement fréquente. Ce jeune homme était depuis longtemps sujet à des angoisses et à des troubles obsessionnels compulsifs. À son entrée à l'université, le stress des études n'a fait qu'aggraver sa situation, jusqu'au jour où il lui est devenu impossible de pratiquer la moindre activité. Il ne pouvait plus regarder la télé ou lire les journaux, car il avait l'impression d'avoir déjà vu ou entendu les mêmes informations. S'il faisait un voyage, il était assailli par la sensation d'avoir déjà visité les lieux, qui lui étaient pourtant totalement inconnus. Il avait la sensation d'être pris dans une sorte de boucle temporelle. La conviction de revivre dans les moindres détails son passé. En un mot, sa vie était devenue un véritable enfer.

Adam s'était figé. « Pris dans une sorte de boucle temporelle »… C'était exactement ce qu'il avait éprouvé à son réveil, mais il avait rejeté cette idée comme s'il ne s'agissait que d'un scénario de science-fiction.

– Continuez, docteur…

– En désespoir de cause, ce jeune homme s'est tourné vers des neurologues, qui se sont passionnés pour son cas et ont pratiqué sur lui tous les examens possibles.

Ils ne lui ont trouvé aucune anomalie de la mémoire, aucune lésion cérébrale, encore moins de tumeur au cerveau. Bref, pas le moindre signe d'un quelconque dysfonctionnement. Et pourtant, il était un être humain à part qui vivait une expérience inédite.

– Quelle explication ont-ils apportée ?

– Nous n'avons malheureusement aucune certitude... Les médecins ont pensé que ses angoisses et ses troubles agissaient sur son cerveau. L'hyperactivité cérébrale entraîne une surcharge d'informations qui peut perturber le bon fonctionnement des souvenirs et par conséquent faire oublier le temps présent. Ses expériences passées avaient pris le dessus sur les instants du quotidien qu'il vivait.

– C'est pour cela que vous m'avez demandé à quel point j'étais stressé par mon travail ?

– Oui. J'ai immédiatement songé à ce jeune homme quand vous m'avez fait votre récit. C'est la première fois que l'on a envisagé un lien de causalité entre l'anxiété et cette forme extrême de déjà-vécu. Mais, bien entendu, il s'agit d'un cas exceptionnel dans les annales de la médecine.

Adam garda le silence un moment, cherchant à mettre de l'ordre dans son esprit.

– Vous pensez réellement que cette théorie pourrait expliquer ce qui m'arrive ?

Childress fit une moue dubitative.

– Je n'en sais rien, Adam, et je préfère ne pas vous donner de faux espoirs. Nous ne pouvons pas en rester là en tout cas. Je veux que nous nous revoyions, et vite. En début de semaine prochaine si possible... Je veux que jusque-là vous meniez une vie normale.

– « Une vie normale » ?

– Je sais combien cela risque d'être difficile, surtout après ce qui est arrivé à Claire. Je vous demande d'éviter les médicaments. Reposez-vous et ne prenez pas de décisions importantes.

Childress se leva de son fauteuil et s'approcha de lui. Adam perçut une réelle empathie dans son regard.

– Vous devriez retourner auprès de votre femme. C'est le mieux que vous puissiez faire pour le moment.

Adam hocha la tête, moins par conviction que parce qu'il ne savait pas quoi faire d'autre.

– Docteur, ce patient dont vous venez de me parler…

– Oui ?

– Combien de temps son calvaire a-t-il duré ? Est-ce qu'il a fini par guérir ?

– Des années, Adam, son calvaire a duré des années…

Ce n'est qu'une fois sorti de la maison qu'il prit conscience qu'elle n'avait pas répondu à sa seconde question.

9

– Chaton, tu nous remets la même chose ?

La serveuse du Paradiso, une fille de 20 ans au style gothique, lança à Carl un regard aussi noir que sa jupe et sa paire de rangers.

– Merde, Carl, je t'ai déjà dit cent fois d'arrêter de m'appeler comme ça ! Et range dans ta poche ta main baladeuse, OK ? Je vais vraiment finir par porter plainte pour harcèlement…

Carl rigola comme un gosse insolent surpris en train de faire une bêtise.

– Quoi ? C'était affectueux ! On vit vraiment une époque déprimante… Les hommes sont tout le temps soupçonnés d'arrière-pensées dégoûtantes. On ne peut même plus faire un compliment à une femme sans passer pour un détraqué sexuel…

La serveuse n'avait pas attendu la fin de sa réplique pour remporter leurs verres et tourner les talons. Carl porta soudain une main à sa bouche.

– Quel con je fais ! Désolé, Adam, qu'est-ce qui me prend de parler de « détraqué sexuel » alors que… ?

Adam fit un vague geste de la main pour montrer qu'il ne lui en tenait pas rigueur. Sa maladresse était sans rapport avec le nombre de verres qu'il avait déjà sifflés, Carl n'avait jamais brillé par son tact.

Adam n'avait qu'une faible tolérance à l'alcool, surtout quand il était à jeun. Et il savait qu'il avait déjà largement dépassé le fameux verre de trop. Assis sur la banquette, il luttait depuis un moment déjà pour ne pas perdre le fil de la conversation. La tête lui tournait et il sentait poindre une douleur désagréable au-dessus de ses yeux. Il se revit dans le même état, affalé sur le canapé de son salon, avant qu'il ne monte au grenier pour commettre l'irréparable. Sauf que cet « irréparable » ne l'avait pas été puisqu'il était bel et bien vivant.

Depuis qu'il avait quitté Anabella Childress, il n'arrêtait pas de penser au cas de cet étudiant pris dans une boucle temporelle. Un cas unique dans les annales de la médecine… Combien y avait-il de probabilités que son cas soit similaire au sien ? 1 sur 10 millions ? 100 millions ? 1 milliard ? Sans doute moins que de décrocher la super cagnotte au Loto… Improbable certes, mais pas non plus impossible. Une probabilité restait une probabilité. L'hypothèse avait au moins le mérite de demeurer dans le champ du rationnel et d'exclure la folie ou une grave pathologie.

Mais ce qui gênait Adam et ruinait cette théorie, c'était qu'il avait été capable de sauver Claire. Même en supposant qu'il ait eu une intuition à son réveil qui l'avait poussé à se ruer jusqu'au lac au petit matin, quelle probabilité y avait-il qu'il arrive pile au moment de l'agression ? Ni cinq minutes avant ni cinq minutes après. Juste au bon moment, à la seconde parfaite pour soustraire Claire aux griffes de ce tueur et avoir la possibilité de le poursuivre, de récupérer un objet lui appartenant et d'identifier son véhicule.

Les deux probabilités combinées défiaient l'entendement. C'était comme gagner la super cagnotte, mais la gagner deux semaines d'affilée en jouant exactement les mêmes numéros.

Carl prit la coupelle sur la table et versa dans la paume de sa main la dernière poignée de cacahouètes, qu'il avala gloutonnement.

– J'aimerais vraiment t'aider, dit-il la bouche pleine, mais je ne sais pas trop quoi te dire. Ce que tu m'as raconté est tellement dingue ! Je n'arrive déjà pas à croire que Claire se soit fait agresser, alors imaginer en plus que tu savais ce qui allait arriver…

Et encore, tu ne sais pas tout.

Adam n'avait livré à Carl qu'une version très édulcorée de son histoire. Les troubles mentaux étaient le quotidien de Childress, il savait qu'elle pouvait tout entendre, mais il ne voulait pas passer pour encore plus cinglé qu'il ne l'était aux yeux de son ami, aussi s'était-il contenté de parler d'un vague rêve prémonitoire qui l'avait fait se réveiller en sursaut.

– Je ne savais pas précisément ce qui allait se passer, crut-il bon de nuancer. J'étais juste persuadé qu'un drame allait se produire, et la réalité m'a donné raison.

– Tu sais, j'ai lu un jour un bouquin sur la précognition…

– Carl, je n'ai pas tellement envie de parler de phénomènes paranormaux et de toutes ces foutaises…

– Qui t'a parlé de phénomènes paranormaux ? Il n'y a pas plus cartésien que moi ! Je ne crois que ce que je vois. Tu sais que ce qu'on appelle « rêves prémonitoires » n'est en fait que déductions logiques mais inconscientes de notre cerveau ? Qu'est-ce qu'on a dans le crâne si ce n'est une sorte de super ordinateur ? Tu engranges des millions d'informations chaque jour. La nuit, pendant ta phase de sommeil profond, tu organises les données, tu fais le tri, tu opères des recoupements et des corrélations que tu serais incapable de faire quand tu es éveillé. Au final, tu crois pouvoir prédire l'avenir alors que tu ne fais qu'interpréter des signes imperceptibles mais bien réels.

– Alors quoi ? Je savais que Claire se ferait agresser parce que j'avais perçu des signes avant-coureurs ? Quels signes au juste ? Elle a failli être violée sur une plage ! Comment prévoir un truc pareil ?

– Tu crois pourtant que ce type n'était pas là par hasard, qu'il avait espionné Claire et qu'il l'a attendue à cet endroit. C'est bien ta théorie, non ? C'est bien ce que tu as raconté aux flics ?

– Et même si c'était vrai… Je n'avais aucun moyen de savoir que Claire était en danger, qu'elle était peut-être surveillée par cet homme. Je suis presque toute la journée au boulot et Claire ne m'a jamais fait part de quelque chose d'anormal qui se serait produit ces derniers temps.

La serveuse revint avec deux nouveaux verres, l'œil toujours aussi hostile.

– Je te préviens, Carl, ce sont les deux derniers. Après, vous fichez le camp. Je n'ai pas envie que tu te mettes à roupiller sur la banquette comme la dernière fois.

– Compris, ma beauté. Tu pourrais avoir l'amabilité de nous rapporter des cacahouètes ?

– Bien sûr, mon chou, mais seulement dans tes rêves. Tu n'as qu'à te bouger les fesses et aller les chercher toi-même au comptoir…

Carl rigola comme un bossu avant de porter son verre à ses lèvres.

– Tu as vu comment elle me parle ? C'est une vraie tigresse. Si tu savais ce que je lui laisse en pourboire chaque semaine…

Son regard s'assombrit soudain.

– Franchement, Adam, qu'est-ce que tu fous avec moi dans ce bar ? Tu ne crois pas que tu devrais être auprès de Claire en ce moment ? C'est ta femme, nom de Dieu !

– Merci de me faire sentir plus coupable que je ne le suis déjà. C'est bon d'avoir des amis comme toi… Je ne crois vraiment pas que Claire ait envie de me voir pour l'instant. Je l'ai appelée tout à l'heure…

– Qu'est-ce qu'elle t'a dit ?

– Pas grand-chose. Clarissa ne veut pas rester à la maison du lac, elle ne s'y sent pas en sécurité. Ils rentrent en ville dès ce soir. Et Claire préfère dormir chez ses parents cette nuit.

Adam n'avait plus envie de parler. Il l'avait déjà trop fait. Combien de fois allait-il devoir raconter son histoire, en l'adaptant chaque fois à son interlocuteur ? Trop de pensées dans sa tête. Trop de théories plus absurdes les unes que les autres qui lui grignotaient peu à peu le cerveau. Plus son angoisse augmentait et moins il était capable de raisonner logiquement. Un cercle sans fin…

Il but une gorgée d'alcool qui lui souleva le cœur. La douleur au-dessus de ses yeux s'était intensifiée. Il avait besoin d'aspirine et de se passer le visage sous l'eau.

– Je dois aller aux toilettes.

– Va te soulager tranquille, fit Carl en posant ses deux bras sur le dossier de la banquette, je n'ai pas l'intention de mettre les voiles.

Dès qu'Adam se leva, le sol se mit à tanguer sous ses pieds. Sa sensation d'écœurement redoubla. Brouhaha des conversations autour de lui. La serveuse le frôla et faillit renverser le plateau qu'elle tenait en main. « Désolé ! » Un rire de femme lui fit tourner la tête.

Il croisa son regard et crut qu'il était la cible de sa moquerie. En fait, il avait l'impression que toute la salle le regardait, qu'on pouvait lire en lui à livre ouvert.

Tu deviens parano, mon vieux...

Il se dépêcha de traverser le bar et entra dans les toilettes pour hommes. Un trentenaire en costume-cravate se recoiffait devant le miroir, essayant à grand renfort d'eau de dompter un épi sur sa tête.

Adam s'enferma dans la première cabine venue. La puissante odeur d'urine qui flottait dans l'air le saisit à la gorge. Le sol était sale et collant. Il abaissa l'abattant des toilettes. Sans même juger de sa propreté, il s'assit dessus et ferma les yeux. Dès lors, une immense fatigue le saisit. Et il savait qu'elle n'était pas seulement due à l'alcool qu'il avait ingurgité.

Il ne sentait plus ses jambes. C'était la même sensation que celle qu'il avait éprouvée à la morgue devant le cadavre de Claire – une perte de toutes ses capacités physiques. La morgue... Il avait beau essayer de se concentrer, ses souvenirs de la scène n'étaient plus aussi précis qu'avant. Que se rappelait-il exactement ? Une pièce blanche carrelée. Des lumières puissantes au-dessus de sa tête. C'était à peu près tout. Il n'était même plus capable de se représenter les traits de l'assistant du légiste. Son visage n'était pas à proprement parler flou, mais dénué de toute caractéristique, similaire à celui d'un mannequin dans une vitrine de prêt-à-porter. Il ne se souvenait même pas d'être entré dans le bâtiment ni d'en être sorti. L'hôpital où il avait parlé à Susan... La morgue et sa conversation avec John... La maison, les flics, Carl, le grenier... Cette fameuse journée lui semblait désormais constituée d'épisodes décousus qu'il était incapable de relier entre eux, comme si on l'avait mystérieusement téléporté d'un lieu à un autre.

Au bout d'une trentaine de secondes, il rouvrit les yeux et les fixa sur la porte de la cabine, à quelques centimètres de son visage. Une porte bleue couverte de graffitis qui se brouillèrent dès qu'il essaya de les déchiffrer. Il sentait ses paupières s'alourdir, mais il ne voulait pas fermer les yeux. Il était hypnotisé par le bleu de cette porte, il ne pouvait plus la quitter du regard.

Du bleu. Le lac…

Non, ce n'était pas un lac, c'était la mer.

La mer Méditerranée. Le sud de la France.

Une mer qui se confond avec le ciel, sous une lumière implacable. Une couronne de pins maritimes formant une protection rassurante autour d'une petite crique. Une plage de sable descendant en pente douce jusqu'aux rochers de calcaire blanc.

Ce sont leurs premières vacances en Europe. Après avoir passé trois jours à Paris, ils sont venus finir la semaine sur la Côte d'Azur. C'est le milieu du mois de juin, mais les après-midi sont déjà étouffants et la lumière si crue qu'il est difficile de regarder la mer en face.

La plage est quasi déserte. Claire a demandé au concierge de leur hôtel de lui indiquer la moins fréquentée des environs. L'ayant complimentée pour son français, il lui a parlé d'une petite crique au bout du cap, inconnue des touristes.

Aussitôt arrivé, Adam s'est déshabillé et s'est jeté à l'eau. Lorsque Claire le rejoint dans son maillot deux pièces hors de prix, il l'accueille avec un sifflement d'admiration :

– Canon !

Il l'éclabousse à grands jets en brassant l'eau de ses deux mains.

– Arrête, elle est glacée !

– « Glacée » ! Tu plaisantes ou quoi ? Lance-toi – c'est plus facile lorsqu'on plonge d'un coup.

Comme elle ne se décide pas, Adam l'agrippe et la précipite de force dans l'eau. Elle pousse des cris, tente maladroitement de se remettre debout, mais lui la pousse chaque fois plus loin du bord.

Ils nagent durant un bon quart d'heure avant de revenir à un endroit où ils ont pied.

– Action ou vérité ? demande soudain Claire.

– Quoi ?

– Action ou vérité ? répète-t-elle le plus sérieusement du monde.

– Tu plaisantes ? Je jouais à ça quand j'avais 12 ans !

– Tu te dégonfles, alors.

– Je ne me dégonfle jamais, ronchonne-t-il. D'accord, vérité !

– Tu as dit que j'étais « canon » tout à l'heure. Mais que ferais-tu si du jour au lendemain je devenais laide ? Non, pas laide, mais affreuse, horrible, repoussante…

– Ça va, j'ai compris ! Eh bien, rien. Je t'aimerais comme avant.

– Menteur ! réplique-t-elle en l'éclaboussant.

– À moi.

– Non, attends. Tu ne joues pas le jeu, j'ai encore droit à une question. Que ferais-tu si je disparaissais pendant des années ?

– Comment ça, disparaître ?

– Eh bien, imaginons que je sois enlevée par des révolutionnaires.

– Des révolutionnaires ! C'est du grand n'importe quoi !

– Réponds ! Imagine que je sois retenue prisonnière pendant des années – mais tu ne saurais pas combien de temps –, que ferais-tu ?

– Je suppose que ton père verserait une énorme rançon.

– Non, pas de rançon : ce sont des révolutionnaires, ils ne font pas ça pour de l'argent.

– Alors j'attendrais qu'on te libère.

– Même si tu devais attendre dix ou vingt ans ?

– Tu m'ennuies, Claire. À mon tour maintenant : action ou vérité ?

– Action !

Adam fait mine de réfléchir un moment.

– Je voudrais que tu enlèves ton maillot – le haut et le bas, bien entendu – et que tu sortes de l'eau pour regagner ta serviette.

– Tu es dingue ou quoi ? Jamais je ne ferai un truc pareil !

Adam sait non seulement que sa demande est stupide, mais aussi que Claire a toujours été excessivement pudique, refusant même qu'il entre à l'improviste dans la salle de bains quand elle prend sa douche.

– Allez ! Tu ne risques rien, il n'y a personne.

À l'exception d'un vieux couple qui se prélasse à l'autre bout de la plage, un journal à la main, la crique est en effet déserte.

– Les dégonflés ne sont pas ceux qu'on croit, ajoute-t-il de façon puérile.

– Très bien, je vais le faire.

– Tu ne le feras pas, j'en mettrais ma main à couper.

Toujours dans l'eau jusqu'au cou, Claire dégrafe son haut de maillot puis, après une hésitation, enlève sa culotte de bain, qu'elle lance au visage d'Adam.

– Et voilà !

– Non, non, tu ne m'auras pas comme ça ! Le plus dur reste à faire.

Lentement, tout en jetant des coups d'œil furtifs aux alentours, Claire sort de l'eau, dévoilant son dos couvert de minuscules taches de rousseur, ses hanches étroites, ses fesses rondes. Puis, d'une démarche comique, elle se met à courir à toute vitesse sur le sable pour abréger ses souffrances. En moins de deux, elle arrache sa serviette du sable et en enveloppe son corps. Sautillant sur place, triomphante, les bras levés, elle crie en direction d'Adam :

– Je l'ai fait, je l'ai fait !

Adam la siffle et applaudit des deux mains. Il est heureux. Il ne pense à rien de vraiment précis. Simplement au bonheur qu'il éprouve à être sur cette plage, à des milliers de kilomètres de chez lui. Il sent le goût du sel sur ses lèvres, auquel se mêle la trace des baisers qu'ils ont échangés dans l'eau. Il aimerait que cet instant dure l'éternité. Être avec Claire, seul avec elle, comme si le reste du monde n'existait plus.

Tandis que Claire se rhabille sur la plage en se contorsionnant dans sa serviette, il tourne la tête vers l'horizon. Le soleil est à son zénith, mais la mer ne scintille plus. Il peut la regarder en face sans avoir besoin de plisser les yeux. Elle est d'un bleu profond, uniforme, presque factice. Ce qu'il a sous les yeux n'est plus qu'un semblant de réalité. Et soudain, sans savoir pourquoi, Adam sent son corps traversé par un terrible frisson.

*

Il ouvrit brutalement les yeux. Au bleu de la mer s'était substitué celui de la porte. Il fallut à Adam quelques secondes pour se persuader qu'il n'était plus sur une plage du sud de la France. Il porta une main à son front, qui était couvert de sueur. Il avait la gorge desséchée. Il entendit de l'eau couler de l'autre côté de la porte, puis un homme tousser.

Que s'était-il passé ? Rien à voir avec une simple rêverie ou une absence. Il s'était endormi… Endormi sur une putain de cuvette de toilettes ! Combien de temps ? Il jeta un coup d'œil à sa montre, ce qui ne l'avança guère puisqu'il ignorait totalement quand il était entré dans cette cabine. Ça n'avait pas pu durer plus de quelques minutes : s'il s'était absenté trop longtemps, Carl serait venu le chercher.

Il se leva et tira machinalement la chasse, puis sortit de la cabine. Son reflet l'accueillit dans l'enfilade de miroirs au-dessus des lavabos, mais il n'eut pas le courage de soutenir longtemps cette vision.

– Ça va, mec ? lui lança un jeune type aux dreadlocks foisonnants à l'autre bout des toilettes.

Adam acquiesça pour éviter d'entamer une discussion avec un inconnu. Il ouvrit un robinet, passa entièrement son visage sous l'eau et but à longs traits.

– Mauvais trip ? continua le type en émettant un rire goguenard.

Adam se força à sourire puis se dépêcha de sortir.

Dès qu'il revint dans la salle du bar, il comprit que quelque chose n'allait pas. Ce ne fut d'abord qu'un vague ressenti, dont il ne fut pas long à deviner la cause. Il y avait plus de monde que quelques minutes plus tôt, beaucoup plus de monde ; le brouhaha était devenu intense. Pourquoi des dizaines de clients se seraient-ils donné rendez-vous dans ce bar exactement au même moment ?

Adam dut zigzaguer entre les tables et jouer des coudes. La même serveuse le frôla et faillit à nouveau renverser ses verres. La cacophonie ambiante lui vrillait les oreilles. Cette fois pourtant, il avait l'impression que plus personne ne lui prêtait la moindre attention. Il avait même la sensation d'être devenu invisible.

Il rejoignit rapidement sa table, mais un couple qu'il ne connaissait pas y était installé. L'homme et la femme le regardèrent bizarrement, comme s'ils craignaient d'être importunés ou de se voir demander un service.

Carl était assis deux tables plus loin. Devant lui étaient disposés plusieurs verres vides, alors qu'Adam se souvenait parfaitement que la serveuse les avait débarrassés. Il vint se planter en face de lui.

– Tu en as mis du temps ! Tu as donné à manger aux poissons ou quoi ?

– Pourquoi est-ce que tu as changé de table ?

– De quoi est-ce que tu parles ?

– On était assis là-bas tout à l'heure, répliqua-t-il en désignant du doigt la table du couple.

– Adam, je n'ai pas bougé mes fesses de cette banquette depuis qu'on est arrivés.

Il sentit une nouvelle vague de nausée monter en lui.

– Quel jour sommes-nous, Carl ?

– Quoi ?

Les palpitations de son cœur s'accélérèrent. Il sortit nerveusement son téléphone et lut sur l'écran :

23:12
lundi 17 juin

Non ! Ça ne peut pas être la réalité...

– Quel jour sommes-nous ? répéta-t-il, en criant cette fois.

Malgré le vacarme de la salle, un homme derrière Carl se retourna.

– Adam, pourquoi est-ce que tu hurles comme ça ? On est lundi !

– La date ? Donne-moi la date précise !

– Je ne sais plus, moi, répondit Carl avec une réelle inquiétude dans le regard. Le 17 ou le 18... Tu as ton portable sous les yeux, tu n'as qu'à vérifier. Qu'est-ce qui se passe, nom de Dieu ?

Dix jours s'étaient écoulés sans qu'il en ait gardé le moindre souvenir. Dix jours alors qu'il ne s'était absenté que quelques minutes aux toilettes.

– Il faut que je sorte, il faut que j'appelle Claire...

Carl se leva si rapidement qu'il en renversa son verre.

– Et merde ! lâcha-t-il avant d'éponger avec des serviettes en papier le breuvage répandu sur la table. Adam, calme-toi, s'il te plaît. Je crois qu'on a un peu trop forcé sur l'alcool ce soir...

– Il faut absolument que j'appelle ma femme. Il faut que je sache si elle va bien.

Son ami abandonna sur la table les serviettes gorgées d'alcool. Il s'approcha et lui posa les mains sur les épaules, avant de se mettre à parler d'une voix qu'Adam trouva trop douce et compassionnelle :

– Je sais que ça ne va pas, je sais très bien ce que tu traverses, mais il faut accepter la réalité : tu ne peux pas appeler Claire.

– Pourquoi je ne pourrais pas ? cria Adam. Réponds, Carl ! Pourquoi je ne pourrais pas ?

Mais, au plus profond de lui, il avait la certitude qu'il connaissait déjà la réponse à sa question.

– Claire est morte, mon vieux. Elle est morte il y a plus d'une semaine...

TROISIÈME PARTIE

« [...] pour moi rien de nouveau, rien d'étrange : Rien que revêtements d'un spectacle déjà vu. »

William Shakespeare, sonnet 123

1

L'arrière-cour du bar n'était éclairée que par une ampoule nue qui grésillait au-dessus de la porte de service. Derrière un conteneur, une main appuyée sur le mur de briques crasseux, Adam écarta les pieds pour ne pas marcher dans son propre vomi. Il inspira une goulée d'air mais ne reçut dans les narines que les effluves des poubelles à côté de lui. Il eut un nouveau haut-le-cœur. Cette fois pourtant, il ne cracha qu'un mélange de salive et de bile. Il se redressa avant de s'essuyer la bouche avec le revers de sa veste. La tête continuait de lui tourner.

– Elle n'est pas morte, ça n'est pas possible, je l'ai sauvée ce matin sur la plage…

Carl lui tapota le dos d'un geste amical.

– Adam, il faut que tu me dises la vérité : est-ce que tu as pris quelque chose aujourd'hui ? Des médocs ? Ou de la drogue quand tu es allé aux toilettes tout à l'heure ?

Il secoua la tête.

– Je n'ai rien pris.

Il se retourna. Près de la porte, un jeune couple qui se partageait une cigarette pouffait de rire en les observant.

– Bon, calme-toi un peu. Quel jour crois-tu que nous sommes exactement ?

– Je ne crois rien. On est samedi. Samedi 8 juin… Claire s'est fait agresser par un homme aujourd'hui, je suis arrivé à temps chez ses parents pour le faire fuir…

– On n'est pas samedi, je te l'ai déjà dit.

– Je suis allé voir Childress. Elle a trouvé une explication. Je ne suis pas le seul à qui ce *truc* arrive. Il y a un étudiant qui vit la même chose que moi. Le stress agit sur notre cerveau. Une surcharge d'informations peut perturber le fonctionnement de…

– Attends ! De quoi est-ce que tu parles ? Quel étudiant, bordel ?

Pris d'une agitation incontrôlable, Adam sortit son téléphone portable et vérifia à nouveau la date. Malheureusement, elle n'avait pas changé. Il s'écarta du conteneur, fit quelques pas dans la cour et respira à pleins poumons. Il chercha dans la poche intérieure de sa veste son paquet de cigarettes. Il n'en restait plus qu'une. Il voulut l'allumer avec son Zippo, mais ses doigts tremblaient tant qu'il dut s'y reprendre à plusieurs fois. Quand il y parvint enfin, il inspira plusieurs bouffées qui n'eurent sur lui presque aucun effet.

C'est un rêve. Tu n'es pas éveillé. Tes sens te persuadent que tu es dans cette arrière-cour, mais ils peuvent être trompeurs, tu ne peux pas t'y fier. Souviens-toi de Descartes. Souviens-toi de ce que t'a dit Childress.

Adam fixa sa cigarette. Lentement, il l'approcha de la paume de sa main gauche. Quand le bout rougeoyant ne fut plus qu'à un demi-centimètre de sa peau, il en ressentit parfaitement la chaleur.

Cette cigarette existe… Childress te dirait pourtant que Descartes ressentait le feu de sa cheminée alors qu'il était dans son lit.

Il écrasa le bout de la cigarette sur sa peau. Une terrible brûlure irradia aussitôt sa main.

– Arrête ! hurla Carl en se ruant vers lui. Tu es dingue ou quoi ! Pourquoi tu fais un truc pareil ?

Adam éloigna la cigarette de sa paume et referma le poing en grimaçant. Il approcha son visage à quelques centimètres de celui de Carl.

– Dis-moi ce qui est arrivé à Claire.

– Qu'est-ce que tu cherches, Adam ? Tu veux te faire du mal, c'est ça ?

– Je te demande simplement de me dire ce qui est arrivé à ma femme !

Sans le vouloir, Adam avait accompagné ses paroles d'un geste menaçant. Carl eut un mouvement de recul, comme s'il craignait qu'il ne s'en prenne à lui physiquement. Le couple derrière eux, qui ne riait plus, se dépêcha de rentrer dans le bar.

– OK, mais promets-moi d'abord que tu vas te calmer !

– Vas-y ! Je suis calme.

Ses mains continuaient pourtant de trembler. Carl tourna la tête vers la porte de service qui se refermait lentement. Il donnait l'impression de ne rien désirer d'autre qu'échapper à cette situation surréaliste.

– Je n'arrive pas à y croire… marmonna-t-il. Bon, d'accord. Claire s'est fait… agresser près du lac il y a presque dix jours. C'était le week-end mais tu étais resté en ville pour travailler, on avait un rendez-vous. Tu t'en souviens, n'est-ce pas ?

– Continue.

– Un homme l'a surprise pendant qu'elle faisait son jogging, au petit matin. Il l'a…

Carl marqua un silence.

– Il l'a étranglée. C'est ça que tu veux entendre ?

Les paroles de Carl lui furent un nouveau coup de poignard dans le cœur.

– Est-ce que Claire a été violée ?

Carl baissa les yeux sur ses chaussures, puis hocha plusieurs fois la tête.

– Est-ce que le tueur a laissé des pétales de roses autour de son corps ? continua Adam.

– À quoi est-ce que tu joues ? Tu vois bien que tu sais parfaitement ce qui s'est passé. Pourquoi est-ce que tu m'obliges à te raconter tout ça ? Tu imagines que c'est facile pour moi ?

– Quand ai-je été prévenu de l'agression ?

– Je ne comprends pas où tout ça nous mène... La police t'a appelé dans la matinée avec le portable de Claire. Tu avais essayé de la joindre à plusieurs reprises.

– Est-ce que Claire était enceinte ?

– Adam...

– Réponds ! Est-ce qu'on allait avoir un bébé ?

Carl acquiesça sans dire un mot.

– Comment s'appelle le flic qui est sur l'enquête ?

– Il s'appelle Miller. Il est passé chez toi l'après-midi du meurtre pour fouiller ta baraque. Je t'ai déconseillé de le laisser faire, mais tu n'as rien voulu entendre. Tu te rappelles ? Il a emporté l'ordinateur de Claire et deux ou trois affaires.

Adam tira une dernière bouffée puis jeta son mégot d'une pichenette. La première journée... Tout semblait s'être déroulé exactement comme durant la première journée. Celle qu'il avait cru n'être qu'un produit de son esprit avait réellement eu lieu. Et, inversement, celle où il avait sauvé Claire – qu'il avait fini par tenir pour vraie – n'avait existé pour personne.

– Est-ce qu'ils ont retrouvé l'homme qui a tué Claire ?

– Bien sûr que non ! Comment aurais-tu pu oublier un truc pareil ?

Bonne question, Carl...

Comment son esprit avait-il pu occulter dix jours de sa vie et leur substituer une réalité alternative, un scénario à l'issue heureuse ? Mais si cette première journée s'était réellement produite, que s'était-il passé dans ce grenier puisqu'il était toujours en vie ?

– Qu'est-ce que j'ai fait depuis la mort de Claire ?

– Comment ça, qu'est-ce que tu as fait ?

– Décris-moi mes journées. Dans le détail…

– Mais il n'y a rien à décrire ! Tu es resté enfermé chez toi pendant presque une semaine. Tu n'as fait que te soûler. J'ai dormi chez toi plusieurs nuits d'affilée pour t'empêcher de…

Carl s'arrêta net. Il enfouit les mains dans ses poches.

– Pour m'empêcher de quoi ?

– De refaire une connerie.

Adam sentit son cœur battre puissamment dans ses tympans.

– Sois plus précis.

– Adam ! Le jour de la mort de Claire, tu as essayé de te foutre en l'air !

– Dans le grenier ?

– Bien sûr, dans le grenier ! Tu es monté là-haut pour récupérer ton Beretta. J'étais en train de roupiller dans le salon. Je me suis brutalement réveillé et j'ai vu que tu n'étais plus là. J'ai eu une sorte d'intuition et je suis monté à l'étage. J'ai vu que tu avais descendu l'échelle. Je t'ai empêché d'appuyer sur la détente au tout dernier moment !

Adam revoyait parfaitement l'arme dans sa main. Il pouvait encore ressentir le canon froid sur sa tempe. Il était capable de revivre la scène dans les moindres détails mais restait persuadé d'avoir fait feu. Était-il possible que Carl ait finalement débarqué dans le grenier, l'ait empêché de commettre l'irréparable sans qu'il en ait conservé le moindre souvenir ?

– Qu'est-ce qui s'est passé après ça ?

– Je t'ai foutu mon poing dans la gueule et je t'ai traité de « sale enfoiré », si tu veux savoir ! On a chialé comme des gosses tous les deux. Puis on est redescendus et on a picolé la moitié de la nuit. Le lendemain, tu ne te souvenais même pas de la soirée qu'on avait passée ensemble.

Adam regarda Carl dans les yeux et comprit que ce qu'il lui disait était vrai. Alors il tenta de se calmer en faisant quelques pas dans la cour. Son ombre démesurée se projetait au sol et sur l'immeuble en face de lui. Il avait du mal à respirer. Alors qu'il ouvrait grand la bouche, une douleur fulgurante lui traversa la poitrine. Il y porta ses deux mains. Pendant quelques secondes, il eut l'impression que son cœur allait lâcher. Il respira à nouveau lentement, jusqu'à ce que la douleur reflue un peu de sa cage thoracique. Carl le rejoignit, l'air totalement désemparé.

– Ne restons pas ici, Adam. Je vais te raccompagner. Tu n'es pas en état de conduire.

*

Les lampadaires défilaient à toute vitesse derrière la vitre de la voiture. Recroquevillé sur la banquette arrière, le corps recouvert de sa veste, Adam grelottait. Son front était brûlant. Plus il essayait de réfléchir, plus ses pensées se délitaient. Des flashs se succédaient dans sa tête sans ordre logique. Il n'était plus capable de dissocier les deux journées qu'il avait vécues. La confusion la plus totale régnait dans son esprit. Même la mort de Claire lui paraissait une chose abstraite et insaisissable, qui lui filait comme du sable entre les doigts.

Je l'ai sauvée, se répétait-il depuis qu'ils avaient quitté le bar. *Elle ne peut pas être morte, pas après tout ce que j'ai fait.*

Alternance d'ombres et de lumière sur la vitre au-dessus de sa tête. Mouvement lancinant de la voiture. Sensation de partir à la dérive. La nuit l'avalait. Le temps n'existait plus.

Adam ne recouvra un peu ses esprits que lorsque le véhicule stoppa. Il mit quelques secondes à comprendre où il se trouvait. La portière arrière s'ouvrit, laissant apparaître le visage de Carl.

– Allez, mon vieux, fais un effort.

Adam se redressa, ce qui provoqua en lui une nouvelle sensation de vertige. Carl l'aida à s'extirper du véhicule et plaça son bras gauche sous ses aisselles pour l'aider à marcher. Adam voyait une multitude de points blancs flotter dans son champ de vision. Quand ils atteignirent la porte d'entrée de sa maison, il dut plisser les yeux à cause de l'éclairage automatique qui venait de s'allumer sous le porche.

– Tu as tes clés ?

Comme Adam ne répondait pas, Carl fouilla dans ses poches pour les trouver. Ils pénétrèrent à l'intérieur.

– On va essayer de monter…

– Non, répondit Adam, que la perspective de gravir les marches décourageait. Le canapé…

– Comme tu veux.

Ils traversèrent le salon, sans prendre la peine d'allumer les lumières. Adam s'effondra sur le canapé comme une masse. Il était épuisé, au bout du rouleau, pourtant il se savait incapable de dormir. Carl posa une main sur son front.

– Tu es brûlant ! Ton état empire. Je crois que je vais appeler une ambulance…

– Non, pas d'ambulance.

– Je ne peux pas te laisser comme ça !

– Claire est morte, et je savais que ça allait arriver. Je me suis tiré une balle dans la tête dans le grenier. Puis je me suis réveillé dans mon lit. J'ai revécu la même journée, tu comprends ? Et ça m'a permis de sauver Claire…

– Tu délires, Adam. Ce que tu racontes n'a aucun sens !

Carl n'avait plus seulement l'air désemparé, il commençait à paniquer. Il se gratta fébrilement la joue puis se pencha au-dessus d'Adam pour fouiller à nouveau les poches de son pantalon. Il en sortit son téléphone.

– Qu'est-ce que tu fais ?

– Rien. Essaie de te reposer.

Tandis que Carl s'éloignait, Adam fixa la surface grise du plafond. Son sweat, trempé de sueur, collait à son corps comme une seconde peau. Carl sortit de la maison mais ne referma pas la porte d'entrée derrière lui. Adam l'entendit passer un coup de fil sans être pour autant capable de saisir quoi que ce soit de la conversation.

Ensuite, il plongea dans un état de transe. Il n'avait pas l'impression de dormir ni de rêver, plutôt de décrocher de la réalité et d'être suspendu entre deux mondes. Il ne sentait plus la présence de Carl près de lui. Se pouvait-il qu'il l'ait seulement imaginée ? Peut-être était-il seul dans ce salon depuis des heures. Peut-être était-il en état d'ébriété et avait-il complètement imaginé la scène du bar. Peut-être Claire était-elle encore en vie.

– Merci d'être venue…

La voix de Carl. Adam fut soudain ramené à la réalité. Il n'aurait su dire combien de temps s'était écoulé depuis le coup de téléphone.

– Où est-il ?

Adam n'identifia pas d'emblée la voix féminine.

– Sur le canapé.

Quelques instants après, le visage d'Anabella Childress apparut au-dessus du sien. Elle était coiffée différemment du jour où il s'était rendu chez elle. Une coupe au carré dégradé qui lui donnait l'air plus jeune.

– Bonsoir, Adam.

– Docteur…

– Votre ami Carl m'a appelée. Il était très inquiet pour vous. Je le suis également. Vous avez visiblement tenu beaucoup de propos incohérents ce soir. Il semblerait que vous ayez des problèmes de discernement, une perte de contact avec la réalité. Peut-être même que vous ayez été en proie à des hallucinations…

Adam sentait des gouttes couler de son front jusque dans ses yeux.

– Docteur, dites-moi que Claire n'est pas morte.

Childress soupira, ramenant une mèche de cheveux derrière son oreille.

– Je suis désolée, Adam. J'ai été terriblement peinée d'apprendre ce qui s'était passé.

Adam se redressa péniblement sur le canapé et cala un coussin derrière sa tête.

– Est-ce que nous nous sommes vus ?

Malgré la pénombre, Adam vit Childress froncer les sourcils.

– Je veux dire… depuis la mort de Claire.

– Non. Je vous ai appelé plusieurs fois dès que j'ai appris la nouvelle, j'ai laissé des messages, mais vous ne m'avez jamais répondu. Pourquoi me posez-vous cette question ? Pensez-vous que nous nous sommes parlé depuis ?

Adam chassa la sueur de ses yeux, mais sa vision resta trouble.

– Je suis allé chez vous, nous avons eu une longue conversation dans votre bureau.

– Quand exactement ?

– Samedi… dans l'après-midi. Le jour où Claire s'est fait agresser.

Carl et Childress échangèrent un regard anxieux.

Ils pensent que je suis fou. Personne ne peut comprendre ce qui m'arrive.

Childress se pencha vers la table basse sur laquelle elle avait déposé une sacoche en arrivant. Elle farfouilla à l'intérieur et en extirpa un petit flacon et une pochette blanche qu'elle déchira d'un geste sec. Une seringue…

– Qu'est-ce que vous faites ?

– Vous êtes en détresse et à bout de nerfs, ce produit va vous calmer. Vous avez besoin de dormir.

– Non, protesta-t-il. Je ne veux pas dormir, je veux des réponses à mes questions.

– Nous parlerons, je vous le promets. Mais pas ce soir, pas dans de telles conditions.

Adam n'avait plus la force de lutter. Impuissant, il regarda Childress remplir la seringue d'un produit translucide. Puis, sans opposer la moindre résistance, il la laissa lui prendre le bras. Elle remonta la manche de son sweat, nettoya la peau avec un morceau de coton et planta l'aiguille dans une veine.

– Détendez-vous…

Adam eut immédiatement la sensation que le produit faisait effet. Il sentit ses membres se relâcher et s'engourdir. Il lui sembla que son corps occupait progressivement un plus grand espace dans la pièce.

Childress et Carl échangeaient quelques paroles qu'il ne parvenait plus à comprendre. À mesure que le produit se diluait dans ses veines, un grand voile noir se mit à couvrir ses yeux.

Puis les ténèbres l'engloutirent.

2

Adam ouvrit les paupières. Le salon baignait dans une pâle lumière matinale. Il était toujours allongé sur le canapé. Un plaid avait été tiré sur son corps. Il passa son pouce et son index sur l'échancrure de ses yeux pleins de chassie. Il tenta d'avaler sa salive, mais sa bouche était horriblement pâteuse et sa langue lui faisait l'effet d'être une grosse larve desséchée.

Il leva le bras en l'air et chercha trace de la piqûre que lui avait faite Childress. Sur une veine fortement apparente, il distingua un minuscule trou. Puis il ouvrit la paume de sa main gauche. Au centre se trouvait l'auréole brunâtre laissée par la brûlure de cigarette. Il n'avait donc pas rêvé. La soirée de la veille avait bien eu lieu. Il n'était pas dans son lit, condamné à revivre éternellement la même journée. Ce qui signifiait que Claire était morte, pour de bon cette fois, et qu'il n'avait plus aucun moyen de la sauver.

Il repoussa le plaid et se leva, le corps endolori. Il remarqua aussitôt un bout de papier posé sur la table basse.

Je suis allé faire deux courses, je n'en ai pas pour longtemps. Ne fais pas de connerie, je t'en supplie. Carl

Dans le salon, Adam chercha son téléphone portable, mais il fut incapable de mettre la main dessus. Il gagna la cuisine ouverte, se fit couler un café et alluma la télé. À moins de croire à une nouvelle hallucination, il devait se rendre à l'évidence : on était bel et bien le mardi 18 juin. Adam s'effondra sur le comptoir et se mit à pleurer.

Je ne sortirai jamais de ce cauchemar !

Non seulement il avait perdu Claire, mais tout espoir de comprendre ce qui lui arrivait l'avait quitté. La possibilité que le stress puisse être à l'origine de sa sensation de déjà-vécu ne tenait plus la route à présent, puisque seule la seconde journée semblait avoir été un délire, une illusion. Il n'avait rien revécu : son esprit avait seulement créé une journée imaginaire et il n'avait aucune preuve de son existence.

Adam s'essuya les yeux et fit un effort pour ne pas flancher. Après avoir bu une seule gorgée de son café, il monta dans la mezzanine, où se trouvait son bureau. Il s'installa devant son ordinateur, ouvrit la page « Actualités » du moteur de recherche et tapa « Claire Chapman Durning ». Il retint son souffle au moment de cliquer, comme s'il caressait encore l'espoir de n'obtenir aucun résultat. Comme s'il existait encore une infime chance que Claire soit en vie.

Mais la réalité s'imposa cruellement à lui quand l'écran afficha des dizaines d'articles consacrés à la mort de Claire. « La fille d'un célèbre avocat retrouvée assassinée », « John Durning : "Le meurtre de ma fille ne restera pas impuni" », « Grande émotion à l'enterrement de Claire Chapman », « Assassinat de la fille de John Durning : la police piétine »…

Adam lut quelques articles en diagonale, la boule au ventre. Les événements s'étaient déroulés exactement comme dans son souvenir. Claire avait été violée et tuée à l'aube alors qu'elle faisait son jogging sur la plage. Son corps avait été retrouvé par un voisin, le vieux Ed Corman, aux alentours de 8 h 30. Si la police n'avait aucun témoin, elle avait néanmoins identifié plusieurs véhicules potentiellement suspects grâce aux vidéos des caméras de surveillance routière. De nombreux prélèvements avaient été effectués sur la scène de crime et dans les alentours, mais la police se refusait pour l'instant à communiquer le moindre résultat pour le bon déroulement de l'enquête.

Adam fit défiler quelques photos qui illustraient les articles. Sur l'une d'elles, probablement prise à l'aide d'un téléobjectif depuis la route, on voyait l'imposante demeure des Durning à moitié dissimulée par une rangée d'arbres. Sur une autre, la plage, à l'endroit approximatif de l'agression. Sur une autre encore, prise le jour de l'enterrement, la famille en tenue sombre réunie devant une église. John, Clarissa, Susan et, légèrement décalé sur la gauche et l'air absent, Adam lui-même. Il s'approcha de l'écran. C'était bien lui, il n'y avait aucun doute.

Déstabilisé, Adam fit disparaître l'image et reprit la lecture des articles. La plupart se contentaient de le présenter comme « un architecte d'une quarantaine d'années ». Le site d'un grand quotidien indiquait : « Contacté, le mari de la victime n'a pas souhaité répondre à nos questions. »

Comment ai-je pu oublier tout ça ?

Toute l'attention des journalistes s'était tournée vers le charismatique John Durning, qui n'avait pas hésité à se répandre abondamment dans les médias, organisant même une conférence de presse quelques jours après la mort de Claire. Adam lança une vidéo en tête d'un article.

Assis à une table derrière un micro, dans un décor minimaliste et impersonnel, John Durning fixait la caméra. Il n'avait pas la moindre note devant lui. Son visage ne trahissait pas de réelle émotion, mais Adam perçut dès les premiers mots que sa voix tremblait.

> Il y a trois jours, ma fille Claire a été assassinée de la manière la plus sauvage et la plus barbare qui soit. J'ai perdu la chair de ma chair. Rien ne pourra réparer cette perte, rien ne pourra sécher les larmes que sa mère, son père, sa sœur, son époux et ses amis ont versées et verseront encore dans les jours à venir. Je tiens à réaffirmer aujourd'hui l'entière confiance que je place dans les forces de l'ordre et dans la justice de mon pays pour appréhender le coupable de cet acte abominable et lui infliger une punition à la hauteur de son crime. Et je lance dès maintenant un appel à tous ceux qui me regardent : je vous demande de contacter la police dans les plus brefs délais si vous pensez détenir la moindre information qui puisse faire avancer cette enquête, ou si vous nourrissez le moindre soupçon envers l'une de vos connaissances. Comme vous le savez, la police pense que l'assassin de ma fille a déjà commis des actes criminels par le passé et elle espère pouvoir établir des liens entre ce meurtre et d'autres affaires non résolues. Je voudrais également remercier tous ceux qui, ces derniers jours, nous ont témoigné des marques de sympathie et nous ont apporté un peu de réconfort dans cette terrible épreuve.

(John s'arrêta un instant, baissa les yeux, puis reprit d'une voix plus ferme.)
Il n'y aura pas de pardon. Il n'y aura jamais de pardon. Il est dit dans la Bible : « Si quelqu'un verse le sang de l'homme, par l'homme son sang sera versé. »

Adam ferma la page internet et demeura immobile devant l'ordinateur. Le discours de John l'avait mis mal à l'aise. S'il avait été touché par les confidences de son beau-père à la morgue, il le trouvait à présent indécent d'étaler sa tristesse devant des millions de spectateurs et d'y mêler cet appel à la vengeance.

Il avait espéré que la lecture de ces articles ferait émerger des souvenirs récents. Mais son esprit n'était qu'une toile vierge. C'était comme si quelqu'un avait déconnecté son cerveau. De quand d'ailleurs datait son dernier véritable souvenir ? De l'épisode du grenier où il avait voulu mettre fin à ses jours ? Du moment où il s'était rendu dans les toilettes du bar ? Mais ce moment avait-il seulement existé dans la mesure où il s'était produit le second jour ?

Au moment où il quittait son fauteuil, Adam entendit la porte d'entrée s'ouvrir.

– Où est-ce qu'il est passé ? s'exclama Carl en pénétrant dans le salon.

Adam se pencha par-dessus la rambarde.

– Je suis là.

Carl sursauta, puis leva les yeux vers lui.

– Bon sang ! Tu m'as foutu une de ces trouilles ! Bon, comment tu te sens ?

– Ça va mieux, préféra mentir Adam avant de descendre l'escalier.

– Tu viens de te réveiller ?

Il hocha la tête.

– Il y a quelques minutes seulement. Il faut que je sorte.

– Tu es sûr que c'est raisonnable ? Tu étais dans un de ces états, hier soir…

– Ça va mieux, je te dis. Je ne sais pas ce qui m'a pris. Tout était confus dans ma tête, je crois que j'avais trop bu.

– Je viens avec toi alors.

– Non, je veux être seul un moment. J'ai besoin de tes clés, Carl. Ma voiture est toujours au bar, n'est-ce pas ?

– Oui mais… Tu te souviens vraiment de ce qui s'est passé hier soir ? Je ne suis pas sûr que tu sois capable de conduire.

– File-moi tes clés, s'il te plaît.

Carl fit une moue contrariée avant de mettre la main dans sa poche.

– OK. Je prendrai un taxi et j'irai récupérer ta caisse plus tard. Ça te va ?

– Où est-ce que Claire a été enterrée ?

– Quoi ? Tu veux vraiment aller là-bas ?

– Réponds-moi.

– Tu étais présent à l'enterrement, Adam. Comment peux-tu me poser une question pareille ? Tu vois bien que tu ne vas pas mieux.

– J'irai, Carl, avec ou sans ton aide.

Carl marqua une hésitation, comme s'il cherchait un ultime moyen de louvoyer.

– Elle a été inhumée dans le caveau de sa famille, finit-il par lâcher. Au cimetière Sainte-Anne, à l'est de la ville.

Adam arracha aussitôt les clés des mains de son ami.

– On pourrait y aller ensemble… Je resterai dans la bagnole, si tu veux…

– Merci pour tout ce que tu as fait pour moi. Une dernière chose, Carl : pourquoi est-ce que tu as appelé Childress hier soir ?

– Qu'est-ce que tu voulais que je fasse ? Tu as refusé que j'appelle une ambulance. Il m'a semblé que c'était la meilleure solution.

– Est-ce que je t'ai parlé d'elle hier ? Est-ce que je t'ai dit que j'étais allé la voir et qu'elle m'avait appris l'existence d'un étudiant qui avait l'impression de revivre des scènes de sa vie ?

Le visage de Carl se rembrunit.

– Tu ne vas pas recommencer avec ça ! Tu n'avais pas revu Childress depuis la mort de Claire, elle-même te l'a confirmé hier soir. Mais…

– Mais quoi ?

– Au bar, juste avant que tu n'ailles aux toilettes, tu m'as dit que tu voulais prendre rendez-vous avec elle, que tu pensais qu'elle pouvait répondre à des questions que tu te posais.

– Merci.

– Au fait, Childress aimerait que tu passes à sa clinique cet après-midi. Elle a laissé un mot, je l'ai mis sur le meuble de l'entrée juste à côté de ton téléphone. 14 heures… Tu iras, n'est-ce pas ?

– Je vais y réfléchir.

– Adam, je crois vraiment que tu ne t'en tireras pas tout seul. Il n'y a qu'un médecin qui puisse t'aider à te sortir de tes problèmes. Va la voir, je t'en prie…

*

Adam marchait d'un pas rapide entre les pierres tombales du cimetière Sainte-Anne. Il avait changé d'allée et rebroussé chemin à plusieurs reprises à la recherche du caveau de famille. Même s'il n'était venu là qu'une seule fois, quelques années plus tôt, avec Claire, il avait cru pouvoir le retrouver facilement – à tort, visiblement.

Après avoir encore erré quelques minutes, il reconnut un prétentieux mausolée en pierre blanche qui l'avait marqué lors de sa première visite. Oui, le caveau des Durning devait se trouver une cinquantaine de mètres plus loin. Il longea les sépultures à moitié éclairées par les rayons du soleil qui émergeait derrière les arbres, jusqu'à tomber sur ce qu'il cherchait. C'était une massive stèle de granit gris ornée d'un crucifix qui surmontait une pierre tombale et un prie-Dieu entièrement recouverts de couronnes et de bouquets de fleurs. Sur la stèle, en dessous des noms des grands-parents et des arrière-grands-parents de sa femme, Adam lut, gravé en lettres d'or dans le granit :

CLAIRE CHAPMAN, NÉE DURNING
1983-2019

Il sentit aussitôt une vague d'émotion le submerger, suivie d'un profond sentiment de culpabilité. Pourquoi avait-il voulu venir ici ? Pour se recueillir sur la tombe de Claire ou pour avoir la preuve irréfutable qu'elle était vraiment morte ? Qu'avait-il bien pu imaginer ? Qu'un vaste complot avait été organisé contre lui, impliquant les médias, la police et toutes les personnes qu'il connaissait ? L'hypothèse était absurde. Mais comment pouvait-il admettre qu'il ait oublié l'enterrement de sa femme et n'ait plus en tête la moindre image de la semaine précédente ?

Adam s'accroupit et passa une main entre deux gerbes sur la plaque de granit froid. Tous ses raisonnements depuis le départ étaient erronés. Il ne devait pas chercher à remettre en cause une réalité incontestable. Il devait la considérer comme un socle, aussi solide que l'était cette dalle. Le réel n'était pas une anomalie. L'anomalie, c'était cette journée qu'il croyait avoir vécue, tout autant que ces innombrables souvenirs auxquels il n'avait plus accès.

Il se releva et sortit de sa poche le mot que Childress avait laissé à son intention :

Cher Adam, je veux vous aider. Venez me voir à la clinique à 14 heures. Nous parlerons, autant que vous le voudrez.

Adam le rangea, puis regarda fixement le nom de Claire gravé dans la stèle. Il n'avait pas la force de lui faire ses adieux. Il n'était pas prêt à la laisser partir. Il ne le serait pas tant qu'il n'aurait pas compris ce qui lui arrivait.

3

Adam avala la dernière bouchée du beignet qu'il avait acheté dans une supérette du coin avec un café et se gara sur le parking de la clinique où travaillait Anabella Childress. Il avait envie de fumer et regretta de ne pas avoir pensé à prendre un paquet de cigarettes. Il jeta sur le siège passager l'emballage du beignet et son gobelet en plastique, puis sortit du véhicule de Carl.

La clinique était constituée de deux immenses bâtiments modernes, à la façade en vitres teintées, reliés par une bâtisse plus ancienne qui servait d'accueil. Il ne s'y présenta pas et se dirigea immédiatement vers l'aile est. Il emprunta l'ascenseur jusqu'au deuxième étage, où il fut accueilli par la secrétaire du docteur Childress. Il ne patienta pas plus de dix minutes avant que celle-ci le reçoive.

Son bureau à la clinique était aussi froid et impersonnel que celui de sa maison était chaleureux et décoré avec goût. Des murs nus à l'exception de deux toiles abstraites, une table en verre fumé et des fauteuils de cuir design. Adam n'avait jamais aimé ce lieu.

– Je suis heureuse que vous soyez venu, fit-elle en lui serrant la main. J'étais vraiment très inquiète pour vous. Asseyez-vous, je vous en prie.

Trop angoissé pour s'installer confortablement, Adam se contenta de poser une fesse sur le bord du fauteuil en cuir noir et de croiser ses mains sur ses genoux. Childress se pencha au-dessus de son bureau, ferma un dossier sur son ordinateur avant de prendre place face à lui.

– Je suis désolée d'avoir dû vous faire cette injection hier soir, reprit-elle, mais je n'avais pas le choix : c'était pour votre propre sécurité.

– « Ma propre sécurité » ? répéta Adam d'un ton ironique. Je suppose donc que Carl vous a parlé de ma tentative de suicide.

Childress retira sa paire de lunettes.

– Il m'en a parlé. Il avait peur que vous n'essayiez de passer à l'acte à nouveau, il était complètement déconcerté. J'ai longuement discuté avec lui après que vous vous êtes endormi. Vous avez tenu des propos très étranges hier soir…

– Pour moi, ils ne l'étaient pas tant que ça.

– Écoutez, Adam, vous savez que vous pouvez me parler en toute franchise. Un thérapeute n'est pas là pour juger. Il est là pour écouter et essayer de comprendre.

– Je crains que ce que j'ai à vous dire ne dépasse votre entendement.

– Essayez, au moins. Que risquez-vous ? Votre ami Carl m'a dit que vos souvenirs semblaient altérés, que vous ne vous souveniez pas de la mort de Claire. Que vous alliez même jusqu'à nier sa mort.

Adam secoua la tête d'un air las.

– Je me souviens de sa mort. Je me souviens même parfaitement de cette journée maudite. C'est ce qui s'est passé après qui n'est pas clair pour moi.

– « Après » ? Que voulez-vous dire ?

– Carl prétend qu'il m'a empêché de me suicider. Or je ne m'en souviens pas. Si vous voulez la vérité, j'ai même le souvenir d'avoir pressé la détente.

Childress lui adressa un regard intrigué.

– Et que s'est-il passé ensuite ? Si vous aviez appuyé, vous seriez mort à l'heure qu'il est. Nous ne serions pas en train de discuter en ce moment même, vous en convenez ?

– C'est comme si mon cerveau s'était déconnecté ce soir-là. Tous les souvenirs postérieurs à cette soirée semblent être de faux souvenirs.

– Racontez-moi tout.

N'étant plus à une impression de déjà-vu près, Adam narra pour la seconde fois à Childress ce qu'il avait vécu. Sauf qu'il ajouta à son récit sa perte de conscience dans les toilettes du bar et son brutal retour à ce qu'il consentait à peine à considérer comme la réalité. Cette épreuve lui fut extrêmement pénible et ne fit qu'ajouter un peu plus à la confusion de son esprit.

– Voilà, vous savez à peu près tout, dit-il au terme de son histoire.

Childress observa le même silence que dans son bureau à son domicile.

– Votre récit est très troublant, Adam, dit-elle enfin.

– C'est ce que vous avez dit la première fois.

– Vraiment ? Vous pensez donc que nous nous sommes vus le jour de la disparition de Claire ? Et que vous êtes capable de vous rappeler mes paroles exactes ?

– Pas le jour de la disparition de Claire, le jour de son *agression*. Je vous ai dit qu'elle n'était pas morte dans cette version de l'histoire.

– Oui, cette « réalité alternative », comme vous l'appelez, cette journée où vous auriez réussi à sauver votre femme. Et de quoi aurions-nous discuté ?

– Vous avez cherché à comprendre ce qui m'arrivait. Vous avez pris un vieux volume dans votre bibliothèque pour me lire un passage de Descartes sur l'illusion des sens. Vous m'avez parlé d'impression de déjà-vu et de déjà-vécu. Vous pensiez qu'un stress intense avait pu provoquer chez moi des hallucinations. Vous vous êtes même appuyée sur le cas de cet étudiant qui avait l'impression d'être pris dans une boucle temporelle et revivait continuellement des épisodes de sa vie.

Childress parut décontenancée l'espace d'une seconde.

– Ça vous évoque quelque chose ?

– Oui, ce cas existe, je ne peux le nier. Mais cette histoire a largement dépassé le cercle de la communauté scientifique : la presse l'a abondamment relayée il y a quelque temps. Vous avez tout à fait pu tomber sur un article à ce sujet.

– Je ne me le rappelle pas.

– Quant à Descartes, ses écrits sur l'éveil et le songe, le rêve et la réalité, sont parmi les plus connus de la philosophie occidentale. Vous avez peut-être eu l'occasion d'en lire des extraits à l'époque de vos études…

Sourire au coin des lèvres, Adam se mit à réciter :

– « Tout ce que j'ai reçu jusqu'à présent pour le plus vrai et assuré, je l'ai appris des sens ou par les sens. » Vous pensez vraiment que je pourrais vous débiter ce passage par cœur si je l'avais étudié il y a une vingtaine d'années ?

Anabella Childress recula son fauteuil de son bureau et croisa les jambes.

– Non, cela me semble plus qu'improbable… Vous n'avez donc aucun souvenir réel entre le moment où vous avez voulu vous suicider et celui où vous vous êtes réveillé dans les toilettes de ce bar ?

– Aucun, absolument aucun. Je suis allé au cimetière Saint Anne ce matin. J'espérais que voir la tombe de Claire ferait resurgir en moi des souvenirs. Ça n'a malheureusement pas été le cas. J'étais convaincu que je n'avais pas mis les pieds dans ce lieu depuis des années.

– Qu'avez-vous ressenti en voyant sa tombe ?

– C'est difficile à expliquer… Une partie de moi ne pouvait nier qu'elle était morte. Mais une autre restait totalement incrédule, persuadée que tout cela ne pouvait être vrai.

Childress fit lentement pivoter son fauteuil de droite à gauche, puis de gauche à droite.

– Dans tout deuil, l'individu traverse différentes étapes. Il y a d'abord le choc, la sidération : on se sent submergé par la mort de l'être aimé, surtout lorsque cette mort est violente et n'était en aucun cas prévisible. Vous vous rappelez visiblement avoir traversé cette phase…

– Oui.

– Après le choc survient en général la phase de déni : la personne refuse la réalité et se persuade qu'il s'agit d'un cauchemar. Cette phase permet à notre esprit de se protéger d'une douleur insurmontable, elle est en général très brève mais…

Sa phrase demeura en suspens.

– « Mais »… ?

– Elle peut être dramatique si l'individu est incapable d'y mettre fin rapidement.

– Vous pensez que c'est ce qui m'arrive ?

– Oui, je le crois. Claire était jeune, en bonne santé, et sa mort a été d'une violence inouïe. Vous n'aviez pas d'autre famille qu'elle, même pas un enfant auquel vous raccrocher… C'est toute votre vie qui s'est écroulée ce jour-là. Face à cette douleur, je crois que vous avez mis en œuvre un mécanisme de défense.

– D'accord, dit Adam d'un ton pourtant peu convaincu. Et, par déni, mon esprit serait allé jusqu'à occulter une semaine entière de ma vie pour la remplacer par cette journée illusoire ?

– Votre expérience est des plus atypiques, Adam, je ne vais pas vous dire le contraire. Mais, durant la période de deuil, des troubles sévères peuvent surgir, même chez des patients qui n'ont pas d'antécédents graves. Ces manifestations pathologiques sont d'autant plus impressionnantes que le patient est jeune et que le décès du proche a été brutal et inattendu. Altération du jugement, hallucinations, décompensation physique et mentale…

– Un sacré programme ! se força-t-il à plaisanter.

– Je vais peut-être vous surprendre, mais la crise que vous avez connue hier soir est des plus salutaires.

– Vraiment ?

– Elle a été un exutoire. Vous avez tenu des propos délirants, mais vous saviez ce matin en vous réveillant que Claire était morte. Vous êtes allé au cimetière, pour vous confronter à la réalité. Si vous persistiez dans le déni, vous n'auriez pas pris le risque de consulter tous ces articles sur internet ou de vous rendre sur sa tombe. Vous auriez fui tout élément concret pouvant remettre en question votre réalité alternative. La troisième phase du deuil est celle de la colère. Carl m'a dit que vous vous étiez montré agressif hier soir. Votre ami cherche à vous aider, mais vous percevez cette aide comme un acte hostile. Vous vous révoltez contre ce qui vous apparaît comme une injustice.

Adam acquiesça :

– Carl me donnait l'impression d'être un ennemi. Je pensais qu'il me mentait, même si je savais qu'il n'avait aucune raison de le faire. J'ai été injuste envers lui.

Mais la journée que j'ai vécue me paraissait tellement vraie, docteur, elle était si réaliste…

Le regard de Childress s'assombrit.

– Adam, la seconde journée que vous m'avez décrite semble trop belle pour être vraie. Vous avez toutes les cartes en main, vous êtes une sorte d'être omniscient, omnipotent, capable d'arriver sur cette plage à l'heure exacte de l'agression. Après avoir mis cet homme en fuite, vous avez la présence d'esprit de le poursuivre et de récolter des preuves, comme cette casquette, et de fournir à la police le signalement de son véhicule. Sans parler de ces pétales de roses que vous avez soi-disant retrouvés. La mécanique est trop simpliste. Même votre comportement envers Claire sonne faux. La dispute que vous avez dans sa chambre peut-elle justifier le fait que vous ne cherchiez pas à la revoir de la journée alors qu'elle a vécu un grave traumatisme ? Et que vous préfériez aller boire des verres avec votre ami plutôt que de la rejoindre ? Vous avez conscience qu'on croirait avoir affaire à un film reposant sur un mauvais scénario ?

Adam baissa la tête et se massa les tempes.

– J'en ai conscience, oui.

– Je n'ai jamais rencontré Claire, je ne vous ai jamais vus ensemble. Mais ces scènes ne collent pas avec tout ce que vous avez pu me raconter sur votre couple. Elles ont toutes les caractéristiques d'un mécanisme de défense. Vous refusez la mort de votre femme, vous éprouvez un insupportable sentiment de culpabilité, vous vous reprochez de n'avoir rien pu faire pour empêcher sa mort. Vous bâtissez alors une histoire qui règle tous vos problèmes, qui répare l'irréparable.

– Comment une telle chose est-elle possible ?

– Le déni survient quand la réalité impose à une personne une situation intolérable. Un autre mécanisme peut alors entrer en jeu : le rejet, qui permet d'évincer la réalité. Notre inconscient crée un autre monde, sur le mode du délire. Par suggestion hypnotique, on peut nier l'existence d'une chose bel et bien présente devant soi. La psychose dénie la réalité et cherche à la remplacer à tout prix…

– « Délire », « psychose »… Vous ne niez donc plus que je sois malade, gravement malade ?

– « Plus » ? répéta Childress en levant les sourcils.

Adam regretta de donner à nouveau l'impression qu'il tenait pour vraie leur première conversation.

– Je conçois que ce terme de « psychose » puisse effrayer, mais je préfère être honnête avec vous.

Adam prit une profonde inspiration.

– Je préfère moi aussi que vous le soyez.

– Le refoulement est de l'ordre de l'affect, mais le déni touche à la perception et à la représentation. Vous m'avez dit tout à l'heure que vous vous sentiez comme coupé en deux : une partie de vous croyait en la réalité, une autre restait incrédule…

– Oui.

– Vous vivez un phénomène bien connu des psychanalystes : le déchirement, le clivage du moi. Il faut supporter d'être à la fois celui qui croit et celui qui ne croit pas à la réalité. En revanche, c'est une chose de vouloir nier une douleur que l'on éprouve, c'en est une autre de se créer un monde pour fuir le réel.

Le téléphone sur le bureau se mit à sonner. Agacée, Childress décrocha. Elle coinça le combiné entre son épaule et son oreille. Adam promena son regard sur les murs blancs et les toiles abstraites. Le dénuement de ce lieu le déprimait.

– Non, pas pour l'instant. Je ne veux pas être dérangée. Je le rappellerai dans, disons… dix minutes.

Childress raccrocha, mais Adam ne s'en rendit même pas compte. Il n'était pas perdu dans ses pensées ; plutôt plongé dans une absence de pensées.

– Adam ? fit Childress pour essayer de capter son attention.

– Oui ?

– Nous parlions de la capacité qu'a notre esprit de fuir le réel. Vous savez, j'ai eu un patient un jour qui, après la mort de sa femme, continuait de préparer le repas et de mettre le couvert pour deux. Il lui parlait, agissait au quotidien comme si leur couple existait encore. Je pourrais aussi vous parler de ce jeune homme qui, incapable d'accepter le divorce de ses parents, avait brûlé la maison familiale en prétendant entendre des voix divines.

– Je n'entends pas de voix, si ça peut vous rassurer.

– C'était un exemple. Mais un exemple qui vous montre que le déni peut parfois avoir des conséquences dramatiques. Vous pourriez à nouveau vous mettre en danger, ou mettre en danger des gens de votre entourage… Vous m'écoutez, Adam ?

Il ne répondit pas. Ses yeux fixaient à présent une cible invisible, située quelque part derrière Childress, à travers la fenêtre du bureau.

– Vous m'avez l'air très fatigué, je crois qu'il vaudrait mieux que nous en restions là pour aujourd'hui. Je ne voudrais pas brusquer les choses. Vous allez avoir besoin d'une thérapie, Adam, sans doute longue. Et je ne peux pas exclure qu'il vous faille aussi un traitement médicamenteux.

– Je ne veux pas de psychotropes ou de saletés dans ce genre.

– Nous en reparlerons, vous voulez bien ?

Anabella Childress se leva. Machinalement, Adam l'imita. Elle le raccompagna jusqu'à la porte et, en l'ouvrant, lui demanda :

– Est-ce que vous me faites confiance, Adam ?

– Oui, répondit-il d'une voix atone.

Mais, au plus profond de lui, il doutait de pouvoir encore faire confiance à qui que ce soit.

*

Des nuages s'effilochaient au loin au-dessus des immeubles de la ville. Le ciel avait pris une teinte pâle, presque maladive. Adam traversa le parking de la clinique en traînant le pas. Il ne savait quoi penser de sa séance avec le docteur Childress. Délire, psychose… Aux mots qu'elle avait choisis, il était pourtant évident qu'elle le croyait malade et n'avait à proposer au cauchemar qu'il vivait que des causes psychiatriques. Les choses étaient peut-être simples en fin de compte. Pourquoi vouloir à tout prix rejeter l'évidence ? Le choc provoqué par la mort de Claire avait été si brutal qu'il s'était réfugié dans un monde imaginaire, un délire absurde. Il n'était pas le premier et ne serait pas le dernier à sombrer dans la folie après un drame personnel. Peut-être ne servait-il à rien d'aller chercher plus loin.

Une nuée d'oiseaux, ne formant plus qu'une seule entité, passa dans le ciel au-dessus de sa tête. Adam se souvint d'avoir appris que, dans l'Antiquité, les devins observaient leur vol pour prédire l'avenir. Il n'aurait su dire si ceux-là étaient porteurs d'un bon ou d'un mauvais présage.

L'esprit vide, il appuya sur la clé pour déverrouiller la voiture de Carl. Au moment où il s'apprêtait à ouvrir la portière, il remarqua une forme rectangulaire coincée sous un essuie-glace. Un prospectus, pensa-t-il d'abord. Mais la curiosité, à moins que ce ne soit l'instinct, le poussa à passer une main sur le pare-brise pour le récupérer.

Pas un prospectus, mais une carte postale, dont l'illustration frappa Adam en plein cœur. Eau tremblante. Plantes aquatiques et saule pleureur. Lueurs turquoise et vertes, tachées de points grenat. Jeux de reflets et de lumières. C'était la reproduction d'un tableau de la série des ponts japonais de Claude Monet. Un tableau qu'il connaissait dans les moindres détails – et qui serait pour lui lié à tout jamais à Claire.

Submergé par une bouffée d'angoisse, il retourna le carton. La partie réservée à la correspondance ne contenait que quatre lettres et une phrase, écrites en lettres capitales d'une calligraphie impersonnelle :

PRFV
COMMENT SAVIEZ-VOUS
CE QUI ALLAIT SE PASSER ?

4

Cela faisait moins d'une minute qu'elle contemplait le tableau lorsque l'homme se plaça à côté d'elle.

La salle du musée était presque vide en ce mardi après-midi. À peine pouvait-on voir quelques touristes venus de loin pour s'extasier devant la collection des impressionnistes – et la présence de cet homme, ici et maintenant, à quelques centimètres, lui fut d'emblée irritante. Elle flânait souvent dans ce lieu et ses pas la menaient immanquablement devant la toile de Monet. Une version du pont japonais, l'une des dernières œuvres exécutées par le maître français. Tout dans ce tableau la fascinait : le tourbillon des couleurs, l'anarchie apparente des coups de pinceau, le caractère abrupt de la composition. Elle se sentait happée par ce paysage, comme si s'instaurait entre elle et l'artiste une conversation silencieuse, qui cette fois s'était brusquement interrompue avec l'arrivée de son encombrant voisin. Pas très discret en plus, le garçon… Il ne cessait de grimacer dans son coin, penchant la tête d'un côté, puis de l'autre, façon de dire que, décidément, quelque chose clochait dans ce tableau.

– Vous n'avez pas l'impression qu'ils se sont trompés de sens en l'accrochant ?

Oh non ! Voilà qu'il lui parlait maintenant… Elle feignit de l'ignorer.

Malgré son silence, l'homme sourit et s'approcha de la toile en faisant claquer sans discrétion sa langue contre son palais.

– Non mais sérieusement ! Vous voyez un pont, vous ? Moi, je ne pourrais même pas vous dire où se trouve l'eau !

Cette fois, elle tourna la tête vers lui et le toisa.

– Sous le pont que vous ne voyez pas, de toute évidence…

– Je dis juste que lorsqu'on appelle son tableau *Pont japonais*, le minimum syndical consiste à représenter clairement un pont, c'est tout.

– Non ce n'est pas tout ! s'emporta la jeune femme. Monet cherche à jouer sur les variations de la lumière, à cerner l'incernable, pas à représenter bêtement le réel. Si vous voulez voir un vrai pont, vous n'avez qu'à traverser la rue : vous économiserez le prix d'un billet.

Elle aurait aimé quitter immédiatement cette salle mais resta immobile devant la toile, surprise d'attacher autant d'importance à l'avis d'un homme qui ne connaissait rien à l'art – et qui ne connaissait probablement rien à rien, d'ailleurs. Lui souriait toujours, sans paraître le moins du monde déstabilisé.

– Vous pourrez me dire ce que vous voudrez, mais ce choix des couleurs, c'est quand même un peu dément ! Je ne sais pas à quelle drogue il carburait, mais il devait être complètement stone quand il a peint ça !

– Il ne « carburait » à rien, comme vous dites. Monet était presque aveugle au moment où il a peint cette toile.

– Aveugle ? Et il continuait malgré tout à peindre ? Pourquoi ?

– La peinture était toute sa vie. Renoncer aurait été pire pour lui que la mort.

L'inconnu se rapprocha encore de la toile – à croire que la réponse à tous ses problèmes se cachait dans l'entrelacs des touches de couleur.

– C'est étrange quand même… Après tout, on voit rarement des culs-de-jatte jouer au football ou des manchots se mettre au trapèze…

– Je crois que c'est la comparaison la plus stupide que j'aie jamais entendue ! Mais qu'est-ce que vous faites dans un musée, bon sang ! Vous avez vu de la lumière et vous êtes entré ?

– Vous en devenez presque blessante, vous savez ? Si vous voulez mon avis…

– Pas spécialement, non !

– Si vous voulez mon avis, on pourrait tout aussi bien accrocher un pinceau à la queue d'un macaque et le faire gentiment sautiller sur une toile…

Elle soupira ostensiblement, se demandant pourquoi elle ne mettait pas un terme définitif à ce dialogue de sourds.

– Après tout, vous n'avez qu'à faire l'expérience. Et si vous ne trouvez pas de macaque, n'hésitez pas à vous prendre comme cobaye. Rassurez-vous, personne ne verra la différence…

Lui tournant le dos, elle s'éloigna à grands pas dans la galerie tandis qu'il continuait de la suivre du regard.

– On l'a déjà faite, vous savez.

Elle se retourna et se retrouva à nouveau face à l'homme, qui l'avait rejointe.

– Je vous demande pardon ?

– L'expérience dont vous parlez, on l'a déjà faite. En 1910. D'accord, l'artiste n'était pas un singe mais un âne répondant au doux nom de Lolo. C'est un écrivain français qui a eu l'idée de ce canular. Il a attaché un pinceau à la queue de Lolo, a placé des pots de peinture et une toile vierge derrière sa croupe, et hop !, l'âne s'est mis à peindre. L'écrivain a intitulé l'œuvre *Et le soleil s'endormit sur l'Adriatique* et l'a signée du nom d'un soi-disant peintre italien avant-gardiste. Le tableau a été exposé et les critiques ont été enthousiasmés par l'audace de la composition. Ces imbéciles se sont fait berner par un vulgaire baudet…

La jeune femme le regardait désormais avec un mélange d'amusement et d'incompréhension.

– Mais… comment savez-vous tout ça ?

Il s'approcha lentement d'elle.

– De la même manière que je sais que Monet s'est fait opérer à plusieurs reprises de l'œil droit, mais jamais du gauche ; qu'il pouvait passer des heures à s'occuper de son jardin de Giverny ; qu'il aimait représenter les traits de sa femme dans tous les personnages féminins qu'il peignait ; que son ami Clemenceau le traitait de « vieux hérisson sinistre »… Je pourrais continuer comme ça pendant des heures : j'adore la peinture et l'œuvre de Monet pourrait presque me faire croire en Dieu.

– Donc, finit-elle par dire, depuis tout à l'heure vous me faites tourner en bourrique !

– « En bourrique »… Le mot est approprié…

Elle sourit malgré elle, oh, presque rien, un infime rictus qu'elle regretta immédiatement.

– Écoutez, continua-t-il, je brûlais d'envie de vous aborder, mais je ne savais pas comment m'y prendre. Vous êtes belle, de toute évidence très cultivée, et, à en croire les vêtements que vous portez, l'argent n'est pas un problème. Des types dans mon genre, vous devez en croiser dix par jour. Il fallait bien que j'arrive à me faire remarquer…

– D'où l'idée de vous faire passer pour un demeuré profond, en vous disant qu'une fois la supercherie éventée je vous trouverais soudain irrésistible… Brillant, en effet !

– Avouez au moins que j'ai réussi à attirer votre attention. Maintenant je passe à vos yeux pour quelqu'un de…

– Manipulateur et déséquilibré ?

– J'allais plutôt dire énigmatique et surprenant… Bon, essayons de repartir de zéro. Ravi de faire votre connaissance, je m'appelle Adam Chapman.

Il lui tendit une main qui flotta seule dans le vide, comme en apesanteur.

– Ravie de faire votre connaissance, je suis « la fille dont vous ne connaîtrez jamais le nom ».

Adam sourit de toutes ses dents.

– Je comprends votre réticence, Claire.

Elle ouvrit des yeux ronds comme des billes.

– Comment est-ce que vous connaissez… ?

– J'ai surpris le début de votre conversation au téléphone, tout à l'heure, dans la salle des Degas.

– Vous êtes vraiment énervant.

– Mais suffisamment intrigant pour que vous acceptiez une invitation à dîner ?

Claire eut un rire qu'elle voulut moqueur mais qui sonna comme les prémices d'une reddition.

– Une invitation à dîner ? Quand des macaques peindront *La Joconde*, peut-être.

Adam fit une moue boudeuse, celle qu'il considérait comme son arme létale dans la grande artillerie de la séduction.

– Alors juste un verre. Dix minutes et vous n'entendrez plus jamais parler de moi.

– Écoutez, je vais vous répondre simplement pour être sûre que vous me compreniez bien : même pas en rêve !

Et elle tourna les talons dans un mouvement de volte-face volontairement théâtral.

C'était trois jours avant leur premier baiser.

5

En proie aux pensées les plus folles, Adam se rua hors de l'ascenseur. Tandis qu'il traversait en flèche l'open space, les employés à l'unisson levèrent la tête de leur ordinateur et le fixèrent comme une bête curieuse. Il imaginait déjà les conversations qui iraient bon train dès qu'il serait sorti de la pièce. Un dingue… voilà pour quoi il devait passer aux yeux de tous ces gens. À moins que ce ne soit simplement pour un homme terrassé par le chagrin d'avoir perdu sa femme.

Il dépassa l'espace détente où se trouvaient les distributeurs automatiques et s'engagea dans le couloir qui menait au bureau de Carl. À travers le mur vitré, il l'aperçut, plongé dans la lecture de documents à sa table de travail. Il ouvrit la porte d'un geste brusque.

– Ah, c'est toi… Qu'est-ce qui se passe ? Tu es allé voir Childress ?

Adam entra et se contenta de poser la carte postale sur le bureau.

– Regarde.

Carl se pencha en avant et lut à voix haute :

– « Comment saviez-vous ce qui allait se passer ? » Où est-ce que tu as trouvé ça ?

– Sur le pare-brise de ma voiture – ou plutôt de la tienne –, coincé sous un essuie-glace.

– Quand ?

– Tout à l'heure, en sortant de la clinique après mon rendez-vous avec Childress. Ce carton n'y était pas quand je me suis garé sur le parking, j'en suis certain.

Pris d'agitation, Adam commença à faire les cent pas.

– Calme-toi, s'il te plaît, et assieds-toi un moment.

– Je n'ai pas envie de m'asseoir.

Carl contempla à nouveau la carte postale en secouant la tête.

– Je n'y comprends rien, Adam. Qu'est-ce que cette phrase signifie exactement ?

– Ce qu'elle signifie ?... Je ne délirais pas hier soir, en tout cas pas comme tu le crois. J'étais dans un sale état, mais je pensais et pense encore tout ce que j'ai dit. Tout était vrai. Et cette carte en est la preuve.

– La preuve de quoi ?

– Écoute bien ce que j'ai à te dire, Carl, je n'ai pas bu une goutte et je n'ai pas pris de médicaments. J'ai vécu deux fois la même journée. La première fois, Claire est morte et j'ai tenté de me suicider dans le grenier – tu m'en as à l'évidence empêché mais je ne m'en souviens pas. La seconde fois, j'ai réussi à arriver à temps sur la plage pour la sauver, parce que je savais ce qui allait se passer, parce que j'avais toutes les cartes en main.

Le visage de Carl se décomposa.

– C'est ce que tu cherchais à m'expliquer hier soir ?

– Oui. Ensuite, les choses sont devenues totalement confuses. C'est comme si j'avais été frappé d'amnésie. Je me suis réveillé dans les toilettes du bar, persuadé que Claire était encore vivante. Mais en revenant dans la salle j'ai compris que la seconde journée n'avait pas été réelle, que je l'avais inventée.

– C'est pour cela que tu voulais savoir quel jour nous étions...

Adam acquiesça avec lassitude, puis il tapa la paroi vitrée de la paume de sa main.

– Je sais à présent que j'ai perdu Claire. je suis allé sur sa tombe ce matin. Childress pense que mon esprit a essayé d'occulter sa mort en imaginant un scénario dans lequel j'aurais pu empêcher qu'elle soit tuée. D'après elle, mon état pourrait être dû à une psychose, et ces hallucinations s'expliquer par une suggestion hypnotique.

– Merde alors ! jura Carl.

– J'avais presque fini par croire en ses explications...

– Mais... ?

– Quelque chose ne cadre pas avec cette hypothèse. Le matin de la mort de Claire, je me suis réveillé en sueur dans mon lit, je n'arrivais plus à respirer... J'ai eu un affreux pressentiment.

– Lié à Claire ?

– J'étais persuadé que quelque chose de terrible allait lui arriver, alors qu'il n'y avait aucune raison objective à cela. J'ai essayé de l'appeler plusieurs fois, mais elle n'a pas décroché. J'ai même essayé de joindre ses parents. Tu comprends, Carl, je savais ce qui allait se passer. Et c'est exactement ce que dit cette carte !

Carl posa les mains sur son front, s'appuyant des deux coudes sur son bureau, comme s'il cherchait à mettre de l'ordre dans son esprit.

– Bon, essayons de procéder rationnellement, tu veux bien ? Ce mot reste extrêmement vague, il ne mentionne ni ton nom ni celui de Claire. Et il n'a pas été laissé sur ta voiture, mais sur la mienne. Il pourrait s'agir tout simplement d'une erreur...

– Quelle erreur ? Carl, ce mot m'était destiné ! Je suis certain que quelqu'un m'a suivi depuis le cimetière. Ou qu'on savait que je devais rencontrer Childress cet après-midi.

– Personne n'était au courant à part moi.

– Tu es sûr que tu n'en as parlé à personne ?

– Pour qui est-ce que tu me prends ? De toute façon, qui aurait intérêt à te suivre ?

– Je ne le sais pas encore, je n'ai pas assez d'éléments pour…

– Claude Monet… l'interrompit Carl en retournant la carte postale. Tu m'as tout dit, Adam ? Est-ce que ce tableau évoque quelque chose de particulier pour toi ?

Adam s'effondra sur le petit sofa dans un coin de la pièce – toujours cette extrême lassitude qui le rattrapait.

– Tu te souviens comment Claire et moi nous sommes rencontrés ?

– Évidemment, tu m'as raconté plein de fois la scène. C'était dans un musée…

Carl porta soudain une main à sa bouche.

– Non !

– Tu comprends, maintenant ? On était devant cette toile la première fois que je lui ai parlé. Je lui ai sorti le grand jeu pour attirer son attention. Qui peut être au courant d'autant de détails de ma vie ? Qui pouvait savoir ce que j'ai ressenti en me réveillant le matin de sa mort ?

– C'est impossible !

Adam laissa aller sa tête en arrière. Carl se leva, l'air désorienté.

– Il y aurait bien une explication… reprit-il d'un ton inquiet.

– Laquelle ?

– Adam, est-ce que tu as envisagé la possibilité que tu aies toi-même écrit cette carte ?

– Qu'est-ce que tu racontes ?

– Écoute, tu as à l'évidence de graves pertes de mémoire – tu l'as d'ailleurs admis. Toi et moi, on a discuté pendant plus de deux heures au bar. Tu t'absentes cinq minutes et, lorsque tu reviens, tu as tout oublié. Pas seulement notre conversation, mais des jours entiers, y compris l'enterrement de ta femme. Tu as très bien pu avoir une nouvelle absence, écrire ce mot, le mettre sur le pare-brise et oublié ensuite l'avoir fait.

– Pourquoi aurais-je fait un truc aussi dingue ?

– Je ne dis pas que tu l'as fait volontairement – ça rejoindrait parfaitement la thèse de Childress. Tu t'es persuadé que Claire n'avait pas été tuée, et comme à présent tu ne peux plus nier la réalité, tu cherches peut-être à te convaincre que quelqu'un te veut du mal, ou qu'on a tramé un complot contre toi…

– Je n'ai pas écrit cette carte, Carl ! Ça n'est pas mon écriture !

– Ça n'est l'écriture de personne, Adam. Des majuscules d'imprimerie… N'importe qui est capable d'écrire ainsi pour cacher son identité.

Carl approcha son visage de la carte postale.

– Et ces lettres au-dessus de la phrase, tu les as vues ? « PRFV »… Tu sais ce que ça veut dire ?

– Je n'en ai aucune idée.

– Peut-être un sigle… ou un acronyme.

Carl revint à son bureau et s'assit devant son ordinateur. Adam le vit taper les quatre lettres sur le clavier puis faire défiler les résultats avec sa souris.

– Rien, je ne trouve rien, fit-il, dépité. Creuse-toi la tête ! Si cette carte t'est vraiment adressée, ces lettres doivent bien évoquer quelque chose pour toi.

Adam se massa le front.

– J'ai beau réfléchir, ça ne me dit rien. Non, je ne les ai jamais vues avant.

Il ferma les yeux. Il n'avait plus qu'une certitude : il n'était pas l'auteur de ce mot. Il se souvenait parfaitement de ses faits et gestes depuis qu'il s'était levé. L'impression de brouillard dans laquelle il avait été plongé s'était dissipée. Où et quand d'ailleurs aurait-il pu se procurer cette carte postale ? À part au musée, aucune boutique de la ville ne devait vendre la reproduction de ce tableau, qui de surcroît n'était pas la version la plus connue de la série sur les ponts japonais de Monet.

– Adam ! Ton téléphone !

Il rouvrit les yeux et se rendit compte que son portable vibrait dans sa poche. « Numéro masqué », indiquait l'écran. Sans même prendre le temps de réfléchir, il décrocha.

La conversation ne dura pas plus d'une minute. Toujours affalé sur le sofa, Adam se contenta de réponses minimalistes – des « oui » et des « d'accord » qui ne permirent pas à Carl d'identifier à qui il s'adressait.

– Qui était-ce ?

– L'inspecteur Miller. Il aimerait me voir... aujourd'hui.

– Il t'a dit ce qu'il te voulait ?

– Non. Je n'ai même pas pensé à le lui demander.

Carl se leva et vint s'asseoir à côté de lui.

– Écoute, Adam, je ne voulais pas t'en parler mais... Miller est venu me voir ici il y a deux jours.

– Quoi ?

– Il voulait me poser des questions sur Claire.

– Ça n'a rien de surprenant. Tu sais bien qu'il s'intéresse à tous ceux qu'elle connaissait.

– « Tous ceux qu'elle connaissait » ? Je n'étais pas qu'une vague connaissance pour elle. Je suis ton meilleur ami, Adam. Ces questions, il aurait été logique qu'il me les pose bien avant. En fait, il a surtout cherché en apprendre le maximum sur toi...

– Sur moi ?

– Et j'ai trouvé ses questions plutôt insidieuses. Il voulait savoir comment allaient ton couple et tes finances, comment marchait l'entreprise… Un vrai fouille-merde. Évidemment, je suis resté évasif. J'ai tout fait pour lui en dire le moins possible.

Adam balaya l'air d'un geste de la main.

– Peu importe. Je n'ai rien à cacher.

– Adam, crois-moi, Miller n'est pas franc du collier. Je l'ai pris en grippe dès la première fois que je l'ai vu. Son enquête piétine. Il n'a aucun élément concret. Méfie-toi de ce type, tu m'entends ? Je crois vraiment que tu ne devrais plus te retrouver seul avec lui sans la présence d'un avocat. Je peux t'en trouver un bon dans la journée.

– Je vais y réfléchir…

– Tu as déjà dit ça. Ne réfléchis plus, agis. Un dernier conseil : ne lui parle surtout pas de cette carte postale ni des événements étranges qui te sont arrivés. Je suis certain qu'il les utiliserait pour te créer des ennuis.

Carl a raison. Tu dois te méfier de tout le monde.

Mais n'était-ce pas là la définition la plus simple et la plus directe de la paranoïa ?

6

– Merci de me recevoir, fit l'inspecteur Miller en s'asseyant au comptoir de la cuisine.

– Tenez.

Adam déposa devant lui une tasse de café fumante.

– Ce n'était pas nécessaire, fit le policier en l'écartant. Je bois trop de café. Mon médecin m'a interdit de dépasser les trois tasses par jour. Les gens s'imaginent que les flics picolent, mais je peux vous assurer qu'ils carburent surtout à la caféine.

Adam se força à sourire, mais ses lèvres n'affichèrent qu'un rictus gêné. Il n'arrêtait pas de songer aux conseils de Carl. Il avait sincèrement pensé ne rien devoir craindre de Miller, mais cette certitude avait commencé à vaciller dès qu'il s'était retrouvé face à lui.

– Je vous trouve fatigué. J'avais déjà eu cette impression au téléphone.

– Les choses sont dures pour moi en ce moment.

– Bien sûr, j'imagine.

Non, je doute que tu puisses imaginer le quart de ce que je vis...!

– Je tiens d'abord à vous assurer que nous faisons le maximum pour retrouver l'assassin de votre femme.

– Est-ce une manière de me dire que vous n'avez rien de nouveau ?

Miller saisit machinalement la tasse de café et la fit tourner entre ses doigts.

– Je ne dirais pas ça, non. Les caméras de surveillance routière, à l'heure supposée du meurtre, nous ont permis d'identifier un véhicule suspect : un minivan Ford gris de la fin des années 90…

Le cœur d'Adam se mit à cogner dans sa poitrine. Il existait donc… le minivan qu'il avait eu le temps d'apercevoir, de toucher même, lors de cette journée qu'il avait prétendument imaginée.

« Comment savais-tu ce qui allait se passer ? »

– Vous vous sentez bien ? Vous êtes tout pâle.

– Je vais bien. Continuez, s'il vous plaît.

– Malheureusement, les images ne sont pas assez nettes pour qu'on puisse identifier le conducteur. Quant au numéro d'immatriculation, il ne nous a pas permis de remonter jusqu'au propriétaire. En fait, il s'agissait de plaques volées l'an dernier. Et nous ne pouvons bien entendu pas exclure que ce véhicule ait lui aussi été volé ou que le meurtrier s'en soit déjà débarrassé, surtout en raison des informations qui ont fuité à ce sujet dans les médias.

L'air un peu ennuyé, Miller porta finalement la tasse de café à ses lèvres.

– Vous ne croyez donc pas pouvoir le retrouver ?

– Je ne compte pas trop là-dessus, effectivement. Nous travaillons avec le service des cartes grises, mais ce type de véhicule est extrêmement répandu et les recherches vont nous prendre beaucoup de temps.

Adam avait la sensation de repartir à la dérive. Trop d'éléments contradictoires se bousculaient en lui. Si le minivan existait et qu'il l'avait vu, les hypothèses émises par Childress n'avaient plus aucune valeur. Des éléments de cette seconde journée étaient bien réels, sauf à supposer qu'il ait eu un mystérieux pouvoir de précognition auquel il ne croyait pas une seconde.

Soudain, un détail le frappa, sur lequel Miller ne s'était pas attardé.

– Attendez... Vous avez dit que les plaques avaient été volées l'an dernier ?

Le policier acquiesça.

– En effet, et cet élément est pour nous d'une grande importance. Il exclut selon moi tout crime improvisé. Soit cet homme avait prémédité le meurtre de longue date...

– Soit il a commis d'autres crimes ces derniers mois, conclut Adam.

– Exact. Et pour ne rien vous cacher, je pencherais plutôt pour cette seconde hypothèse. Un meurtre avec agression sexuelle est rarement prémédité des mois à l'avance. Je suis presque certain que cet homme est un multirécidiviste. Il doit changer fréquemment de véhicule et de plaques, pour qu'on ne puisse pas remonter sa trace au cas où des témoins se souviendraient de lui. Je ne crois pas qu'il choisisse ses victimes au hasard. Il les observe, probablement durant plusieurs jours, pour minimiser les risques de se faire surprendre en passant à l'acte.

Adam encaissa le choc. Miller avait donc vu juste depuis le premier jour. Il avait immédiatement compris que cet homme avait violé et peut-être tué d'autres femmes avant de s'en prendre à Claire.

Après un silence, le policier écarta un pan de sa veste pour récupérer son petit carnet noir.

– Je suppose que vous connaissez une dénommée Amanda Crane ?

Adam hocha la tête, mais il était incapable de comprendre ce que le nom d'une ancienne camarade de lycée de sa femme venait faire dans la conversation.

– Oui, je la connais vaguement, c'est une amie de Claire. Mais elle ne la voyait pas souvent. Elle n'habite pas dans la région…

– Je sais. J'ai réussi à l'avoir hier au téléphone.

– Pour quelle raison ?

– Saviez-vous que Claire et Amanda s'étaient vues deux jours avant le meurtre ?

– Non, elle ne m'en avait rien dit.

– Elles ont déjeuné ensemble dans un restaurant, à deux rues de la galerie de votre femme. Amanda était de passage en ville pour voir ses parents, et elle en a profité pour reprendre contact avec Claire.

– En quoi est-ce important ?

– Eh bien, au cours du déjeuner, Amanda a trouvé que votre femme avait l'air contrariée.

– « Contrariée » ?

– Et c'est un euphémisme… Amanda l'a questionnée, et Claire a fini par lui avouer qu'elle n'était pas dans son assiette depuis quelque temps, qu'elle avait l'impression de ne pas être en sécurité dans certaines situations de la vie courante…

– Je ne comprends pas. Claire allait bien, elle n'avait pas l'air d'avoir peur de quoi que ce soit. Elle m'en aurait parlé !

– Peut-être n'a-t-elle pas voulu vous inquiéter… Vous savez, vingt ans de métier m'ont appris une chose : on ne connaît jamais totalement ceux avec qui l'on vit, même lorsque l'on croit tout savoir d'eux. Amanda Crane n'était que de passage en ville… Il est parfois plus facile de se confier à une personne extérieure qu'à son conjoint ou à un ami très proche. Pour tout vous dire, au début, Amanda n'a pas pris très au sérieux ce que lui disait Claire, mais qui pourrait le lui reprocher ? Elle ne se souvient pas des mots exacts qu'elle a employés au cours de la conversation, mais il semblerait que votre femme se sentait observée depuis un certain temps.

– « Observée » ? Le tueur l'aurait suivie ?

– J'en suis persuadé.

Miller tritura les pages de son calepin.

– Mais il y a autre chose… Claire lui a confié qu'elle avait reçu le mardi précédent une grande boîte en carton à la galerie. Une boîte qui contenait un bouquet de fleurs.

Adam eut l'impression de recevoir un nouveau coup de massue sur le crâne.

– Des roses ?

– Oui, des roses rouges. Amanda a essayé de persuader votre femme qu'elle avait un admirateur anonyme, mais ça n'a évidemment pas suffi à la rassurer. C'est une chose terrible à dire, mais le tueur a épié votre femme : il a dû la suivre dans la rue ou au travail, peut-être aussi jusqu'à la maison de vos beaux-parents un week-end précédent. Il connaissait tout de ses habitudes. Il avait tout planifié.

Miller laissa passer un silence.

– Amanda Crane m'a dit qu'aucune carte n'accompagnait les roses, reprit-il enfin, et que Claire ignorait totalement qui avait pu les lui envoyer. Nous avons contacté tous les fleuristes de la ville, sans exception. Il n'y a eu aucune livraison à la galerie cette semaine-là. Le tueur a peut-être eu recours à un coursier ; peut-être même les a-t-il déposées en personne en se faisant passer pour un livreur.

Cette hypothèse révulsa Adam. Imaginer que cet homme ait parlé à Claire et lui ait offert des fleurs en mains propres était intolérable.

– Voilà plus d'une semaine que nous tentons d'établir des rapprochements avec des enquêtes non résolues. Mais, là aussi, la tâche est immense : environ

40 % des auteurs de meurtre ne sont pas arrêtés dans notre pays. Pour l'instant, nous nous intéressons à une dizaine d'affaires en particulier, principalement des cas de meurtres par strangulation ou accompagnés de viol. Mais je ne vous cache pas que, même dans les affaires retenues, les correspondances avec notre affaire sont plutôt minces… À cause des films et des romans, les gens croient souvent qu'un violeur ou un tueur récidiviste utilise toujours le même mode opératoire. Mais celui-ci peut radicalement changer avec le temps et l'expérience. Si le criminel a par le passé rencontré des difficultés dans le passage à l'acte, il modifiera sa manière d'approcher ses victimes. On ne peut pas non plus exclure qu'il le fasse sciemment pour brouiller les pistes et nous empêcher d'établir des rapprochements…

– Et les pétales de roses ? demanda naïvement Adam. Aucune trace dans une autre affaire ?

– Non. Au-delà du mode opératoire, nos analystes comportementaux cherchent à découvrir la signature du tueur. Mais je ne crois pas que ces pétales en soient vraiment une. Je pense simplement que le tueur connaissait le second prénom de votre épouse : c'était une manière pour lui de nous dire qu'elle n'était pas une victime choisie au hasard et qu'il connaissait intimement sa vie. Ces roses constituent pour cet homme une mise en scène, un moyen d'affirmer sa supériorité. Ce genre d'individus n'agit que par duperie et manipulation. Ce ne sont pas des êtres comme vous et moi, ce qui les rend très difficiles à cerner et à appréhender.

– Et donc ? Il faudra attendre que ce type commette un nouveau meurtre pour espérer lui mettre la main dessus ?

– Non, nous n'en sommes pas là. Notre meilleur espoir réside aujourd'hui dans l'analyse de l'ADN prélevé sur le corps de votre femme et sur la scène de crime.

– Pourquoi n'avez-vous pas encore les résultats ?

– Ce type d'analyses est toujours long, même lorsqu'elles sont prioritaires : dix jours ou deux semaines dans le meilleur des cas. Et même si nous obtenons un profil génétique, nous ne sommes pas sûrs de pouvoir établir une correspondance dans nos fichiers.

– Je sais, vous me l'avez déjà dit.

– Voilà où nous en sommes. Je ne veux ni me montrer pessimiste ni vous donner de trop grands espoirs.

Miller se tut une nouvelle fois et se mit à appuyer plusieurs fois de suite sur son stylo – clic, clic – sans quitter du regard Adam, qui commençait à se sentir mal à l'aise.

– Votre café doit être froid, dit-il pour se donner une contenance, je vais vous le réchauffer.

– C'est inutile.

Clic, clic. Miller finit par reposer le stylo sur le comptoir avant de poursuivre :

– Je suis allé rendre visite à votre ami Carl avant-hier. Vous êtes très bien installés. J'aime beaucoup vos bureaux.

– Merci.

– M. Terry ne s'est pas montré très bavard, c'est le moins que l'on puisse dire.

Adam se força à soutenir le regard du policier.

– Je ne comprends pas bien, inspecteur. À quel sujet auriez-vous voulu qu'il se montre bavard ?

– Aucun en particulier, répondit Miller d'un ton froid. Je comprends que votre ami cherche à vous protéger.

– Et de quoi au juste ?

– J'aurais préféré que vous vous montriez plus honnête envers moi depuis le départ, Adam.

– « Honnête » ?

– Vous ne m'aviez pas dit que votre entreprise traversait de sérieuses difficultés et que vous aviez dû licencier des salariés l'an dernier.

Adam essaya de garder son calme. Ne pas s'offusquer, ne pas réagir de manière excessive… C'était exactement ce qu'attendait ce flic. Mais il ne comprenait pas pourquoi il remettait ses affaires professionnelles sur la table alors qu'elles ne présentaient plus aucun intérêt pour l'enquête.

– Toute entreprise peut connaître une passe difficile, je ne vois pas ce que… Qu'est-ce que vous cherchez exactement, inspecteur ?

– Votre femme a été victime d'un homicide, et vous n'avez pas cru bon de nous informer qu'elle avait souscrit l'an dernier une assurance-vie dont vous êtes l'unique bénéficiaire.

Adam demeura bouche bée, totalement incrédule face à la révélation de Miller.

– Quelle assurance-vie ?

Le regard de Miller se fit plus noir.

– Ne jouez pas à ce jeu avec moi…

– Je vous assure que je n'étais pas au courant. Jamais elle ne m'en a parlé !

Mais, même à ses propres oreilles, il eut l'impression que sa protestation sonnait faux.

– Une assurance-vie d'un montant d'un demi-million de dollars ! Nous avons découvert son existence dans l'ordinateur de votre femme.

– C'est impossible !

– Tout comme nous avons découvert que Claire possédait des comptes en banque bien garnis. Vous m'avez dit qu'elle ne tirait presque aucun revenu de sa galerie : cela est exact ; mais vous avez omis de mentionner le fait que son père lui avait fait ces dernières années de grosses donations, toutes parfaitement légales et déclarées, d'ailleurs.

– John n'a jamais versé le moindre centime à sa fille, elle ne l'aurait pas accepté. Vous ne connaissiez pas Claire !

– Vraiment ?

Miller ouvrit son carnet et ne fut pas long à trouver la page qui l'intéressait.

– Entre avril 2016 et janvier 2019, John Durning a versé à sa fille 420 000 dollars, en quatre donations distinctes de plus en plus importantes. J'ai le détail sous les yeux – regardez.

Miller retourna son carnet et le fit glisser sur le comptoir. Adam n'y jeta qu'un rapide coup d'œil : des dates espacées d'un an environ à côté desquelles s'alignaient des sommes à cinq, puis à six chiffres.

– 420 000 dollars, répéta-t-il, abasourdi.

– Cela commence à faire beaucoup, vous ne croyez pas ? Une femme jeune et bien portante n'a absolument aucune raison de souscrire une assurance d'un tel montant. Et pourquoi irait-elle cacher à son mari, dont l'entreprise va mal, qu'elle est à la tête d'une petite fortune ? Entre ces sommes dont vous héritez et l'assurance-vie, vous êtes aujourd'hui millionnaire…

– Arrêtez !

En repoussant le carnet d'un geste brusque, Adam faillit renverser la tasse de Miller, qui, surpris, sursauta.

C'en était trop. Il n'arrivait plus à défaire l'écheveau de ses pensées. Huit ans… Il avait vécu huit ans avec Claire. Ils n'avaient jamais eu de secrets l'un pour l'autre – du moins pas de secrets qui comptent dans une vie. Comment avait-elle pu lui dissimuler ces donations, elle qui n'avait eu de cesse de s'affranchir de l'emprise de son père ? Et pourquoi avait-elle cru bon de souscrire cette putain d'assurance ?

Miller s'appuya des deux coudes sur le comptoir et planta son regard dans le sien.

– J'ai besoin que vous m'aidiez à comprendre, Adam. Que cherchez-vous à me cacher depuis le début ?

– Je n'ai rien à vous cacher ! J'ignorais tout. Sur quel ton dois-je vous l'expliquer ?

– Je vous en prie, parlez-moi…

Adam explosa :

– Allez au bout de votre logique, inspecteur, et cessez les sous-entendus ! Qu'est-ce que vous imaginez ? Que je suis impliqué dans la mort de ma femme ? Que je l'ai forcée à souscrire cette assurance-vie l'an dernier ? Que j'ai commandité son meurtre parce que j'avais des problèmes d'argent ? Et pourquoi pas tout manigancé pour que la police croie à l'œuvre d'un violeur et d'un tueur en série et éloigner les soupçons ? C'est ça que vous pensez ? Dites-le franchement !

Miller était demeuré immobile, sans même cligner des yeux. Mais, dès qu'il eut cessé de parler, Adam vit un étrange sourire apparaître au coin de ses lèvres. Il s'était laissé emporter et venait par là même de commettre une terrible erreur. Carl avait vu juste. Il ne pouvait avoir aucune confiance en ce flic. Il avait fouillé la vie de Claire jusqu'à trouver des éléments susceptibles de le compromettre. Depuis le début, il avait cherché à lui nuire. Et lui avait été assez stupide pour lui donner accès à l'ordinateur de sa femme.

– Est-ce une simple hypothèse ? finit par répondre Miller. Voulez-vous me donner plus de détails ?

Adam se leva aussitôt de son tabouret.

– Je crois que vous feriez mieux de partir, inspecteur. La prochaine fois que vous voudrez me parler, il n'y aura plus de café… Et ce sera en présence d'un avocat.

Le policier sourit à nouveau. « Je n'ai pas gagné la partie, mais j'ai marqué des points », semblait-il penser. Il rangea son carnet et se leva à son tour.

– Une dernière question cependant : John Durning, votre beau-père, était-il au courant pour l'assurance-vie ?

– Au revoir, inspecteur.

– Bien évidemment, nous allons devoir l'en informer. Peut-être se montrera-t-il plus prolixe que vous à ce sujet… Au revoir, monsieur Chapman, nous aurons très bientôt l'occasion de nous revoir, n'en doutez pas.

7

La clochette émit un tintement désuet lorsque Adam poussa la porte de la boutique. L'échoppe était minuscule, sorte de bric-à-brac d'objets anciens et hétéroclites sur lesquels le temps ne semblait avoir aucune prise. Assise derrière un comptoir en bois brut, Susan adressa à Adam un sourire triste – une tristesse, pensa-t-il, qui ne la quitterait probablement plus jamais.

– Dix minutes de plus et je fermais…

– L'écriteau indique pourtant « Ouvert jusqu'à 19 heures », se força-t-il à plaisanter. Il n'y a pas foule aujourd'hui ?

– Il n'y a *jamais* foule, tu veux dire. Je ne sais pas pourquoi je continue de m'escrimer… C'est gentil de venir me voir, Adam. C'est la première fois que tu viens ici, non ?

– C'est vrai. Je ne sais pas pourquoi je ne l'ai pas fait avant. Toujours ce fichu manque de temps, je suppose… Mais l'endroit est comme Claire me l'avait décrit, exactement à ton image.

– Bordélique ?

– Non, sourit-il. Je voulais plutôt dire… sans faux-semblant.

– Alors c'est que tu ne me connais pas vraiment.

Adam chercha ses mots. Se retrouver face à Susan lui donnait l'impression d'être devant un miroir décuplant sa propre douleur.

– Est-ce que tu tiens le coup ?

– Je mentirais en disant que oui. J'ai surtout le sentiment de ne plus rien contrôler, comme si j'avançais à tâtons dans…

Elle laissa sa phrase en suspens.

– Un cauchemar qui se répéterait encore et encore ? termina Adam.

– Oui. C'est exactement ce que je ressens depuis la mort de ma sœur.

Adam fit quelques pas dans la boutique, contourna un cheval à bascule et s'arrêta devant une étagère remplie de vieux jouets qui montait jusqu'au plafond.

– Tu as au moins eu le courage de reprendre le boulot. J'imagine que c'est positif.

Elle haussa les épaules.

– Être là ou ailleurs, pour ce que ça change…

La voix de Susan était devenue étrangement atone. On n'y décelait plus le désespoir qu'elle avait manifesté à l'hôpital, ni même une once de colère ou de révolte. Juste une résignation totale. Adam connaissait pourtant la philosophie de la jeune femme : ne jamais baisser les bras, regarder l'adversité en face. Et s'il trouvait ces maximes un peu naïves et convenues, il n'avait pu s'empêcher durant toutes ces années d'admirer sa belle-sœur pour sa force de caractère. Il fallait croire que certaines tragédies pouvaient abattre les cœurs les plus confiants.

Adam s'empara d'une vieille toupie en bois coloré et la fit tourner maladroitement dans la paume de sa main.

– Elle est jolie, murmura-t-il, simplement pour dire quelque chose.

Il se demandait à quel point il pouvait se confier à Susan. Plus les heures passaient, plus il avait l'impression de devoir se méfier de tout, et de tout le monde – même d'une femme qu'il appréciait beaucoup et à laquelle il n'avait jamais rien eu à reprocher. Mais il avait désespérément besoin de réponses.

– Tu avais envie de parler ? Tu n'es pas seulement venu pour savoir comment j'allais, n'est-ce pas ?

– Non. Écoute, Susan, j'ai reçu la visite de l'inspecteur Miller tout à l'heure.

– Qu'est-ce qu'il voulait ?

Il reposa le jouet sur l'étagère et s'approcha du comptoir.

– Je vais être franc avec toi : Miller m'a appris des choses sur Claire que j'ignorais…

– Quelles « choses » ?

– Est-ce que tu savais qu'elle avait reçu ces dernières années de l'argent de votre père ? Je parle de très grosses sommes d'argent : plus de 400 000 dollars qui dorment sur un compte.

Susan écarquilla les yeux.

– Je ne comprends pas, Adam. Tu veux dire que tu n'étais pas au courant ?

– Non, j'en ignorais tout. Mais ce n'est pas le cas pour toi, à l'évidence. Dis-moi tout ce que tu sais à propos de cet argent. J'ai besoin de comprendre.

Susan plongea la main dans une bonbonnière transparente posée sur le comptoir. Elle avala une friandise colorée, d'un air gêné, comme si elle cherchait à gagner du temps.

– Mon père nous a versé les mêmes sommes à toutes les deux. Je ne voulais pas de cet argent, mais il a beaucoup insisté : il parlait d'une avance sur héritage. Je n'y ai d'ailleurs presque pas touché. Toujours aussi fauchée !

fit-elle en désignant de la main sa boutique sans clients. Je n'arrive pas à croire que tu l'ignorais... Mon père l'a surtout fait parce que Claire lui avait dit que ton entreprise connaissait des difficultés.

– Quoi ?

– Adam, Claire n'était pas stupide. Elle savait bien que tes problèmes étaient beaucoup plus graves que ce que tu lui en disais. Tu rentrais épuisé le soir, vous ne sortiez quasiment plus ces derniers temps et tu passais la moitié de tes week-ends au boulot !

– Ça n'est pas logique... Pour quelle raison m'a-t-elle caché l'existence de cet argent si elle voulait m'aider ?

Susan se mit à triturer l'emballage de son bonbon.

– Elle avait peut-être peur de te blesser en t'en parlant, de heurter ta fierté. Peut-être que posséder cet argent sur un compte la rassurait... au cas où ta boîte aurait continué à s'enfoncer dans le rouge.

– Je comprends mieux pourquoi ton père m'a toujours regardé avec mépris : je passais à ses yeux pour un minable opportuniste venu ponctionner l'héritage de la famille...

– Mon père n'a jamais pensé ça de toi ! Tu sais bien qu'il se montre dur et condescendant avec presque tout le monde. Je crois qu'avoir passé une vie dans les prétoires ne l'a pas arrangé de ce côté-là...

Adam repensa à la conversation qu'il avait eue avec John à la morgue. Il essaya de se rappeler ses paroles. « J'ai agi avec toi comme avec n'importe quel homme qui aurait voulu épouser Claire... » ou quelque chose dans ce genre. De toute façon, il n'était pas venu ici pour remuer le passé.

– Il y a autre chose, Susan. Une chose beaucoup plus troublante. Est-ce que tu savais que Claire avait souscrit une assurance-vie ?

Cette fois, son regard se troubla et elle secoua la tête avec incompréhension.

– Non.

– Une assurance-vie dont je suis l'unique bénéficiaire. Un demi-million de dollars à la clé…

– « Un demi-million » ? s'étrangla-t-elle. Claire ne m'en a jamais parlé.

– Tu as conscience qu'il s'agit d'un placement très inhabituel pour une personne de son âge, étant donné l'importance des primes ?

– Peut-être qu'elle s'est fait avoir par un banquier qui voulait à tout prix lui refourguer son produit. Ces types sont devenus de vrais marchands de tapis… Adam, est-ce que la police te cherche des ennuis à cause de cet argent ?

Il essaya de ne laisser paraître aucune émotion particulière. Il ne voulait pas s'aventurer sur ce terrain périlleux.

– Non, pas plus que ça… C'est juste que je n'arrive pas à comprendre comment Claire a pu me cacher autant de choses. Il y a trop de questions auxquelles je n'arrive pas à trouver de réponses.

Susan fit le tour du comptoir et alla retourner la pancarte sur la porte pour indiquer que la boutique était fermée. Il y eut un silence. Adam demeura interdit.

– L'année dernière, j'ai trompé mon mari pendant un salon des antiquaires. Un homme dont je connaissais à peine le nom et que je n'ai jamais revu depuis. C'était une passade que j'ai aussitôt regrettée. Je ne sais pas pourquoi s'est arrivé, je n'ai aucune explication rationnelle, aucune excuse. Tout ça ne me ressemble pas, et pourtant je l'ai fait. Voilà… Je n'en avais jamais parlé à personne, même pas à Claire.

– Pourquoi est-ce que tu me racontes ça ?

– Pour te prouver que tout le monde ment, Adam. C'est aussi simple que ça. Les gens mentent à leur conjoint, à leurs amis, à leurs enfants. Ils peuvent le faire en rougissant ou comme ils respirent, ils peuvent se faire prendre ou pas, mais ce qui est sûr, c'est que nous ne connaissons d'eux que ce qu'ils veulent bien nous montrer.

– Non, tu te trompes. Claire et moi, c'était différent…

– Mais tout le monde pense être différent ! C'est justement pour ça que nous sommes tous les mêmes. La vérité, c'est que nous refusons de regarder en face cette part de médiocrité qui est en nous.

Adam secoua la tête d'un air résigné.

– Autrefois, tu étais moins cynique.

– Autrefois, ma sœur était vivante… Qu'est-ce que tu cherches au juste, Adam ? J'ai l'impression que tu ne me dis pas tout. Si ça peut te rassurer, Claire ne t'a jamais trompé.

– Je n'ai jamais cru une telle chose.

– Alors quoi ?

– Essaie de te rappeler les jours et les semaines qui ont précédé la mort de Claire. Est-ce qu'il s'est passé quelque chose d'anormal dans… ?

– J'ai déjà tout dit à la police.

– La police ne cherche pas la même chose que moi.

Susan soupira de lassitude.

– Et comme je ne sais pas ce que tu cherches… Qu'est-ce que tu veux que je te dise, au juste ? Tu prétends que Claire et toi étiez différents, mais ouvre les yeux : les choses avaient changé entre vous ! Vous n'étiez plus le même couple qu'autrefois, complice et fusionnel.

– Je faisais le maximum…

– Parfois, ça ne suffit pas. Parfois, l'amour ne suffit pas. Elle s'inquiétait pour toi, Adam. Elle disait que tu ne dormais pas assez, que tu étais tout le temps déprimé, absent. Elle ne te reconnaissait plus. C'est pour ça qu'elle est allée voir ta psy…

Cette fois, ce fut son tour d'écarquiller les yeux.

– Comment ça, « elle est allée voir ma psy » ?

– Ça non plus tu ne le savais pas ? Elle m'a pourtant assuré qu'elle te l'avait dit.

– Attends un peu… Anabella Childress ? C'est d'elle que tu es en train de parler ?

– Childress, oui – j'avais oublié son nom.

– Qu'est-ce que Claire t'a raconté exactement ?

Susan secoua la tête.

– Elle ne comprenait pas pourquoi tu n'allais pas mieux après deux ans de suivi. Elle savait que tu continuais à prendre des médicaments.

– Quand est-elle allée la voir ?

– Environ une semaine avant… enfin, tu comprends.

– Qu'est-ce qui s'est passé ?

– Pas grand-chose… Childress ne lui a presque rien dit à cause du secret médical. Elle semblait embarrassée par sa présence. Si tu veux tout savoir, elle lui a fait une sale impression. Claire m'a dit qu'elle ne lui faisait pas confiance et qu'elle voulait te persuader de changer de thérapeute.

Adam sentait un profond mal-être l'envahir.

– Tu en as parlé à la police ?

– Bien sûr que non ! Pourquoi l'aurais-je fait ? Quel rapport est-ce que ça a avec sa mort ?

– Aucun, Susan. Oublie ça… Je cherche juste à comprendre.

– Comprendre quoi, Adam ? Que tu aurais dû parler davantage avec Claire ? Que tu aurais dû passer plus de temps avec elle ? Tu te tortures inutilement. On ne changera rien à ce qui s'est passé.

– C'est idiot, je n'aurais pas dû t'embêter avec tout ça.

Susan se pencha sur une caisse remplie de vinyles qui encombrait l'entrée.

– Tu m'aides à la déplacer ?

– Bien sûr.

– Tiens, on va la mettre là-bas.

Mais Susan s'arrêta dans son mouvement.

– Ce médecin… Childress.

– Oui ?

– Tu ne devrais plus aller la voir, Adam. Claire avait une excellente intuition. Elle se trompait rarement sur les gens…

*

Adam regardait fixement la carte postale, hypnotisé par la profusion de couleurs et désorienté par les souvenirs qu'elle faisait renaître en lui. Il la retourna et répéta la phrase inscrite au verso, jusqu'à ce qu'elle ne soit plus qu'une suite de mots vides de sens.

« Comment saviez-vous ce qui allait se passer ? »

Qui pouvait être au courant de cette première rencontre au musée qui datait de plus de huit ans ? Et qui pouvait savoir ce qu'il était en train de vivre ? Depuis sa conversation avec Susan, les faits étaient pour lui éclairés d'un jour nouveau. Pourquoi Childress lui avait-elle assuré qu'elle n'avait jamais rencontré Claire ? Pourquoi lui cacher une information qui aurait pu être des plus banales ? Il avait reçu cette carte sur le parking de la clinique, là où travaillait Childress. Même s'il ne s'en souvenait pas, il avait tout à fait pu au cours des deux dernières années lui raconter les circonstances de sa rencontre avec Claire. Et depuis cette soirée où elle lui avait administré un calmant, elle connaissait l'état dans lequel il se trouvait.

Pourtant, Adam n'arrivait pas à donner une cohérence à ces éléments disparates. Tout semblait converger vers Childress, mais il ne voyait pas quel rôle elle jouait dans la tragédie qu'était devenue sa vie.

Adam rangea la carte dans la poche de sa veste et appuya sur un numéro dans les favoris de son téléphone.

– Carl, c'est moi…

– Je commençais à m'inquiéter. Comment s'est passé ton rendez-vous avec Miller ?

– Mal… Tu avais raison, je vais avoir besoin d'un avocat.

– Merde ! Raconte…

– Miller a essayé de me mettre la pression. Je ne sais plus où j'en suis, Carl…

Adam résuma tout ce que lui avait appris Miller : les avancées de l'enquête, les sommes folles versées par John sur le compte de Claire, l'assurance-vie à son nom…

Carl ne cessa de manifester son étonnement au fil des révélations.

– Tu ne savais rien pour cet argent ?

– Rien, je te le jure. J'étais persuadé que Claire n'avait pas un centime en banque. Tu te rends compte ? Il y en a pour un million de dollars !

– Et c'est pour ça que Miller te cherche des noises… Il ne t'a quand même pas accusé de l'avoir tuée ?

– Il n'en a même pas eu besoin, ses sous-entendus étaient assez clairs. Une somme pareille, c'est un mobile en béton pour la police.

– Quel connard !

– Miller m'a baratiné. Malgré le véhicule identifié et les traces d'ADN, je suis sûr qu'il ne croit plus que Claire ait été victime d'un tueur en série. Il doit s'imaginer que j'ai engagé quelqu'un et monté toute cette mise en scène afin d'éloigner les soupçons.

– Il n'a rien de concret contre toi.

– Je le sais, mais je ne veux plus me retrouver seul avec lui.

– Bon, je vais te chercher un avocat…

– Merci, Carl. Mais il y a une autre raison à mon appel : j'ai besoin que tu te renseignes sur Anabella Childress.

– Ta psy ?

– Oui.

– Je ne comprends pas. Qu'est-ce qu'elle vient faire dans cette histoire ?

– J'ai parlé à ma belle-sœur. Elle était au courant pour une partie de l'argent, mais elle m'a surtout appris que Claire était allée voir Childress peu de temps avant sa mort. Visiblement, elle se méfiait d'elle et ne voulait plus que j'aille la voir.

– C'est dingue !

– Pourquoi a-t-elle fait ça derrière mon dos ? Et pourquoi Childress m'a-t-elle assuré qu'elle n'avait jamais rencontré Claire ? C'est à sa clinique que j'ai reçu la carte et elle a rappliqué chez moi en pleine nuit dès que tu l'as appelée… Tu connais beaucoup de psys qui feraient une chose pareille ? Elle ne me traite pas comme un patient lambda…

– Mais tous ses patients n'ont pas perdu leur femme dans des circonstances pareilles.

– Peut-être, mais j'étais mal à l'aise quand je l'ai quittée. Je suis sûr qu'elle cache quelque chose, même si je n'ai aucune idée de ce que ça peut être. Je voudrais que tu cherches des renseignements sur elle. Tout ce que tu pourras trouver sera utile.

– Putain, je ne suis pas détective !

– Débrouille-toi, je t'en prie.

Le téléphone d'Adam vibra, lui indiquant qu'il avait un double appel.

– Désolé, Carl, il y a mon beau-père qui essaie de me joindre. Je te rappelle dans un moment ?

– D'accord.

Adam eut juste le temps de décrocher avant que l'appel ne bascule sur sa messagerie.

– John ?

– Bonjour, Adam. Tu es chez toi ?

– Oui, pourquoi ?

– Je suis garé devant ta maison.

Adam s'approcha de la fenêtre et vit effectivement la berline Mercedes anthracite stationnée dans la rue.

– Je dois te parler, reprit Durning.

– D'accord, je vous ouvre…

– Non. Je préfère que tu sortes.

– Vous êtes sûr ?

– Viens, je te dis, nous n'avons pas beaucoup de temps.

Sans plus ajouter un mot, Adam mit fin à l'appel et sortit de la maison. Quand il ne fut plus qu'à un ou deux mètres de la voiture, la vitre teintée s'abaissa, laissant apparaître le visage sévère et grave de John. Adam fut frappé par son incroyable pâleur.

– J'aurais dû t'appeler avant au cas où… mais je n'étais pas loin de chez toi quand j'ai appris la nouvelle.

– Quelle nouvelle ?

Durning garda le silence, la mâchoire contractée.

– Qu'est-ce qui se passe, John ?

– Ils l'ont identifié.

– Pardon ?

– La police sait qui a assassiné Claire.

QUATRIÈME PARTIE

« Il était si las de ce […] repliement désolé sur lui-même […] qu'il avait envie, ne fût-ce qu'un instant, de respirer dans un autre monde […]. »

Fiodor Dostoïevski, *Crime et Châtiment*

1

Adossé contre l'échelle rouillée de la citerne, vêtu d'un simple slip, l'enfant regardait sa petite voisine se déshabiller. Avant de se baigner, elle ôtait toujours ses habits lentement, par peur de les froisser, puis elle les pliait avec un soin exagéré, comme s'ils avaient dû rejoindre un placard de sa chambre. Lui s'était déshabillé en un éclair et avait jeté les siens en boule dans l'herbe, au pied de la citerne.

L'enfant souffla pour manifester son agacement, mais son amie n'accéléra pas le rythme pour autant. Lassé d'attendre, il lui tourna le dos et mit un premier pied sur l'échelle branlante. La rouille avait depuis longtemps rongé la plupart des barreaux et fragilisé les fixations. Chaque fois qu'il gravissait cette échelle, il la sentait ployer et grincer dangereusement sous son poids. *Un jour, c'est sûr, y aura un accident*, songea-t-il – mais cette pensée ne l'empêcha pas de gravir les barreaux à toute allure, tout en gardant les yeux levés vers le ciel.

Ce n'est qu'une fois parvenu au sommet de la citerne, en équilibre sur l'étroite plateforme, qu'il osa regarder en contrebas. Désormais en maillot de bain, sa petite voisine se tenait au pied de l'échelle mais n'avait pas l'air décidée à monter.

– Bon, tu attends quoi ? La Saint-Glinglin ?

– C'est quoi, la Saint-Glinglin ?

– C'est quand les poules auront des dents, répondit-il dans un rire gouailleur.

– Arrête de te moquer de moi ! Tu sais bien que cette échelle me fait peur !

– Y a pas de risque. Allez, magne-toi… On a pas qu'ça à faire !

Façon de parler, car qu'auraient-ils donc eu de plus intéressant à faire ? Depuis la fin des cours et le début des vacances d'été, les journées s'écoulaient lentement, engluées dans la même monotonie et la même routine. Il faisait une chaleur étouffante. Le soleil, haut dans le ciel, semblait cuire la végétation alentour. L'enfant se pencha au-dessus du bassin en faisant une grimace : à cause de la canicule des derniers jours, l'eau était encore plus verte et plus trouble que la semaine précédente. Une myriade d'insectes morts en criblait la surface. Mais ce n'était rien comparé à ce jour où il était tombé sur un crapaud flottant sur le dos, le ventre gonflé, à moitié putréfié, qu'il avait dû retirer à l'aide d'une épuisette. L'enfant remarqua de l'autre côté du bassin un papillon qui, pris au piège, agitait frénétiquement ses ailes. Il ne le quitta pas du regard jusqu'à ce que l'insecte, renonçant à lutter, se mette à dériver insensiblement vers le bord de la citerne.

Il se retourna quand il entendit l'échelle grincer derrière lui. La tête de sa voisine ne tarda pas à émerger.

– Tu en as mis du temps ! ronchonna-t-il.

La petite fille grimpa les derniers barreaux et s'avança prudemment sur la plateforme pour le rejoindre. Puis elle jeta un coup d'œil au bassin.

– Bah ! L'eau est vraiment dégoûtante !

– Pas plus que d'habitude, rétorqua-t-il pour le simple plaisir de la contredire. Bon, je meurs de chaud.

On y va ? Sinon, ça ne servait à rien de faire toute cette route…

La petite fille fit une drôle de grimace.

– Non, toi d'abord.

– Chochotte, va…

Bien que peu décidé, l'enfant s'assit sur le bord du bassin et plongea ses pieds dans l'eau. Elle était plus fraîche qu'il ne l'aurait cru. Il battit un moment des jambes, autant pour s'habituer à la température que pour écarter les nuées d'insectes morts. Puis, s'armant de courage, il compta jusqu'à cinq et bascula brusquement en avant, le corps recroquevillé.

Quand il fendit la surface, une décharge électrique traversa ses membres. Il en eut le souffle coupé et se mit à couler comme une pierre, avalant malgré lui une grande quantité d'eau. Pris de panique, écrasé par la masse opaque et glauque qui le cernait, il agita bras et jambes pour remonter. Dès qu'il retrouva l'air libre, il cracha l'eau au goût répugnant et toussa bruyamment à deux ou trois reprises. Tout en continuant de battre des pieds, il se moucha en appuyant son index sur une narine puis sur l'autre.

Au-dessus de lui, la fillette riait en pointant un doigt dans sa direction.

– C'est ça, marre-toi, fit-il, piqué au vif, quand il eut repris son souffle.

Il nagea jusqu'au bord du bassin et agrippa le rebord de la plateforme. Il dut s'y prendre à trois fois pour se hisser dessus. C'était malin d'avoir bu la tasse… À cause de cette eau infâme, il risquait d'être malade comme un chien. Aux dernières vacances, il avait passé une nuit entière à vomir et à délirer après s'être baigné dans cette citerne – après quoi ses parents lui avaient formellement interdit d'y retourner. Mais il n'en faisait qu'à sa tête et préférait encore prendre le risque d'une raclée que renoncer à ces baignades.

Frigorifié, l'enfant se frotta énergiquement le corps. Il sentit rapidement le soleil réchauffer sa peau encore parsemée de gouttes.

– Bon, à toi maintenant.

– Non, je n'ai plus envie. Je n'aime pas me baigner toute seule.

– T'es vraiment la reine des froussardes ! Allez, saute, ça va te rafraîchir. Je te rejoins après…

Têtue, la fillette secoua la tête.

– Je crois que je préfère redescendre.

L'enfant la regarda d'un air mauvais.

– Saute, ou j'irai dire à tes parents qu'on est retournés à la citerne.

– Tu ne ferais jamais ça : tu te ferais punir toi aussi.

Au fond, elle avait raison. Jamais il n'irait cafarder si ça devait lui retomber dessus.

– C'est bon, laisse tomber.

Mais, alors qu'il prononçait ces mots, il se rua sur elle et la poussa dans le bassin sans qu'elle ait le temps de lâcher le moindre cri. Son corps heurta brutalement la surface de l'eau, éclaboussant ses jambes et la passerelle. Fier de son mauvais tour, l'enfant s'esclaffa en se tapant les cuisses. Sa voisine disparut durant deux ou trois secondes avant que sa tête ne resurgisse telle une torpille. Un jet d'eau jaillit de sa bouche. Avant même qu'elle ait pu reprendre sa respiration, sa tête disparut à nouveau.

L'enfant sentit son cœur s'accélérer. Le temps parut se suspendre. Il ne voyait plus qu'une forme vague dans l'eau troublée. Juste une ombre. Quelques secondes s'écoulèrent avant que la petite fille réussisse à remonter à la surface. Elle ouvrit grand la bouche, puis commença à se débattre, cherchant par des mouvements frénétiques des bras à se maintenir la tête hors de l'eau.

– Au secours, Victor, au secours !

– Tiens bon, j'arrive ! hurla l'enfant.

Il se pencha en avant, prêt à plonger pour la sauver, mais s'arrêta net dans son élan – un mouvement à peine amorcé qui ne devait jamais trouver son terme. L'enfant était pétrifié. Pourtant, ce n'était pas la peur qui l'empêchait de bouger ni quelque manque de courage. C'était de la fascination. Oui, la fascination de voir son amie se débattre, s'accrocher pour ne pas couler, lutter pour un souffle de vie.

– J'arrive, répéta-t-il, avec moins de conviction cette fois.

À chaque battement de bras, la petite fille faisait jaillir de grandes gerbes d'eau qui arrosaient la plateforme. Ses yeux étaient exorbités. Son visage exprimait un degré de panique qu'il n'avait jamais vu chez personne – une expression qui intensifia les pulsations de son cœur. La tête de sa voisine coulait puis ressortait de l'eau comme un diable à ressort. Dès qu'elle parvenait à remonter, elle essayait d'aspirer une bouffée d'oxygène, mais sa bouche et ses narines se remplissaient chaque fois d'un peu plus d'eau.

Ses longs cheveux ruisselants lui recouvraient à présent presque entièrement le visage. Elle tenta d'appeler à nouveau à l'aide : il ne sortit de sa bouche qu'un affreux borborygme.

L'enfant essaya de bouger, mais ses membres ne répondaient plus à son cerveau. Une émotion puissante et nouvelle le submergeait, telle une lame de fond. Il avait la sensation d'être sorti de son corps et de planer au-dessus de la citerne. Il se voyait debout, immobile au bord du bassin, en train de contempler sa voisine qui se débattait en vain.

Il lui suffisait de lui tendre la main… Il pouvait encore la sauver. Ou ne rien faire et la laisser se noyer. Deux plateaux d'une balance à l'équilibre précaire.

Sans faire le moindre geste, sans faire le moindre mal, il pouvait décider du sort d'un être humain. À cette pensée, une nouvelle vague l'envahit, plus puissante que la précédente. Son rythme cardiaque se mit à ralentir. L'enfant cessa de respirer. Un sentiment d'euphorie, de plénitude totale, l'enveloppait.

À force de s'agiter, la fillette était parvenue à se rapprocher du bord, mais ses mains glissaient le long de la paroi gluante. Durant un instant, l'enfant eut pourtant l'impression qu'elle allait réussir à s'accrocher à la plateforme. Sortant alors de sa sidération, il s'accroupit au bord de la citerne, prêt à intervenir. Il croisa les yeux effarés à travers les mèches de cheveux blonds. Tendit sa main et effleura les doigts humides, qui crissèrent une dernière fois sur le métal de la citerne. Puis, renonçant à lutter, la petite fille ferma les yeux et coula. Il regarda le petit bras blanc s'enfoncer doucement jusqu'à disparaître sous l'eau trouble. Au bout de quelques secondes, les ondulations cessèrent et la surface du bassin redevint parfaitement étale.

À nouveau, l'enfant se sentit incapable du moindre mouvement. *C'est fini*, pensa-t-il. Et, brutalement, son euphorie reflua, lui laissant un grand vide au creux de l'estomac, comme si une créature invisible venait de lui arracher les entrailles d'un seul coup de griffes.

– Reviens ! Reviens, j'ai besoin de toi ! cria-t-il, les yeux remplis de larmes, penché au-dessus de l'eau putride.

Mais Victor ne s'adressait plus à sa petite voisine. Il parlait à cette chose qui avait pris possession de son corps l'espace d'une minute et venait de le laisser orphelin. Cette chose qui l'avait rempli d'un bonheur indicible, d'un sentiment de toute-puissance, et qu'il allait, quel qu'en soit le prix, passer une vie entière à essayer de retrouver.

2

John Durning gara sa berline à l'arrière du commissariat, sur un parking étroit en forme de trapèze où étaient stationnées trois voitures de patrouille. La façade terne et anonyme ne portait aucune inscription particulière. Près de l'entrée constituée de deux portes métalliques grises, dont l'une était entrouverte, Adam avisa un policier en uniforme qui fumait à côté d'un grand cendrier servant aussi de poubelle. Il se demanda pourquoi son beau-père ne s'était pas mis devant l'entrée principale du bâtiment. Mais, alors qu'il éteignait le moteur, John anticipa sa question :

– On m'a demandé de passer par-derrière… pour plus de discrétion. Nous ne devrions pas être là, Adam.

Sans rien ajouter, John sortit de la Mercedes et traversa le parking. Adam, les yeux perdus dans le ciel gris, resta dans son sillage. Dès qu'il les vit, le policier écrasa sa cigarette dans le cendrier rempli de sable et vint à leur rencontre.

– Monsieur Durning ? lança-t-il dans leur direction tout en ôtant sa casquette.

John se contenta de hocher la tête.

– Suivez-moi, je vous prie. On vous attend.

Ils entrèrent dans le bâtiment et empruntèrent un long couloir défraîchi placé sous la surveillance de deux caméras. D'après le peu qu'en savait Adam, cette entrée annexe était réservée au personnel. C'était également par là qu'on acheminait les individus arrêtés ou mis en garde en vue – et visiblement aussi les visiteurs devant rester discrets. Après avoir gravi un escalier sur un demi-étage, ils prirent un ascenseur. Les trois hommes continuaient à garder le silence. Adam remarqua à nouveau une caméra au plafond. Puis, tandis que l'ascenseur montait au troisième, il demeura les yeux fixés sur les boutons lumineux de la cabine, anxieux, perdu, parvenant difficilement à croire que la police était parvenue à identifier l'assassin de Claire. Il repensa à son face-à-face avec Miller, à son interrogatoire, aux accusations grotesques que l'inspecteur avait portées contre lui et qui l'avaient profondément humilié.

Le policier les précéda dans un nouveau couloir. Ils longèrent des bureaux remplis de matériel informatique où s'affairaient des agents pour la plupart en civil. Après avoir bifurqué sur la gauche, ils se retrouvèrent dans un espace carré éclairé par une grande baie vitrée qui offrait une vue plongeante sur le centre-ville.

– Nous y sommes, fit le policier.

Deux hommes attendaient déjà là. Le plus âgé – tempes grisonnantes, lunettes sans monture et costume onéreux – s'avança vers eux en rangeant son téléphone dans sa poche.

– John !

– Le procureur, murmura Durning à l'adresse de son gendre.

Tous trois échangèrent une poignée de main. John fit ensuite les présentations. Adam se rappela avoir déjà vu Philip Zuckerman à la télé lors d'interviews ou de conférences de presse, mais ces souvenirs étaient anciens et nullement liés à la mort de Claire.

– Merci de m’avoir prévenu, fit John Durning, et surtout de nous permettre d’être là. Je ne savais pas que vous viendriez en personne.

Le procureur lui posa une main sur l’épaule.

– J’y tenais. J’ai été tellement bouleversé par ce qui vous est arrivé.

– Merci. Qui est-ce, Philip ? Qui est l’ordure qui m’a enlevé ma fille ?

Zuckerman baissa les yeux et soupira.

– L’inspecteur chargé de l’enquête va tout vous expliquer… Depuis combien de temps nous connaissons-nous, John ?

– Quinze ans, peut-être plus. Vous étiez encore avocat à l’époque.

– Nous avons eu des hauts et des bas, n’est-ce pas ? Mais je vous ai toujours tenu en grande estime. Sachez que c’est la première fois qu’à ce stade de l’enquête j’autorise la famille à…

– Je suis conscient de la faveur que vous me faites.

– Très bien. Vous devez absolument rester à l’écart des médias dans les jours qui viennent…

Le procureur se tourna vers Adam avant de poursuivre :

– Ne parlez à personne de ce qui va se dire dans cette pièce, même à vos amis les plus proches. C’est très important. Ni la police ni mon bureau ne feront de communiqué à la presse. Nous devons garder ces informations secrètes.

– Combien de temps ? demanda John.

Zuckerman secoua la tête.

– Aussi longtemps que possible. Dans l’idéal, jusqu’à ce que nous parvenions à arrêter cet homme…

3

– Notre suspect s'appelle Victor Sipowicz. Il est né en 1989 à Asheville, en Caroline du Nord…

L'inspecteur Andy Miller se tenait debout derrière son bureau, à côté d'un agent aux bras croisés qu'Adam se souvint d'avoir aperçu le premier jour à la maison du lac. Le procureur, son assistant, John Durning et lui-même avaient pris place sur des chaises en plastique disposées en demi-cercle devant un écran géant fixé au mur. La pièce, aux stores baissés, était plongée dans une semi-obscurité. Un silence total y régnait.

Le policier appuya sur une télécommande. Apparut aussitôt sur l'écran un permis de conduire au nom de l'individu qui indiquait : « Yeux bleus. 1 m 73. 82 kilos. » Mais tous les regards s'étaient portés sur la photo d'identité. Des cheveux bruns légèrement clairsemés et tirés en arrière. Un visage rond et régulier, tout ce qu'il y a de plus quelconque. Des yeux tout à la fois transparents et éteints surmontés de sourcils à peine dessinés. Sipowicz avait le physique banal de ces hommes qu'on ne remarque pas dans la vie de tous les jours, qui ne doivent jamais attirer l'attention quand on les croise dans la rue. Et cette insupportable banalité provoqua chez Adam un sentiment d'incompréhension et d'effroi. Mais qu'aurait-il préféré ? Se retrouver devant un visage sadique et cruel ? Faire face à un homme dont la monstruosité aurait pu se lire à livre ouvert ?

Il douta même que ce Victor Sipowicz pût être celui qu'il avait poursuivi et dont il avait entr'aperçu le visage à travers la vitre sale de la camionnette. Si ses traits ne lui étaient pas familiers, Adam avait en revanche immédiatement remarqué la tache de forme oblongue qui courait de la racine de ses cheveux jusqu'au milieu de son front. La fameuse tache de naissance que Claire avait identifiée le jour de son agression, dans l'« autre réalité ».

Le minivan Ford gris… La tache… Deux éléments que personne ne pouvait connaître et qui s'étaient pourtant immiscés dans son rêve, son délire, ou quel que soit le nom que l'on pouvait donner à l'expérience qu'il avait vécue.

Après s'être éclairci la voix, Miller poursuivit :

– Même si nous étions peu optimistes au départ, l'ADN relevé sur la scène de crime a trouvé correspondance dans le CODIS, le fichier des données génétiques. C'est cet élément, et aucun autre, qui nous a permis de remonter jusqu'à Sipowicz.

Le procureur se tourna vers l'inspecteur.

– Quel risque d'erreur concernant cette correspondance ?

– Quasiment aucune, le labo est formel. Non seulement nous avons deux échantillons distincts, mais ils ne sont ni dégradés ni pollués. Ce profil génétique est aussi solide qu'une empreinte digitale figée dans de l'encre.

Sans quitter l'écran des yeux, le beau-père d'Adam intervint à son tour :

– Pourquoi cet homme était-il dans le fichier ?

– Sipowicz a déjà été arrêté et condamné à de la prison en 2014.

– Pour délinquance sexuelle ?

– Non. Cambriolage.

Miller contourna son bureau et vint se placer à côté de l'écran. Il évita de poser son regard sur Adam. Quand celui-ci était entré dans le bureau, le policier l'avait à peine salué, puis il avait très vite détourné la tête d'un air embarrassé. Leur dernière conversation avait laissé des traces que même la situation actuelle ne semblait plus pouvoir effacer.

– Dans la nuit du 19 avril 2014, Victor Sipowicz a été contrôlé par une patrouille de police en raison d'un comportement suspect. Il avait en sa possession un sac à dos contenant des affaires disparates qui ont immédiatement éveillé les soupçons des policiers : argent liquide, quelques bijoux de peu de valeur, un téléphone et des vêtements de femme… intimes.

– « Intimes » ? répéta John Durning.

Miller toussota.

– De la lingerie, pour être exact. Ces affaires, il les avait dérobées quelques minutes plus tôt chez une étudiante célibataire qui était endormie et se trouvait seule au moment des faits. La police n'est d'ailleurs remontée jusqu'à elle que grâce au téléphone portable volé. S'il a d'abord prétendu avoir trouvé le sac à dos dans la rue, Sipowicz a rapidement avoué les faits une fois au poste. En raison de son casier judiciaire vierge et de la modicité des objets emportés, il n'a écopé que d'une peine d'un an de prison ferme, mais il a été libéré au bout de six mois. C'est à l'occasion de cette condamnation que son profil ADN a été fiché.

L'inspecteur tourna les yeux vers l'écran. À force de fixer les siens sur le visage du suspect, Adam avait l'impression qu'un sourire arrogant s'était dessiné sur ses lèvres, comme si l'individu toisait son assistance et l'accablait d'un mépris glacial.

– Bien évidemment, ce simple cambriolage prend aujourd'hui une tout autre signification. Je ne crois pas que Sipowicz se soit introduit dans cette maison dans le but d'y voler quoi que ce soit. Étudiante, célibataire, vivant dans un quartier modeste… on fait mieux comme cible d'un cambriolage. Je pense qu'il avait au départ des intentions tout à fait autres.

– Il voulait l'agresser sexuellement ? supposa John.

– C'est fort possible. Mais, pour une raison ou une autre, il a dû y renoncer au dernier moment.

– Vous pensez qu'il n'était jamais passé à l'acte auparavant ? interrogea le procureur.

Miller acquiesça :

– En effet. Ou peut-être voulait-il simplement observer sa victime alors qu'elle était vulnérable, incapable de se dérober à son regard. Le voyeurisme est une caractéristique très fréquente chez les délinquants sexuels, car il leur permet de dominer et d'humilier leurs proies – le vol de la lingerie ne fait que confirmer cette hypothèse. Cet homme est à la base un voyeur. Ce n'était sans doute pas la première fois qu'il s'introduisait chez une femme et y volait des affaires intimes. Mais il est possible qu'il ait mis des années avant de s'en prendre à l'une d'elles physiquement.

Miller prit appui sur le coin d'une table chargée de dossiers dans un angle de la pièce.

– En dehors de cette condamnation, continua-t-il, nous n'avons pour le moment que très peu d'informations sur le suspect. Il a travaillé durant trois ans dans une entreprise filiale de la Poste qui s'occupe de la livraison des colis et du courrier sur le « dernier kilomètre », mais il a brutalement démissionné il y a un an sans qu'on en sache la raison. Pas d'emploi connu depuis lors. Je m'avance peut-être, mais je crois que ce travail de livreur lui a permis de repérer des habitations, d'approcher des victimes potentielles et de connaître leurs habitudes.

Adam songea immédiatement au bouquet de roses livré à la galerie. Il ne faisait plus pour lui aucun doute que Sipowicz était venu en personne remettre le carton à Claire. Et il n'imaginait pas que Miller en soit arrivé à une autre conclusion que la sienne.

– Vous êtes intervenu au domicile du suspect ? demanda John Durning, qui commençait à trépigner sur sa chaise.

– Oui. Une brigade d'intervention a perquisitionné hier soir sa dernière adresse connue. Malheureusement, Sipowicz n'était pas chez lui et, même si l'appartement est sous surveillance, nous doutons qu'il y remette les pieds. Les voisins qu'on a interrogés ont indiqué qu'ils ne l'avaient pas vu depuis au moins deux mois. D'après eux, c'était quelqu'un de poli et de très discret, qui ne faisait jamais parler lui. Aucun problème avec le voisinage, jamais de visites, rien qui puisse éveiller le moindre soupçon. Ce qui, en soi, n'est guère étonnant : les pires individus ont souvent toutes les apparences du voisin parfait. Une manière pour eux de se fondre dans la masse… L'appartement, assez spartiate et bien rangé, ne semblait plus habité depuis un bon bout de temps.

Le procureur pointa un doigt vers le visage de Sipowicz.

– Pourquoi est-il parti de chez lui ?

– Nous n'en avons strictement aucune idée. Ce qui est sûr, c'est qu'il a une autre adresse quelque part, mais il risque de nous falloir du temps pour la trouver. Carte de crédit, compte bancaire, téléphone… nous sommes en train d'essayer de retrouver sa trace, mais on ne peut pas exclure qu'il ait essayé de disparaître des radars en prenant une autre identité. Sipowicz a malheureusement eu le temps d'assurer ses arrières. Peut-être avait-il des raisons de penser que nous nous intéresserions à lui bien avant l'assassinat de Mme Chapman.

Une chape de plomb s'abattit sur le bureau. Adam et son beau-père baissèrent la tête de concert.

– Parlez-nous de la perquisition, demanda le procureur Zuckerman pour briser la gêne qui s'était installée.

– Le domicile a été fouillé de fond en comble. Sipowicz a fait preuve de prudence : si quelqu'un avait dû entrer dans l'appartement pour quelque motif que ce soit, il n'aurait rien trouvé de suspect. Mais derrière des lattes en bois, sous une banquette, nos hommes ont découvert une cachette qui contenait deux boîtes à chaussures.

Miller appuya à nouveau sur sa télécommande, faisant apparaître des pièces à conviction – une série d'objets qu'il commença à énumérer :

– Bracelet, médaillon, bague, montre, rouge à lèvres, miroir de poche… Voilà un aperçu de ce que nous avons trouvé dans la première boîte. À l'exception du médaillon en or, ces objets n'ont aucune valeur marchande.

– Ce sont des trophées, murmura John. Cet homme collectionne des objets appartenant à ses victimes…

La voix de Miller se fit plus grave :

– Oui, nous en sommes presque certains. À cause de la seconde boîte, qui, elle, contenait des photos.

Miller pointa sa télécommande vers l'écran. Une nouvelle image surgit. On y voyait une jeune femme – dans les 25 ans, cheveux bruns, manteau gris, écharpe autour du cou – qui attendait devant un abri de bus, au petit matin ou le soir si l'on en croyait l'éclairage.

– Les photos que vous allez voir ont toutes été prises au téléobjectif. Nous sommes pour l'instant incapables de les dater. Elles n'ont pas été développées par un labo photo ; nous pensons que c'est Sipowicz lui-même qui s'est occupé des tirages. Les policiers de la brigade d'intervention ont trouvé dans l'appartement deux appareils semi-professionnels ainsi que du matériel de développement de film argentique.

Deux nouvelles images sur l'écran. Toujours la même jeune femme, mais dans une autre tenue, descendant d'un bus au milieu de voyageurs, puis marchant seule sur une passerelle métallique.

– La jeune femme que vous voyez s'appelle Zoe Sparks. C'est la seule personne que nous ayons réussi à identifier…

L'inspecteur se tut. Plus aucun regard ne parvenait à se détacher de cette jolie brune dont personne n'imaginait qu'elle pût être encore vivante. Puis John Durning se pencha en avant sur sa chaise et demanda :

– Combien y a-t-il de jeunes femmes différentes sur les photos que vous avez trouvées ?

Miller posa la télécommande sur la table à côté de lui, croisa les mains.

– Treize, nous en avons compté treize au total.

Et, aussitôt, un nouveau silence s'abattit sur la pièce.

4

Un chasseur et sa proie…

Le plus troublant sur la photo diffusée à l'écran était que Zoe Sparks, tout en avançant sur la passerelle, semblait regarder le photographe droit dans les yeux. Sans doute une impression créée par le téléobjectif, car la jeune femme était sereine et insouciante, à l'évidence loin de se douter qu'un inconnu l'observait.

Zoe et Claire ne s'étaient jamais rencontrées, chacune ignorait jusqu'à l'existence de l'autre, mais le destin les avait réunies, elles et toutes ces autres femmes. Pour le pire.

– Comment l'avez-vous identifiée ? demanda l'assistant du procureur.

Miller se tourna vers l'agent qui était resté en retrait derrière le bureau.

– Sergent Horne, vous voulez bien venir ?

Dans une atmosphère pesante, le policier s'avança vers l'écran avant de prendre la parole :

– Dès que nous avons été en possession de ces photos, nous les avons fait circuler dans l'ensemble de nos services. Cette jeune femme a été immédiatement reconnue par plusieurs de nos collègues, qui ont enquêté sur sa disparition à la fin de l'année 2017. Zoe Sparks, 23 ans, a été vue vivante pour la dernière fois alors qu'elle quittait son travail. Elle avait l'habitude de prendre le bus tous les soirs à la même heure pour rejoindre son domicile dans la banlieue est de la ville. Une de ses collègues a fait un petit bout de chemin avec elle. Zoe avait eu une journée difficile, elle n'était pas en grande forme ce jour-là, mais rien n'indique que cela ait un rapport avec ce qui lui est arrivé par la suite. Nous pensons qu'elle a été enlevée entre l'endroit où elle a quitté sa collègue et son arrêt de bus, situé derrière la gare ferroviaire, après la passerelle que vous voyez à l'écran. Les chauffeurs en service à l'heure supposée de la disparition ne se souviennent pas de l'avoir vue monter dans leur véhicule. Aucun témoin, pas le moindre indice laissé sur son trajet… Mais cette photo nous prouve que Sipowicz connaissait très bien ses habitudes et avait repéré les lieux. De plus, il pleuvait à verse ce soir-là, ce qui a pu lui faciliter la tâche et le convaincre de passer à l'acte. Si l'on en croit les antennes relais, le téléphone portable de Zoe a été désactivé aux alentours de 19 heures et n'a jamais été retrouvé. Son corps a été localisé une semaine plus tard dans un bois, à environ trente kilomètres de la ville, à la limite sud de l'État. Son cadavre avait été brûlé.

– Il était même carbonisé quand on l'a trouvé, précisa Miller. Au point qu'on ne l'a identifiée que grâce à son fichier dentaire et parce qu'elle avait récemment disparu. Continuez, sergent.

– Un ex-petit ami qui ne digérait pas leur rupture a été interrogé, mais il avait un alibi solide : il se trouvait à l'autre bout du pays au moment des faits… L'enquête, bien que toujours ouverte, n'a absolument rien donné de convaincant. Pas de suspect crédible, pas de mobile, pas de piste sérieuse.

– Pourquoi a-t-il brûlé son corps ? intervint Adam. Il espérait qu'on ne pourrait pas identifier cette jeune femme ?

– Non, répondit le sergent Horne, il l'a fait pour détruire d'éventuels indices : empreintes, ADN, poils et cheveux. Peut-être parce qu'il avait violé Zoe avant de la tuer – mais, vu l'état du corps, l'autopsie n'a pas pu le certifier.

– Les causes de la mort ? demanda John Durning.

– D'importants traumatismes crâniens dus à un objet contondant. Les enquêteurs ignorent où et quand elle a été tuée. Mais, sans entrer dans les détails, disons qu'ils pensent que le corps a été déplacé et déposé dans le bois uniquement pour y être brûlé. Évidemment, le *modus operandi* est très éloigné de celui de notre affaire : enlèvement, coups portés au crâne, corps peut-être déplacé…

Miller adressa au policier un signe de la tête pour lui faire comprendre qu'il reprenait la main.

– Le mode opératoire est certes très différent, mais nous avons ce qui peut s'apparenter à une signature. Le suspect…

– Dites « le *tueur* », le coupa John d'un ton véhément. Nous ne sommes pas devant la presse ou dans un tribunal. Tout le monde ici sait bien que cet homme est coupable !

Le procureur lui lança un regard plus attristé qu'agacé.

– John, je vous en prie !

– Désolé, je n'aurais pas dû, lâcha Durning, le visage décomposé. Excusez-moi, inspecteur…

Sans se formaliser, Miller récupéra sa télécommande et revint à la photo des pièces à conviction.

– Sipowicz dérobe des objets à ses victimes. C'est là sa signature – une signature tristement banale, qu'on retrouve chez de nombreux tueurs récidivistes. Il s'agit essentiellement de bijoux mais également de tout ce que l'on est susceptible de trouver dans un sac à main. Ces sacs, il doit très vite s'en débarrasser et il ne conserve ni pièces d'identité, ni cartes bancaires, ni quoi que ce soit qui permettrait de le relier directement à ses victimes...

– Je ne comprends pas ! s'exclama Zuckerman. Pourquoi alors prendre le risque de garder ces objets et ces photos, qui sont des preuves tout aussi compromettantes ? Qui plus est dans un appartement à son nom qu'il n'habite plus depuis deux mois ?

Miller hésita :

– Je n'ai pas encore la réponse à cette question. Peut-être les a-t-il laissés à notre intention, par bravade...

– « Par bravade » ?

– Contrairement aux idées reçues, les criminels dans son genre ne veulent jamais être arrêtés, mais ils désirent au fond d'eux-mêmes être identifiés, reconnus, pour être sûrs de passer à la postérité. Sipowicz n'est pas inconscient ; pourtant, il est incapable de se résoudre à faire disparaître ses trophées. Ce sont des objets symboliques qui le rattachent à ses victimes et constituent les seules traces concrètes de ses crimes abominables. Sipowicz quitte brutalement son domicile il y a deux mois. Nous ne savons pas pour quelle raison, mais on peut penser qu'il se savait en danger – croit-il avoir laissé un indice capital sur sa dernière scène de crime, un indice que nous n'avons pas été capables d'identifier ? Toujours est-il qu'il part. Il pourrait emporter avec lui ces preuves accablantes et les mettre dans un lieu plus sûr, mais il ne le fait pas. C'est pour cela que je pense à une bravade, un pari macabre. « Si la police m'identifie, elle ne me mettra pas la main dessus, mais elle trouvera mes trophées et saura quel genre d'homme je suis. » Une manière pour lui d'affirmer sa supériorité et de faire comprendre qu'il a une longueur d'avance sur nous.

Miller appuya à nouveau sur sa télécommande. Tandis que les photos se succédaient, il ne prononça plus aucune parole.

Une femme sortant d'une voiture devant un pavillon de banlieue. Une autre en train de promener son chien dans l'allée d'un parc. Une troisième quittant une boutique de vêtements dont la devanture n'était pas identifiable. Une autre, encore, prise en très gros plan, dont le visage se détachait d'un fond totalement flou. Des scènes de la vie courante, qui auraient été parfaitement insignifiantes dans un autre contexte. À l'instar de Zoe Sparks, toutes les cibles semblaient avoir été capturées par un téléobjectif. Mais leur profil ne répondait à aucune logique : blondes, brunes, grandes ou de taille moyenne, naturelles ou sophistiquées, d'origines sociales diverses si l'on se fiait à leurs tenues… Même leur âge, compris entre la vingtaine et la petite quarantaine, ne paraissait pas avoir été un critère déterminant pour le tueur. Seul point commun : elles étaient toutes de type caucasien.

– Voici les photos que nous avons trouvées chez Sipowicz. Nous tenons pour l'heure à nous montrer extrêmement prudents. Si Zoe Sparks est une victime avérée, rien ne nous permet d'affirmer que ces femmes sont mortes, ni même qu'elles ont subi une quelconque agression. Il se peut tout à fait que le suspect ait suivi, espionné et photographié ces personnes sans pour autant passer à l'acte…

– Mais il y a les trophées ! objecta John Durning. Une dizaine, d'après ce que nous avons vu tout à l'heure.

– Exact. Mais, là encore, nous ne pouvons exclure que Sipowicz ait conservé plusieurs bijoux ou accessoires appartenant à une même victime. Quoi qu'il en soit, si ces jeunes femmes sont mortes ou portées disparues, nous ne devrions pas avoir de mal à retrouver leur identité. Plusieurs de mes agents continuent en ce moment même à éplucher toutes les affaires de disparition, de meurtre et de viol de ces cinq dernières années. En Virginie tout d'abord… puis ils s'attaqueront à tous les États limitrophes. Ce n'est qu'une question de temps. Nous arriverons à mettre un nom sur ces visages – en espérant que certaines de ces femmes soient encore en vie à l'heure où nous parlons.

Le procureur croisa les jambes et retira ses lunettes.

– Inspecteur, il y a une chose que j'ai du mal à comprendre. Le tueur a brûlé le corps de Zoe Sparks pour ne laisser aucune trace derrière lui, et ce meurtre remonte à presque trois ans. En général, les tueurs en série se montrent de plus en plus prudents, ils apprennent de leurs erreurs. Or, dans l'affaire qui nous occupe, il a laissé derrière lui plusieurs traces d'ADN parfaitement exploitables…

– C'est vrai, admit Miller. Mais l'expérience nous apprend aussi qu'un tueur peut se montrer de plus en plus confiant dans sa capacité à échapper à la police, et donc se relâcher au fil du temps.

L'agent Horne prit le relais :

– Paradoxalement, plus il apprend de ses erreurs, plus il prend de risques dans l'exécution de ses crimes. Il commence par tuer loin de chez lui, n'hésitant pas par exemple à changer d'État, puis se rapproche progressivement de son lieu d'habitation. De la nuit, il va passer au jour. Si ses victimes ne sont au départ que des inconnues choisies au hasard, il peut pousser l'audace jusqu'à s'en prendre à des personnes qu'il a côtoyées dans le passé…

– Sans oublier le fait que certains tueurs finissent par souffrir de leur anonymat quand leurs crimes attirent l'attention de tous les médias, ajouta Miller. Une part d'inconscient peut alors les pousser à abandonner des indices. Et, comme je l'ai dit tout à l'heure, Sipowicz pense sans doute qu'il a déjà laissé des preuves compromettantes derrière lui lors d'un précédent meurtre.

Il croisa les bras et s'appuya contre le mur.

– Voilà un résumé de ce que nous savons. En accord avec M. le procureur, nous avons décidé de ne pas donner de conférence de presse ni de lancer d'appel à témoins. Nous supposons que Sipowicz ignore que nous avons perquisitionné son appartement. Nous avons peut-être un avantage sur lui. Mais cette situation risque de ne pas durer : les gares et les aéroports sont en alerte, son signalement a été transmis à tous les postes de police. Il ne faut pas se leurrer, ces informations finiront par fuiter. Messieurs, je vous remercie…

Miller se rapprocha de l'agent Horne pour échanger quelques mots avec lui, tandis que John faisait de même avec Philip Zuckerman. Adam, lui, garda le silence et contempla la jeune femme blonde, aux yeux légèrement trop rapprochés, qui était demeurée sur l'écran. Puisque rien ne permettait de dater ces photos, le simple hasard avait voulu que la sienne apparaisse en dernier. Une victime anonyme, à peine plus jeune que Claire. Morte sans doute, depuis quelques mois ou depuis des années. Et, à ce moment-là, Adam comprit que quelque chose clochait.

– Inspecteur, j'aurais une dernière question à vous poser.

Les conversations cessèrent. Toutes les têtes se tournèrent vers Adam.

– Monsieur Chapman ?

– Vous avez dit qu'il y avait treize jeunes femmes. Or je n'en ai compté que douze, même en incluant Zoe Sparks.

Miller adressa immédiatement un regard perplexe au procureur.

– Vous pouvez parler librement, fit Zuckerman. Ces messieurs veulent toute la vérité.

– Très bien… Si Victor Sipowicz n'habite plus son appartement depuis deux mois, nous savons néanmoins qu'il y est repassé au moins une fois depuis.

– Comment le savez-vous ?

– À cause de trois autres photos que nous avons trouvées dans la boîte à chaussures. J'aurais préféré éviter de vous les montrer mais…

Miller récupéra sa télécommande.

– Claire ! ne put s'empêcher de crier Adam au moment où une nouvelle photo apparaissait.

– Ma petite fille… ajouta John à voix basse.

Claire, coiffée en chignon, l'air absorbé, se tenait debout derrière son bureau à la galerie. Le cliché avait été pris à travers la vitrine sur laquelle se reflétaient les silhouettes des voitures garées dans la rue.

Deuxième image. La terrasse ensoleillée d'un café. Lunettes noires sur les yeux, esquissant un léger geste vers ses cheveux, Claire souriait, assise face à Adam qui sirotait son verre. Elle était belle. Lumineuse. Mais cet instant de grâce avait été profané et sali par la perversion du tueur. De quoi parlaient-ils tous deux à cette seconde précise ? Adam ne s'en souvenait pas. Il savait seulement que la photo avait été prise un vendredi en fin d'après-midi. Profitant d'un peu de liberté, il était passé à la galerie chercher Claire ; après avoir flâné dans quelques boutiques du centre-ville, ils s'étaient arrêtés pour boire un verre et profiter du soleil.

Le dernier cliché était le plus terrible. Claire était seule cette fois. On la voyait se promener au bord du lac sous un ciel pommelé. Elle tenait ses sandales dans une main et marchait pieds nus sur le sable. Elle portait une robe écrue à volants et rehaussée d'un jeu de dentelle ajourée. Sur sa tête, un chapeau de paille avec ruban à fleurs. Comme elle avait la tête baissée, on distinguait à peine les traits de son visage. Une sorte de tristesse, de mélancolie, émanait de cette photo. Adam songea que c'était sans doute la dernière qui eût été prise de sa femme.

Au bout de quelques secondes, il sentit la main de son beau-père serrer la sienne. Il tourna la tête et constata que des larmes perlaient dans les yeux de John.

– Le bouquet de roses, la conversation que Claire a eue avec son amie Amanda Crane… Nous nous doutions déjà que votre femme avait été épiée par son assassin, nous en avons désormais la preuve. Cette surveillance a duré plusieurs jours, plus vraisemblablement même des semaines. Seriez-vous capable de dater ces photos, monsieur Chapman ?

Adam essaya de détacher son regard de l'écran, mais une force obscure l'y retenait.

– Pas la première, mais la scène du café s'est déroulée il y a un mois tout au plus. Quant à la plage… Claire a acheté cette robe en dentelle très récemment. Je pense que la photo a été prise quinze jours avant sa mort, lors de l'avant-dernier week-end qu'elle a passé à la maison du lac.

– Oui, je m'en souviens, confirma Durning. C'était le dernier week-end du mois de mai, Claire était arrivée à l'improviste le samedi après-midi. Elle portait cette robe, Clarissa lui en avait fait compliment…

Miller hocha lentement la tête.

– Cela signifie que Sipowicz est retourné au moins une fois à son appartement ces trois dernières semaines.

– Pour quelle raison a-t-il fait cela ?

– Pour compléter sa collection… Même s'il pensait que l'étau se resserrait autour de lui, il a pris le risque d'y revenir parce qu'il voulait que ses photos et ses trophées soient au complet. Cet homme est maniaque. Dans l'exécution de ses meurtres, il recherche une forme de perfection. Mais il sait que ses jours sont comptés. Et Dieu sait de quoi est capable un homme qui pense qu'il n'a plus rien à perdre…

5

Sitôt que John l'eut ramené chez lui, Adam appela Carl. Prostré sur le canapé, il lui résuma l'entrevue qui s'était déroulée au commissariat, sans pouvoir chasser de son esprit le visage de Victor Sipowicz. Il était effondré à l'idée que ce soit le dernier qu'ait vu Claire avant de mourir. Tout autant que d'ignorer quelle avait été son ultime pensée avant de perdre définitivement connaissance. Avait-elle songé à Adam ? Revu une image, un souvenir fugace et aléatoire des huit années qu'ils avaient passées ensemble ? Ou s'était-elle dit qu'il était injuste – et trop tôt – de mourir ainsi sur cette plage qu'elle avait tant aimée ? À moins que son cerveau, privé d'oxygène, n'ait été incapable de formuler la moindre pensée logique.

Tout en parlant au téléphone, Carl s'était mis en route pour le rejoindre. Dès qu'il arriva chez lui, ils tombèrent dans les bras l'un de l'autre, comme deux gamins.

– Ils l'arrêteront, Adam. Claire sera vengée, je te le jure.

– Je ne veux pas qu'elle soit vengée, dit Adam, des larmes dans les yeux. Je veux qu'elle revienne, je veux retrouver notre vie d'avant.

Carl le regarda d'un air triste, sans trouver quoi répondre. Adam s'essuya les yeux, puis désigna la liasse de papiers que Carl tenait dans sa main.

– Qu'est-ce que c'est ?

– Tout ce qui pourrait nous être utile pour comprendre ce qui t'arrive. Tu as eu raison de te méfier de Childress.

Ils entrèrent dans le salon. Carl déposa ses papiers sur la table en chêne.

– Où est-ce que tu as déniché ça ?

– La plupart de ces infos sont en accès libre sur internet, il suffit de taper quelques mots dans un moteur de recherche. Mais encore fallait-il savoir quoi chercher… J'ai d'abord bataillé pour trouver des choses intéressantes au sujet de Childress : sites d'associations, données de l'Ordre des médecins, ministère de la Santé… C'est un peu par hasard que j'ai fini par tomber sur des listes de médecins rémunérés par des laboratoires pharmaceutiques.

– Childress travaille pour un labo ?

– Oui. Et son site internet tout comme ses biographies à rallonge se gardent bien de le préciser. En plus de son activité de thérapeute libérale et de son travail à la clinique, Childress collabore depuis presque dix ans avec un labo pharmaceutique du nom de Mnemos.

– Jamais entendu parler…

– Je ne le connaissais pas moi non plus. Mais s'il est inconnu du grand public, ce labo réalise quand même un chiffre d'affaires de 15 milliards de dollars par an. L'essentiel de son activité est consacré à la thérapie génique, mais il a aussi beaucoup investi dans le traitement des maladies neurodégénératives. Mnemos travaille en ce moment sur une molécule qui pourrait aider les patients atteints d'Alzheimer. D'après ce que j'ai lu, il est même dans la dernière ligne droite des essais cliniques avant une éventuelle mise sur le marché.

– Quel rapport avec Childress… et avec moi ?

– Tu vas comprendre. Depuis le début des années 2000, des labos privés et plusieurs universités pratiquent des tests sur des rongeurs dans le but d'effacer leur mémoire. Mais il ne s'agit pas de leur griller le cerveau et de rayer tous leurs souvenirs, plutôt d'induire une amnésie sélective. Regarde…

Carl tendit à Adam plusieurs articles de journaux, dont il lut les titres à voix haute :

– « Des scientifiques effacent des pans de mémoire chez des souris »… « Optogénétique : quand la lumière prend le contrôle du cerveau »… « Mémoire : sera-t-on un jour capable d'effacer nos mauvais souvenirs ? »…

À la lecture du dernier titre, Adam sentit son cœur s'emballer. Anxieux, il glana quelques phrases dans les chapeaux des articles. La plupart des expériences avaient été menées par des universités célèbres : université Columbia, Institut de technologie du Massachusetts, université de Californie à Irvine… On y parlait de « manipulation de la mémoire », de « contrôle des souvenirs », de « complexité du système cérébral » et de « réalité qui rattrape la fiction ».

– Tu les as tous lus ?

– Oui, mais j'ai parfois eu du mal à tout comprendre.

– Résume-moi l'essentiel alors…

Carl récupéra la liasse de papiers.

– En gros, voilà plus d'une décennie qu'on arrive à rendre des rongeurs amnésiques. Plusieurs techniques ont été employées, notamment l'injection de substances dans les régions corticales du cerveau… Mais depuis quatre ou cinq ans les scientifiques sont allés beaucoup plus loin : ils ont réussi non seulement à effacer des souvenirs, mais aussi à les modifier.

– « Les modifier » ?

– Et la concurrence semble féroce dans ce domaine. Tiens-toi bien… En 2015, en compagnie d'une dizaine de spécialistes du cerveau et des sciences cognitives, Childress a participé à une étude pour le compte de Mnemos… une étude qui consistait à implanter de faux souvenirs à un rongeur…

– Quoi ?

Carl tourna quelques pages jusqu'à trouver celle qui l'intéressait.

– Ils ont d'abord réussi à modifier des souvenirs stockés dans l'hippocampe d'un rat, grâce à une technique appelée l'optogénétique : pour faire simple, elle permet de rendre certains neurones sensibles à la lumière et de contrôler le cerveau des rongeurs, comme avec une télécommande. Puis ils sont parvenus à introduire dans leur mémoire des souvenirs créés de toutes pièces, en les faisant même cohabiter avec des vrais. Mais ce qui est le plus fort, c'est qu'ils peuvent les effacer et les réactiver à leur guise. Ils ne disparaissent pas vraiment du cerveau mais sont comme des fichiers sur un disque dur que tu n'arriverais pas à retrouver. C'est la seule étude que Mnemos ait rendue publique – sans doute une manière de faire grimper leur cote en montrant que leurs recherches progressaient…

Carl croisa les doigts, puis regarda Adam droit dans les yeux.

– Tu comprends le lien entre tout ça ? Modification de la mémoire, falsification des souvenirs, lutte contre les maladies neurodégénératives comme Alzheimer… Il ne s'agit pas seulement de recherches théoriques. Ils font tous ces tests pour mettre au point des médicaments. À terme, il y a des milliards de dollars en jeu pour les labos pharmaceutiques. Si cette entreprise n'a plus rien publié depuis 2015, je pense qu'elle a continué ses recherches dans le plus grand secret.

Adam sentit son esprit vaciller.

– On est en train de parler de putains de rongeurs dans une cage, Carl ! Pas d'êtres humains !

– Au début, j'ai cru que je me faisais des films, mais attends la suite. J'ai appris que Mnemos travaillait depuis des années sur plusieurs substances…

Carl plongea son nez dans sa documentation et se mit à tourner fiévreusement les pages.

– Le propranolol, tout d'abord, un bêtabloquant déjà utilisé par l'armée américaine qui agit sur les réactions physiologiques de l'être humain et permet de réduire l'intensité d'un souvenir traumatique. Mais surtout le cortisol, une hormone naturelle du stress capable d'affecter la mémoire. Certains médicaments peuvent empêcher la synthèse de cette substance dans le corps, ce qui a pour effet d'atténuer et même d'occulter des souvenirs négatifs. On les a déjà testés en toute légalité sur des groupes de volontaires. Écoute ça : « À l'avenir, les chercheurs espèrent utiliser cette molécule pour venir en aide aux personnes atteintes d'un choc post-traumatique comme les victimes de viol ou les soldats. Elle pourrait devenir une pilule miracle pour les patients résistants aux thérapies traditionnelles. » Ce n'est pas de la science-fiction, Adam. Et d'autres techniques existent pour arriver aux mêmes résultats, comme les électrochocs.

– Tu plaisantes ?

– Oublie *Vol au-dessus d'un nid de coucou*. C'est très sérieux : les électrochocs sont efficaces pour soigner des dépressions ou des traumatismes psychiques. Même après avoir été stocké dans le cortex, un souvenir peut en être délogé. On pousse le patient à se le remémorer en détail ; quand il passe par le circuit cérébral, le souvenir devient alors « vulnérable ». C'est à ce moment précis qu'on peut administrer une série d'électrochocs pour effacer le souvenir en question. Le problème, c'est qu'on ne sait pas combien de temps durent les effets…

Il y eut un silence. Adam arracha les papiers des mains de Carl. Il survola les articles de presse, tirés pour la plupart de revues scientifiques. Tout ce qu'avait dit Carl était vrai. Et tout cela lui semblait fou – moins fou pourtant que le cauchemar qu'il vivait depuis plusieurs jours.

– Vas-y, dis-moi franchement le fond de ta pensée, demanda-t-il en posant les documents sur la table.

– Je crois que ce bon docteur Childress, en dehors de tout protocole et de toute éthique, utilise ses patients comme des cobayes pour faire avancer ses recherches et celles du labo pour lequel elle travaille.

– Tu délires, Carl !

– Non, je ne délire pas. Je crois que tu es allé voir Childress dans les jours qui ont suivi la mort de Claire – à moins que ce ne soit elle qui soit venue te voir. Tu te souviens du soir où elle t'a administré ce calmant ? Tu étais persuadé que tu l'avais revue depuis le drame, mais elle t'a certifié qu'elle t'avait seulement laissé des messages sur ton téléphone. Je suis sûre qu'elle a menti.

– Et que se serait-il passé ?

– Je ne peux émettre que des hypothèses… Childress se retrouve face à un homme littéralement brisé par la mort de sa femme, qui vient même de tenter de se suicider. Elle voit là une occasion unique de mettre en pratique ses théories sur la mémoire, non pas sur un panel de volontaires dans une étude encadrée, mais sur un vrai patient qui vient de subir le pire des traumatismes…

– Elle aurait cherché à effacer de ma mémoire la mort de Claire ? Tu te rends compte de ce que tu dis ?

– J'en ai parfaitement conscience, même si je ne sais pas quelle méthode elle aurait pu utiliser : électrochocs, substance chimique mise au point par son laboratoire… alliée peut-être à de l'hypnose. Ce qu'elle t'a fait n'est en tout cas pas autorisé par la loi et va à l'encontre de toute déontologie. Elle a joué au docteur Frankenstein avec toi…

– Et elle aurait pratiqué ces expériences sans que je me rende compte de rien ? Ça ne tient pas la route !

Carl baissa brièvement les yeux.

– Non, Adam. Je crois que tu étais volontaire pour te soumettre à ces expériences.

– Qu'est-ce que tu racontes ?

– Réfléchis ! Tu étais au fond du trou, tu n'avais plus aucune raison de vivre… Childress simule la compassion et te propose un moyen pour effacer ton traumatisme. Sans doute pas définitivement, mais au moins le temps que tu sois capable d'accepter la réalité. Une thérapie nouvelle, capable de changer le passé, du moins dans ton cerveau… Je ne peux même pas exclure qu'elle ait sincèrement voulu te venir en aide. Je ne crois pas qu'elle agisse pour l'argent. Je pense même qu'elle est intimement persuadée de faire avancer la science. Claire avait compris que quelque chose clochait chez cette femme, c'est pour cela qu'elle ne voulait plus que tu ailles la voir. Un patient peut facilement tomber sous l'emprise de son thérapeute. Tu n'as pas vu son vrai visage…

– Tais-toi, Carl.

– Je sais que c'est dur à entendre, mais tu dois regarder la vérité en face. Effacer les souvenirs terribles d'une vie… Qui refuserait une proposition pareille ? Non seulement Childress parvient à supprimer de ta mémoire le jour de la mort de Claire, mais elle le remplace par une autre journée, où tu parviens à la sauver. Cet état ne dure pas et les choses ne se déroulent pas comme prévues. Les vrais souvenirs te reviennent en mémoire trop rapidement, ils te plongent dans la confusion la plus totale. Ton cerveau doit faire cohabiter de vrais et de faux souvenirs, qui portent sur le même moment de ta vie. Tu luttes pour les concilier et imagines un scénario invraisemblable où tu revivrais plusieurs fois les mêmes scènes tout en leur donnant des issues différentes. Un paradoxe insupportable pour un cerveau humain.

Adam regarda son ami d'un air désespéré. Il ne savait plus quoi répondre.

– Childress a dû paniquer, continua Carl. Elle n'imaginait pas que son expérience virerait au fiasco et altérerait à ce point ton esprit, au point de provoquer chez toi une amnésie de plusieurs jours. C'est pour cela qu'elle a rappliqué dès que je l'ai appelée – et qu'elle t'a donné rendez-vous le lendemain à la clinique. Elle voulait garder le contrôle. Elle espérait pouvoir te convaincre qu'un état psychotique te faisait imaginer toutes ces choses et t'empêchait d'accepter la réalité. Un moyen pour elle de s'en tirer. Voilà des années qu'elle travaille sur le fonctionnement de la mémoire, et elle ne te dit pas un mot sur ses recherches ? Étant donné ce que tu vis, c'est pour le moins étrange, tu ne trouves pas ? Et pourquoi te mentir en prétendant qu'elle n'avait jamais rencontré Claire ? Des séances de thérapie, quelques psychotropes, et elle serait sans doute parvenu à dissimuler ce qu'elle avait fait.

– C'est trop dingue, Carl, je n'arrive pas y croire… Le mot laissé sur le pare-brise, qui l'a écrit alors ?

– Ce qui est sûr, c'est que ce n'est pas toi. Je m'en veux d'avoir pu imaginer un truc pareil ! Tu es le patient de Childress depuis plus de deux ans, tu lui as forcément parlé du tableau de Monet et de ta rencontre avec Claire au musée. Elle seule sait que tu revis des scènes de ta vie et que tu es persuadé d'avoir pu prédire l'avenir… « Comment saviez-vous ce qui allait se passer ? » Cette carte postale n'était qu'un moyen de te plonger un peu plus dans la confusion, de te faire perdre tes repères pour te faire croire que tu es fou. Childress savait que tu viendrais à la clinique. C'était un jeu d'enfant pour elle de demander à quelqu'un de la glisser sous l'essuie-glace.

– Elle n'a donc pas pu agir seule… D'autres personnes sont dans le coup.

– Bien entendu que d'autres personnes sont dans le coup ! Mnemos doit lui fournir les moyens logistiques pour lui permettre de mener à bien ses expériences.

– Une entreprise de cette importance ne pourrait pas prendre des risques aussi grands…

– Mais sur quelle planète tu vis, Adam ? Combien de scandales sanitaires ont éclaboussé les labos ces dernières années ? Des milliers de victimes qui auraient pu être évitées sans cette foutue obsession du profit et de l'argent. Ils savent pertinemment qu'on ne peut rien prouver. Tu as été profondément atteint par la mort de Claire et ton comportement de ces derniers jours ne plaide pas en ta faveur. Childress est une thérapeute reconnue, sa réputation est intacte. Qui croirait à une telle histoire ? Ils savent très bien que, même si tu as des soupçons, tu n'iras jamais chez les flics. Tu t'imagines leur raconter ça ? On te passerait immédiatement la camisole de force.

Adam essaya d'ordonner ses pensées. Le seul réconfort qu'il trouvait dans les hypothèses de Carl, c'était qu'il n'était pas fou. Rien de ce qu'il avait vécu la seconde journée n'était réel. Cet autre jour était une chimère, une illusion que Childress avait implantée dans son cerveau.

– Qu'est-ce qu'on va faire maintenant ? demanda-t-il après un long silence.

Carl se leva.

– Contre-attaquer. Il faut que j'en apprenne beaucoup plus sur Childress, sur la clinique où elle travaille, sur ses liens avec les autres médecins que ce labo arrose généreusement. Ces articles ne sont pas des preuves. On ne doit pas se contenter de lever le lièvre, il faut aussi le prendre en chasse.

– Et comment est-ce que tu comptes t'y prendre ? Tu as dit toi-même que tu n'étais pas détective.

– Non, mais je connais quelqu'un qui pourrait nous aider.

– Qui ?

– Je ne peux pas te le dire pour le moment, fit Carl d'un air gêné. Je veux d'abord être sûr que je peux compter sur lui et qu'il acceptera de nous suivre dans cette galère…

Il s'assit sur la table basse, pour faire face à Adam.

– Est-ce que tu as une idée de ce dans quoi on se lance ?

– Pas vraiment.

– Ce sera une guerre sans merci, Adam. Si Childress t'as utilisé comme cobaye – et tu n'es peut-être pas le seul dans ce cas –, ce labo vivra un scandale sans précédent. Des milliards de perte à la clé… Ils ne se laisseront pas faire et ils s'en prendront à nous, par tous les moyens possibles. Est-ce que tu es vraiment prêt à affronter cette tempête ?

Adam ne prit pas le temps de la réflexion pour répondre :

– Claire est morte. Je n'ai plus rien à perdre, Carl. Je veux savoir ce qu'on m'a fait. Je veux connaître la vérité…

6

Assis devant son ordinateur, Adam naviguait depuis dix minutes sur la page professionnelle d'Anabella Childress. Comme Carl l'avait indiqué, aucune référence n'était faite à ses liens avec Mnemos ni avec aucun autre laboratoire. Rien que de très normal : les médecins évitaient en général d'afficher ce genre de liens pour ne pas être soupçonnés de conflits d'intérêts. Adam revint en page d'accueil et resta les yeux rivés sur la photo du docteur. Le simple fait de la regarder lui donnait des frissons. Il se sentait trahi, sali même, à l'idée qu'on ait pu le manipuler. Après la mort de sa mère, qui l'avait profondément affecté, Childress l'avait aidé à se relever. Et elle l'avait aussi aidé à traverser les difficultés qu'avait connues l'entreprise, au moment où Carl et lui avaient été contraints de licencier plusieurs employés pour ne pas couler. Elle lui avait permis de ne pas se laisser ronger par la culpabilité et d'apprendre à accepter les échecs. Il avait mis toute sa confiance en Childress, et elle en avait abusé en s'affranchissant des règles les plus élémentaires, dans le seul but de faire avancer ses putains de recherches. Mais, dans le fond, c'était à lui-même qu'Adam en voulait. Si Carl avait raison, s'il avait accepté librement de se soumettre à ces expériences pour tout oublier, il ne valait pas mieux qu'elle. Car il n'avait même pas eu les tripes d'affronter la mort de sa femme.

La colère au ventre, Adam éteignit l'ordinateur et redescendit au salon. Dans le buffet, il trouva une bouteille de scotch bien entamée et s'en servit un verre qu'il avala presque d'un trait. Une légère griserie l'envahit. Il se remplit aussitôt un deuxième verre mais hésita à le porter à ses lèvres.

Qu'est-ce que tu fais ? Tu crois vraiment que c'est raisonnable ? Que cherches-tu ? À fuir une nouvelle fois la réalité ? Alors, vas-y, bois ce foutu verre et sers-t'en un autre. Et un autre encore... Bois jusqu'à être ivre mort et à oublier que ta femme est morte et que tu es seul désormais.

Adam reposa le verre. Il avait juré à Carl qu'il était prêt à se battre pour découvrir la vérité. S'il avait encore une once de dignité et d'amour-propre, il devait tenir parole. Ce qui supposait de rester lucide et d'affronter ce qui lui arrivait.

Il prit la bouteille de scotch et alla la vider dans l'évier de la cuisine. En accomplissant ce geste, il ressentit une fugace libération, comme s'il retrouvait un peu de contrôle sur lui-même. Au moment où il posait la bouteille vide sur le comptoir, son téléphone émit un tintement.

C'était un SMS de son beau-père. Le premier, pour tout dire, qu'il lui ait jamais envoyé depuis huit ans qu'ils se connaissaient. Un SMS qui se résumait à quelques mots : « Ils ont eu ce salaud. Allume la télé. »

*

« Meurtre de Claire Chapman : un suspect arrêté », avertissait une bande passante au bas de l'écran.

Une jeune journaliste en tailleur gris, micro à l'effigie de la chaîne dans une main, lisait ses notes devant le poste de police central de la ville. Debout devant la télé, dans un état de nervosité totale, Adam augmenta le volume.

> – … aurait déjà été condamné pour cambriolage il y a plusieurs années. D'après les premières informations dont nous disposons, Victor Sipowicz a été identifié grâce à des traces d'ADN prélevées sur le corps de Claire Chapman ainsi que sur la scène de crime. La police, à sa poursuite depuis au moins quarante-huit heures, aurait déjà procédé à une perquisition de son domicile. Il aurait été appréhendé après un simple contrôle routier et n'aurait pas résisté durant son interpellation. Selon une source bien informée, et comme vous l'annonciez en titre, Victor Sipowicz serait soupçonné de plusieurs autres meurtres et agressions sexuelles. Impossible pour le moment de savoir comment les enquêteurs ont effectué ces recoupements, mais on peut imaginer que des preuves en lien avec d'autres crimes ont été trouvées chez lui. Le suspect a été conduit au poste de police que vous voyez derrière moi pour y être placé en garde à vue et interrogé. Le bureau du procureur a d'ores et déjà annoncé qu'une conférence de presse aurait lieu en fin de journée.

– Merci, Sandra, fit une voix en *off*, nous ne manquerons pas de revenir vers vous dès que vous aurez de plus amples informations sur cette arrestation.

Retour dans le studio. Le présentateur, un quadragénaire au teint bronzé, invitait un criminologue expert auprès des tribunaux à le rejoindre sur le plateau.

– C'est donc une nouvelle fois l'ADN qui a parlé, constata le journaliste.
– Effectivement. Même si l'ADN a pu être la source d'erreurs judiciaires ces dernières années, il est incontestable qu'il reste l'un des outils les plus efficaces pour résoudre des affaires criminelles, surtout en l'absence de témoignages solides et d'autres traces matérielles.
– Même si la police se refuse pour le moment à le confirmer, le suspect pourrait être impliqué dans d'autres meurtres. Pensez-vous que nous ayons affaire à un tueur en série ?
– Écoutez, nous devons rester extrêmement prudents sur la question. On emploie souvent cette expression de « tueur en série » pour céder au sensationnalisme. Depuis plus de trente ans, le FBI l'utilise pour désigner un tueur responsable d'au moins trois homicides, commis séparément, dans un laps de temps relativement restreint. Mais cette définition ne fait plus l'unanimité. Ce qui semble déterminant, plus que le nombre des

victimes, c'est le fait que le passage à l'acte obéisse ou non à une pulsion spécifique.
– C'est-à-dire ?
– Un puissant désir de domination, par exemple, nourri de fantasmes et de violence sexuelle. La manière dont sont tuées les victimes nous en dit beaucoup sur le criminel. Je ne connais pas le dossier dans le détail, mais ce que je sais du meurtre de Claire Chapman laisse penser que ses ressorts sont à chercher dans un psychisme pathologique. Je vais répondre de façon plus directe à votre question : si d'autres crimes de ce type devaient être attribués au suspect, alors, oui, nous pourrions dire que nous avons affaire à l'un des pires tueurs en série de ces dernières années…

Adam fit défiler les chaînes. Plusieurs d'entre elles rapportaient l'arrestation de Sipowicz. Quelques journalistes se trouvaient en duplex devant le poste de police, mais Adam ne put glaner aucune information nouvelle. Une seule chaîne diffusait la photo du suspect. C'était celle du permis de conduire que Miller leur avait montré la veille et qu'un policier peu scrupuleux avait dû faire fuiter. Incapable de faire face une nouvelle fois à ce visage, Adam continua de zapper. Appuyant d'une main sur la télécommande, il composa de l'autre le numéro de John sur son téléphone. Dès que celui-ci décrocha, il baissa le son du téléviseur.
– Tu as vu ? lui demanda son beau-père.
– Oui, je suis devant la télé. Depuis quand êtes-vous au courant ?

– Zuckerman m'a appelé il y a une demi-heure. Ils l'ont arrêté presque par hasard. Un chef de patrouille l'a reconnu lors d'un banal contrôle routier. Miller s'est trompé : à l'évidence, Sipowicz ignorait qu'on le recherchait. On ne sait pas encore pourquoi il a déménagé précipitamment il y a deux mois.

– Est-ce qu'il a avoué ?

– Je ne crois pas. Le procureur n'était pas encore arrivé au poste quand il m'a téléphoné. Il savait simplement que Sipowicz avait immédiatement demandé à voir un avocat.

– L'ordure ! Il ne parlera pas…

– Ça ne changera rien, de toute façon. Les trophées, les photos, l'ADN… ils ont suffisamment de preuves contre lui pour le faire plonger pour au moins deux assassinats. Il ne s'en sortira pas, Adam. Les tueurs dans son genre nient en bloc, même devant des preuves accablantes. Bundy n'a fini par avouer ses crimes que quelques heures avant son exécution. Ils passent leur temps à expliquer qu'ils sont victimes de coïncidences ou qu'ils ne se souviennent de rien. Il ne faut pas s'attendre que Sipowicz nous livre la vérité sur un plateau. Mais il sera jugé, et condamné, je t'en donne ma parole…

– Est-ce que vous avez prévenu Susan ?

– Oui, elle est au courant.

– Et Clarissa, comment va-t-elle ?

– La nouvelle lui a fait un gros choc. J'ai dû l'empêcher de regarder la télé ; j'ai demandé à une de ses amies de venir la voir et de rester auprès d'elle.

– Et vous, comment vous sentez-vous ?

Durning marqua un temps de silence.

– Je pensais que l'arrestation de cet homme provoquerait chez moi une sorte de satisfaction… et de soulagement. Mais ça n'est pas le cas. Je n'éprouve rien de vraiment précis. Ou plutôt, je ne trouve pas de mots pour décrire ce que je ressens.

– Je vous comprends.

Adam perçut le souffle rauque de John dans le combiné.

– Claire t'aimait, Adam. Je sais qu'elle voulait passer le reste de sa vie avec toi et fonder une famille. Elle a fait le bon choix en t'épousant. Je suis heureux de t'avoir pour gendre.

– Je sais, John, vous n'êtes pas obligé de me dire ça.

– J'y tenais. J'ai trop pris l'habitude dans ma vie de taire les choses vraiment importantes. J'aurais dû prendre le temps de parler davantage avec ma fille, de chercher vraiment à m'intéresser à elle et à sa vie. J'aurais dû faire tant de choses différemment… Pourquoi des banalités de ce genre m'apparaissent-elles aujourd'hui avec autant de clarté ?

Parce que la mort nous ouvre les yeux, pensa Adam.

Mais il se tut, ne trouvant pas utile d'ajouter une autre banalité qui ne serait d'aucun réconfort pour John.

– Une conférence de presse est prévue dans la soirée, poursuivit Durning, mais ils ne feront pas d'annonce sur la garde à vue elle-même. Zuckerman doit me rappeler dès qu'il aura du nouveau. Je te tiendrai immédiatement au courant.

– Merci.

– Prends soin de toi, Adam. Cet homme aura la peine qu'il mérite. Pour ce qu'il a fait à Claire et à toutes ces femmes…

*

Adam n'avait pas remonté le son du poste. Il fixait l'écran, non dans l'attente d'une quelconque information nouvelle, mais parce qu'il se sentait vide et incapable de faire quoi que ce soit d'autre.

L'assassin de sa femme était hors d'état de nuire et il était probable que, même s'il échappait à la peine capitale, il ne reverrait plus jamais la lumière du jour. Mais pas plus que John Durning il n'éprouvait de soulagement. Il n'y avait même plus en lui de réel désir de vengeance. Bien sûr, si on l'avait laissé dix minutes dans une pièce seul avec Sipowicz, il l'aurait tué de ses mains – de cela il était certain. Mais le pire, c'était qu'il savait que tuer cet homme n'aurait strictement rien changé. Que cela n'aurait pas fait revenir Claire ni n'aurait en rien apaisé sa douleur. Contrairement à ce qu'il avait cru ce second jour imaginaire, on ne pouvait pas réparer l'irréparable.

De guerre lasse, Adam finit par éteindre la télé. Il regretta d'avoir vidé dans l'évier la bouteille de scotch et se rabattit sur une bière qui restait dans le frigo.

L'avenir lui paraissait désespérant. Des semaines d'enquête, durant lesquelles les policiers essaieraient de rattacher Sipowicz à la disparition de toutes ces femmes anonymes… Des mois, peut-être des années d'attente avant un procès – long calvaire sur le chemin d'un deuil qui lui semblait inaccessible…

Tu ne pourras jamais accepter la mort de Claire tant que tu n'auras pas découvert toute la vérité.

Sauf que cette vérité, qu'il croyait avoir approchée, lui paraissait à présent chimérique. De quoi parlait-on exactement ? D'un projet élaboré contre lui par un groupe occulte ? D'une machination visant à manipuler des individus dans le plus grand secret ? Autrement dit, d'un complot ? Et croire à des complots faisait en général de vous un esprit dérangé. Surtout si vous étiez persuadé d'avoir pu revivre le jour de la mort de votre femme…

Et pourtant, il n'était pas seul. Carl croyait dur comme fer à cette machination. Or c'était un individu rationnel, peu enclin à verser dans des théories absurdes. Toutes les informations qu'il avait obtenues étaient cohérentes. Tout paraissait s'emboîter parfaitement. Ils étaient peut-être tous deux des paranoïaques, mais des paranoïaques qui avaient raison.

« Ce sera une guerre sans merci... Ils ne se laisseront pas faire et ils s'en prendront à nous, par tous les moyens possibles. »

À partir du moment où Carl commencerait à fouiner dans les affaires de Childress et de ce labo, ils deviendraient des gibiers avec une cible géante dans le dos. Peut-être même étaient-ils déjà en danger. Suivis et sous surveillance... Si la carte avait été laissée sur le pare-brise à son intention pour le fragiliser un peu plus et lui faire croire qu'il perdait la raison, Childress avait tout intérêt à savoir comment il réagirait. Toute expérience suivait un certain nombre d'étapes obligées. La phase d'observation était en cours. Carl avait supposé que l'expérience de Childress avait viré au fiasco. Mais peut-être pas de son point de vue à elle. S'il était le premier homme à lui avoir servi de cobaye dans une expérimentation de cette envergure, elle pouvait se montrer satisfaite du résultat. N'était-elle pas parvenue à modifier profondément la mémoire d'un être humain et à lui faire prendre le plus absurde des scénarios pour la réalité ? Childress voulait le revoir, continuer les séances de thérapie pour évaluer l'impact que ces manipulations auraient sur son esprit et sa personnalité.

Adam se posta à la fenêtre de la cuisine et scruta attentivement la rue. Il n'y décela rien d'anormal. Pas de voiture suspecte ni d'individu observant la maison.

Qu'est-ce que tu t'imagines ? Qu'un groupe pesant des milliards de dollars enverrait un pauvre type planquer devant chez toi, comme dans un vieux polar ?

Il fut pris d'un rire nerveux. S'il était vraiment sous surveillance, il n'y avait aucune chance qu'il s'en rende compte. Et si son téléphone était sur écoute ? Et si sa maison était truffée de micros ?

Il avala une gorgée de bière pour essayer de se calmer. Il ne servait à rien de tomber dans un délire de persécution. Il lui fallait seulement faire preuve de sang-froid et se préparer à se défendre. Abandonnant sa bouteille sur le meuble de l'entrée, il monta à l'étage et fit descendre l'échelle du grenier. Une angoisse le saisit. Il n'arrivait pas à croire qu'il avait tenté dix jours plus tôt de mettre fin à ses jours. Rien n'avait changé pourtant. Claire n'était plus là, sa douleur était toujours la même, mais il se sentait incapable de réitérer un tel geste. Ce n'était même pas par manque de courage. Sa volonté de se battre et de comprendre était seulement plus forte que tout.

La lumière du grenier fonctionnait parfaitement. Une preuve de plus que rien de cette seconde journée n'avait existé. Adam gagna le fond de la pièce et ressortit le Beretta ainsi que le chargeur. Son aversion pour les armes ne l'empêcherait pas de s'en servir s'il fallait défendre sa vie ou celle de Carl. Mais pour l'heure, tant que Childress croirait pouvoir le manipuler et le conforter dans l'idée qu'il était victime d'une psychose, il avait un avantage. Et il comptait bien en profiter.

Arme à la main, il redescendit au rez-de-chaussée. Dans la cuisine, il récupéra son téléphone.

Deux appels en absence de Carl. Il n'avait pas entendu la sonnerie, et pour cause : son téléphone était sur silencieux. Carl avait laissé un message d'une trentaine de secondes. Dès les premiers mots, Adam perçut dans sa voix un mélange d'excitation et d'inquiétude – à moins que ce ne soit en réalité de la peur.

« C'est Carl. Rappelle-moi au plus vite, mon vieux. Et si tu es en bagnole, rapplique directement chez moi. Je ne bouge pas. (Silence.) J'ai trouvé, Adam. J'ai trouvé ce que signifiait le sigle. J'ai la preuve que Childress est dans le coup… Mais c'est bien pire que tout ce qu'on avait pu imaginer… (Un bruit de sonnette en fond.) Quelqu'un sonne à la porte, je te laisse. Viens chez moi le plus vite possible. Et surtout, ne fais plus confiance à personne. Tu m'entends ? À personne… »

CINQUIÈME PARTIE

« Tout être humain est un abîme. On a le vertige quand on regarde dedans. »

Georg Büchner, *Woyzeck*

1

Le soir tombait. Les lampadaires, qui venaient de s'allumer, projetaient des halos aveuglants sur le pare-brise du 4 × 4 martelé par la pluie.

– Pourquoi tu ne réponds pas, Carl ?

Adam éteignit son téléphone fixé sur le tableau de bord. Comme dans une torture sans fin, il repensa aux multiples coups de fil qu'il avait passés à Claire le matin de sa mort. Tous restés sans réponse… Et la même angoisse – de celles qui vous restent accrochées au cœur au sortir d'un cauchemar – resurgit en lui. Incapable de joindre Carl après avoir eu son message, il avait grimpé en quatrième vitesse dans sa voiture, sans oublier de planquer son Beretta dans la boîte à gants.

Adam roula jusqu'au centre-ville, le regard collé au rétroviseur pour s'assurer que personne ne le suivait. Il eut l'impression, durant quelques minutes, qu'une berline noire restait dans son sillage, mais elle bifurqua bien avant qu'il n'atteigne sa destination. Devant chez Carl, un immeuble de luxe de cinq étages à la façade blanche et aux garde-corps vitrés, il n'y avait aucune place de libre. Il renonça à stationner en double file et emprunta une rue perpendiculaire. Pour ne pas perdre davantage de temps, il n'eut d'autre choix que de chevaucher le trottoir et un passage clouté pour garer son 4 × 4.

Dès qu'il mit un pied dehors, la pluie parut redoubler d'intensité. La tête enfouie sous sa veste, il traversa la rue sans faire attention. Une voiture arrivée sur sa gauche pila dans un crissement de pneus sur la chaussée trempée. Adam recula instinctivement. Le capot avant avait stoppé à seulement quelques centimètres de ses jambes. Coup de klaxon rageur. Le conducteur baissa la vitre et lui lança des insultes. Adam ne s'attarda pas et courut sur le trottoir pour se mettre à l'abri sous le porche de l'immeuble. Les chaussures gorgées d'eau, les vêtements dégoulinants de pluie, il appuya sur le bouton de l'interphone à plusieurs reprises, mais il n'y eut aucune réponse.

Merde, Carl ! Tu avais dit que tu étais chez toi... Où est-ce que tu es passé ?

Il composa le code, la porte s'ouvrit avec un déclic. Il s'engouffra dans le hall néo-classique rempli de colonnes et de moulures en stuc qu'il avait toujours trouvées du plus mauvais goût et emprunta l'ascenseur, sans croiser personne. Quand les portes se furent refermées, il prit le temps de souffler, retira sa veste et s'essuya le visage avec la manche de sa chemise. Carl habitait un appartement qui occupait la moitié du dernier étage et possédait une terrasse presque aussi vaste que l'intérieur, avec vue imprenable sur le quartier. Grands espaces ouverts, lignes épurées, mobilier minimaliste : le tout faisait penser à un appartement-témoin sans charme ni vie.

Dès qu'il sortit de l'ascenseur et qu'il s'engagea dans le couloir, Adam remarqua que la porte de l'appartement était entrouverte. Il fut pris d'un terrible pressentiment. Il la poussa lentement, sans trouver le courage d'appeler son ami.

Toutes les lumières étaient éteintes, mais le salon baignait dans une clarté bleue et froide en provenance des portes-fenêtres de la terrasse. Un silence accablant y régnait. Adam s'avança, chercha l'interrupteur. Les spots intégrés dans le faux plafond tirèrent brutalement la pièce de la pénombre, laissant place au cauchemar.

Adam le vit aussitôt : étendu sur le sol entre le canapé et la table basse, recroquevillé sur lui-même, les bras et les mains ramenés vers l'intérieur du corps. De l'endroit où il se trouvait, il ne pouvait distinguer son visage. Une longue traînée de sang traversait le carrelage blanc depuis l'entrée du salon jusqu'au tapis, comme si Carl avait rampé au sol.

La gorge serrée, incapable de prononcer le moindre mot, Adam se rua vers son ami. Il s'accroupit et fit basculer son corps. Carl avait les yeux fermés et les cheveux en bataille. Alors – sans doute à son teint et à l'horrible rictus qui figeait son visage – il comprit qu'il était mort.

Non, mon Dieu, je vous en prie, pas ça...

En écartant les mains de Carl, Adam découvrit qu'elles étaient maculées de sang et que son pull bleu marine était déchiré et recouvert d'une large auréole plus sombre. Il le souleva délicatement. Le ventre, barbouillé de sang, était marqué de plusieurs plaies perpendiculaires et béantes.

Des coups de couteau.

Il ne voyait pas quoi d'autre aurait pu provoquer de pareilles entailles. Les coups semblaient avoir été portés avec une violence inouïe et dans le plus grand désordre.

Dévasté par cette vision d'horreur, Adam approcha son visage tout près de la bouche de Carl, dans l'espoir, malgré tout, de percevoir un souffle de vie. Puis il posa les doigts à la limite de son poignet pour chercher un pouls. Quelques secondes interminables s'écoulèrent. Rien. Il ne sentait rien. Il n'y aurait pas de miracle. Pas plus qu'avec Claire…

Adam ferma les yeux. Il n'était qu'une coquille vide dans laquelle résonnaient puissamment les battements de son cœur.

Tu vas te réveiller, tout cela n'est pas réel. On a manipulé ta mémoire et tes souvenirs. On veut te faire passer pour fou. Carl ne peut pas avoir été tué.

Mais quand il rouvrit les paupières, rien n'avait changé. Carl était toujours devant lui. Sans vie. Mobilisant le peu d'énergie qui lui restait, Adam sortit son téléphone et composa mécaniquement le 911. À l'autre bout du fil, une voix de femme qui lui parut irréelle…

– Quelle est votre urgence ?

Adam balbutia quelques mots, sans avoir vraiment conscience de ce qu'il disait.

– Parlez plus clairement, monsieur. Quelle est votre urgence ?

Il essaya de recouvrer ses esprits, indiqua qu'un homme était blessé. Ne pas dire « mort », surtout, par crainte que son appel ne soit plus considéré comme une urgence et que l'opératrice ne se contente de prévenir les flics.

– Plusieurs coups de couteau, je crois.

Il donna l'adresse de Carl, se reprit – le numéro de la rue n'était pas le bon.

– Cinquième étage, ajouta-t-il la voix tremblante.

– Votre urgence a été prise en compte. Ne quittez pas votre domicile. Une ambulance est en route.

La conversation coupa. Adam se pencha à nouveau sur Carl et le prit dans ses bras.

Tout ça est de ma faute, mon vieux. Si tu n'avais pas essayé de m'aider… Pourquoi est-ce qu'ils t'ont fait ça ? J'aurais pu te sauver, comme j'aurais pu sauver Claire.

En relevant la tête, les yeux embués de larmes, il distingua un objet qui luisait près du canapé. Il reposa le corps de Carl sur le tapis, s'essuya les yeux. C'était un couteau, aux plaquettes en corne noire, équipé d'une lame à double tranchant recouverte de sang séché. Comment ne l'avait-il pas vu plus tôt ? Instinctivement, il tendit la main pour le saisir.

Non, ne le touche pas. Il y a peut-être des empreintes dessus.

Adam tira la manche de sa chemise sur sa main et s'empara du couteau par le bout du manche, avec précaution. Il le tint en l'air devant ses yeux, incrédule. Pourquoi laisser cette arme bien en évidence sur les lieux du crime ? Qui pouvait être assez stupide pour faire une chose pareille ?

C'est sciemment que ce couteau a été abandonné. On savait que tu viendrais à l'appartement. On savait que Carl t'avait appelé. C'est un piège…

Au moment où il se formulait cette pensée, un cri terrible retentit dans l'appartement. Adam tourna brusquement la tête. Une femme se tenait dans l'entrée du salon, le visage terrifié. Il reconnut aussitôt la seule voisine de Carl à l'étage.

Il lâcha le couteau, qui fit un bruit sourd en heurtant le tapis. Tous deux restèrent figés comme des statues – elle debout, lui accroupi, tragiquement reliés par la longue traînée de sang qui courait à travers la pièce.

Le temps parut s'arrêter, jusqu'à ce que la femme hurle à nouveau. Mais ce hurlement ne traduisait plus seulement de la terreur. On aurait dit qu'elle appelait à l'aide, qu'elle cherchait à s'extraire de cette scène cauchemardesque. Adam leva le bras dans sa direction.

– Attendez, ça n'est pas ce que vous croyez ! Je viens d'appeler les secours !

Dès qu'il amorça un mouvement pour se relever, la femme sortit de sa stupeur et s'enfuit. Adam tenta de la rattraper, mais alors qu'il atteignait le couloir la porte de l'appartement d'en face se referma avec fracas. Aussitôt après, il entendit le bruit d'une clé dans la serrure, puis celui d'un verrou. Désespéré, il tambourina à la porte.

– Mon ami a été assassiné ! cria-t-il. Je n'ai rien fait ! Ça n'est pas ce que vous croyez. On cherche à me piéger ! Je vous en prie, il faut que vous me croyiez…

Adam cessa son martèlement, conscient qu'il ne faisait qu'empirer une situation déjà critique. Le silence retomba dans le couloir. Dans un état second, il regagna l'appartement. Son regard dériva dans le salon. Le corps de Carl inerte. Le couteau. Son propre téléphone sur le tapis. Les traces de pas qu'il avait laissées dans le sang coagulé sur le carrelage…

Adam avait la sensation que tout lui échappait, qu'il n'était qu'un pion dans un jeu dont il ne maîtrisait pas les règles. À présent, tout n'était plus qu'une question de minutes. Il traversa la pièce pour récupérer son portable. Il s'aperçut que sa chemise et son pantalon étaient tellement maculés de sang qu'on aurait pu croire qu'il était lui-même gravement blessé. Tous les indices menaient à lui. Un vrai cas d'école pour la police. Et la voisine qui l'avait vu un couteau entre les mains…

– Carl, je suis tellement désolé, murmura-t-il en regardant le corps de son ami à ses pieds.

Une sirène au-dehors le tira de son hébétude. L'ambulance… Il ouvrit une porte-fenêtre et sortit sur la terrasse. La pluie continuait de tomber dru. Fouetté par les gouttes, il se pencha par-dessus le garde-corps pour observer la rue en contrebas. Ce n'était pas une ambulance, mais un véhicule de police qui projetait sur l'immeuble ses lumières rouges et bleues.

Peu importait de savoir qui avait prévenu les flics, de l'opératrice ou de la voisine de Carl. La question était : comment pouvaient-ils déjà être sur place ? Un véhicule tournait-il dans le quartier au moment où on leur avait signalé les faits ? Ou quelqu'un avait-il prévenu la police avant même qu'il n'arrive chez Carl, pour le faire tomber dans un guet-apens ?

Adam vit deux agents sortir de la voiture. Le premier se dirigea directement vers l'entrée de l'immeuble, mais le second, en refermant la portière, leva les yeux vers les étages en se protégeant de la pluie avec une main. Adam recula aussitôt derrière la rambarde. Avait-il été repéré ? Impossible de le savoir.

Laissant la porte-fenêtre grande ouverte derrière lui, il sortit en trombe de l'appartement. Il évita l'ascenseur et s'engouffra dans la cage d'escalier. Il descendit les marches trois à trois en s'agrippant à la rampe et en priant de ne croiser aucun des deux flics. Il avala les étages en un temps record. Comme il ne voulait pas prendre le risque de s'arrêter au rez-de-chaussée, il gagna le parking au sous-sol. Dès qu'il poussa la porte métallique, les néons grésillèrent, avant de jeter une lumière blafarde sur les véhicules, pour la plupart de luxe.

Il traversa le parking à toute vitesse. Connaissant les lieux, il savait qu'il était inutile de chercher à sortir par l'accès principal, une rampe protégée par un portail coulissant. Il emprunta donc un petit escalier donnant sur une porte de secours qui ne pouvait s'ouvrir que de l'intérieur.

Déboucher sur la rue où s'abattaient des trombes d'eau fut pour lui comme une libération. La voiture de police était là, stationnée devant l'immeuble, gyrophares allumés, mais les deux agents devaient déjà être arrivés à l'appartement de Carl. Adam referma sa veste pour dissimuler les taches de sang sur sa chemise et s'éloigna rapidement sous la pluie pour regagner la rue adjacente.

Quand il pénétra dans l'habitacle du 4 × 4, il était trempé de la tête aux pieds. Son cœur battait de plus en plus fort et ses mains tremblaient tant qu'il eut du mal à mettre la clé dans le contact.

Il souffla, puis enclencha les essuie-glaces, qui dissipèrent brièvement le rideau de pluie. La vision du cadavre de Carl était incrustée dans son esprit. Comme une tache indélébile. Ses mains sur le volant continuaient de trembler. Il serra les poings.

Claire, puis Carl… Il était seul, désormais. Au fond de lui, Adam n'avait plus qu'une seule certitude : il devait continuer à fuir. Fuir le plus loin possible, même s'il ne savait pas où aller.

Le 4 × 4 démarra, descendit la rue à vive allure et disparut dans l'ébène de la nuit.

2

« Interdit au public », indiquait une pancarte de guingois fixée sur une clôture grillagée criblée de trous. L'un des vantaux du portail de chantier avait été arraché et gisait à terre. Adam roula dessus et pénétra dans le terrain vague parsemé de flaques d'eau.

Une demi-heure durant, il avait conduit sans but précis. Il avait songé un moment à rentrer chez lui, mais il craignait d'y être cueilli par les flics. Après tout, la voisine de Carl connaissait son nom et il avait utilisé son propre téléphone pour appeler les urgences. Remonter jusqu'à lui n'était qu'un jeu d'enfant. Tout en réalité semblait avoir été manigancé pour que ce soit le cas.

Quand la fatigue avait commencé à l'abrutir et qu'il ne s'était plus senti capable de conduire, il s'était souvenu de ce chantier abandonné à seulement quelques minutes de son quartier – pour ce qu'il en savait, un projet immobilier qui avait capoté et n'avait pas trouvé de repreneur. Il avait besoin d'un endroit calme où personne ne serait susceptible de le remarquer.

Adam gara son 4 × 4 derrière une palissade métallique, tout près de deux vieux engins de chantier sans doute hors d'état de marche. Il positionna le véhicule de telle sorte qu'il pouvait voir dans le rétroviseur l'entrée du chantier et une partie de la route. Il était presque certain que personne ne l'avait suivi, mais il n'aurait pas parié sa vie là-dessus.

Il éteignit le moteur et laissa aller son front contre le volant. Ses paupières étaient terriblement lourdes. Il ne fallait pas qu'il s'endorme. Il devait lutter.

La pluie continuait de ruisseler sur le pare-brise, aussi brouillé que l'était son esprit. Et maintenant ? Quel scénario avait-il à proposer ? Carl avait déchiffré le sigle qui lui avait permis de découvrir toute la vérité, et c'était pour cela qu'on l'avait tué. Mais quelle vérité ? Qu'est-ce qui pouvait justifier que l'on poignarde un homme à mort ? Et comment Carl l'avait-il découverte ? Il ne s'était pas écoulé une heure entre le moment où son ami l'avait quitté et celui où il lui avait envoyé ce message. Il n'avait pas eu le temps de solliciter l'aide de qui que ce soit. Ce qui signifiait qu'il avait déjà les réponses à ses questions sous les yeux, mais qu'elles lui avaient échappé.

Adam alluma le plafonnier et sortit de la boîte à gants la documentation de Carl. Il reprit sa lecture de zéro, mais au bout de seulement trois pages ses yeux se mirent à le piquer si atrocement qu'il dut renoncer. Qu'espérait-il trouver de toute manière dans ces articles de presse que n'importe qui pouvait se procurer sur internet ? Il se laissa aller en arrière contre le dossier et ferma les yeux.

Juste quelques minutes. Tu as besoin de récupérer. Tu as besoin d'y voir clair…

Il sombra dans le sommeil presque instantanément. Son esprit se déconnecta, comme si quelqu'un venait d'éteindre une lumière dans sa tête.

Quand il rouvrit les yeux, la pluie avait cessé – c'est ce qu'il remarqua en premier. Il releva la tête. Son cou le faisait souffrir. Il se massa la nuque. Combien de temps avait-il dormi ? Il jeta un coup d'œil à sa montre. Plus d'une heure…

Il se sentait vaseux, sali. Sa chemise tachée de sang et son pantalon qui collaient à sa peau lui faisaient honte. Il sortit du véhicule et alla ouvrir le coffre. Il trouva à l'intérieur un sac de sport qui contenait des habits propres : un sweat et un jean qui feraient largement l'affaire. Il en laissait toujours dans la voiture, au cas où il trouverait le temps d'aller à la salle de musculation. Il regagna l'habitacle et s'y changea, au prix de quelques contorsions.

Ensuite, il attrapa son portable. Il avait besoin d'agir. Il ne pouvait pas laisser la situation se dégrader ainsi et permettre à la police de faire de lui l'unique suspect de la mort de Carl. Mais qui contacter ?… Cette question ne demeura pas longtemps sans réponse. Il fallait une oreille amie, une personne dont il était certain qu'elle ne le trahirait pas.

Il chercha Susan dans ses contacts. À son grand soulagement, elle décrocha à la première sonnerie.

– Adam ? Où est-ce que tu es ?

Sa voix trahissait une anxiété anormale et la question qu'elle venait de poser montrait qu'elle savait quelque chose.

– Mon ami Carl est mort.

Il y eut un bref silence, qui n'était pas provoqué par la surprise.

– Je suis au courant.

– Comment le sais-tu ?

– Je dînais chez mes parents. Un policier a appelé papa tout à l'heure. Ils te cherchent, Adam. Ils disent que…

Elle ne termina pas sa phrase.

– Je n'ai pas beaucoup de temps, Susan. Tu ne dois pas les croire. Quelqu'un cherche à me piéger.

– Te « piéger » ?

– Il s'est passé beaucoup de choses anormales ces derniers temps, et je ne parle pas seulement de la mort de Claire. C'est pour cela que je suis venu te voir et que je t'ai posé des questions. Je ne peux pas tout t'expliquer, ce serait trop long et compliqué, mais je ne serai pas capable de m'en sortir seul. J'ai besoin de savoir si je peux compter sur toi.

– Bien sûr que tu le peux. Mais pourquoi est-ce que tu ne m'en dis pas plus ? Où est-ce que tu es ?

– Tu es seule, Susan ?

Elle marqua une légère hésitation – une ou deux secondes de trop, qui firent comprendre à Adam que quelque chose n'allait pas.

– Oui, je suis rentrée chez moi, répondit-elle d'une voix blanche.

Il écarta le téléphone de son oreille, fixa le chantier plongé dans l'obscurité de la nuit et tenta de se concentrer.

Elle ment. Si les flics ont averti John aussi rapidement, c'est qu'ils savaient que tu chercherais à les joindre, lui ou Susan. Carl t'avait prévenu : tu ne peux plus faire confiance à personne.

– Adam… Adam ?

Il regarda le téléphone dans sa main. Voilà sans doute ce qu'attendaient les flics depuis le début : qu'il passe un coup de fil. Combien fallait-il de temps pour localiser un appel ? Deux, trois minutes maximum ? Ou n'était-ce qu'une connerie qu'on voyait dans les films ?

– Je suis désolé, Susan. Dis à Miller que je suis innocent. Dis-lui qu'on veut me faire porter le chapeau à cause de tout ce qu'on a découvert…

Il raccrocha brusquement, puis éteignit définitivement son téléphone. Il sortit du 4 × 4 et se dirigea vers le premier engin de chantier abandonné, un tractopelle, en essayant de ne pas patauger dans la boue. Il remarqua qu'une des vitres de la cabine était brisée. Il grimpa sur le marchepied puis déposa son portable près du siège conducteur, en le dissimulant autant qu'il le put. Il devait s'en débarrasser pour le moment, mais il ne pouvait pas prendre le risque de le détruire. Le message que Carl lui avait envoyé était l'unique élément susceptible de prouver son innocence tout autant que l'existence d'un complot.

Sans perdre de temps, il retourna vers le 4 × 4. Il ne devait pas rester là une seconde de plus. Une seule personne connaissait toute la vérité. Et le temps était venu de la faire parler.

3

Il ouvrit la boîte à gants, en sortit le Beretta et le chargeur neuf. L'arme était lourde et glacée dans sa main. Il eut un flash : l'image de son corps étendu dans le grenier, baignant dans une flaque de sang après son suicide. Une vision absurde, sans doute créée par son esprit à partir du souvenir horrible du cadavre de Carl. Essayant de chasser cette image, il introduisit le chargeur dans l'arme. Il serra la crosse fermement. Plus qu'une garantie, peut-être son assurance-vie… Ensuite, il récupéra dans la boîte à gants toute la documentation qu'avait réunie Carl, plia les feuilles en quatre et les rangea dans sa poche.

Adam avait pris soin de se garer deux pâtés de maisons plus loin que le domicile de Childress. Il remonta la rue en restant sur le trottoir opposé. Il ne pleuvait plus. Le ciel, bas et couvert de nuages, pesait au-dessus de sa tête comme une chape de plomb. Il se retourna à deux ou trois reprises et évita de s'exposer dans la lumière des lampadaires qui faisait briller les flaques d'eau au sol.

La maison de Childress n'était éclairée que par une faible lueur au rez-de-chaussée – le bureau, songea Adam, dont la fenêtre était en partie dissimulée par un marronnier. Il gagna le jardin en demeurant dans l'ombre d'une haie en bordure de la propriété. Il s'approcha de la maison, longea la façade et se posta tout près de la fenêtre.

L'écran d'une télévision diffusait dans la pièce une lumière pâle et changeante. Adam n'entendait pas le son. Se décalant un peu sur la gauche mais toujours accroupi, il distingua Anabella Childress. Lunettes sur les yeux, vêtue d'un déshabillé qui ressemblait à un kimono, elle était appuyée contre son bureau et regardait le téléviseur d'un air absorbé.

Adam abandonna son poste d'observation et contourna la maison. La dernière fois qu'il était venu – mais était-il réellement déjà venu ? –, il avait vu un boîtier d'alarme fixé près de la porte d'entrée. À l'exception de celle du bureau, toutes les fenêtres du rez-de-chaussée étaient solidement fermées. À l'arrière, il tomba en revanche sur une porte de service qui n'était pas verrouillée. Coup de chance ? Il ne put s'empêcher de se méfier de ce hasard trop heureux : si Childress avait une part de responsabilité dans la mort de Carl, il était étrange qu'elle puisse se montrer aussi négligente.

Il entra dans la maison à pas de loup, le cœur battant. C'était la première fois de sa vie qu'il pénétrait illégalement chez quelqu'un. Comment en quelques jours seulement son existence avait-elle pu basculer à ce point ? Comment Adam Chapman avait-il pu devenir cet être désemparé prêt à toutes les extrémités ?

Il faut bien une première à tout, pensa-t-il pour se donner du courage.

Le domicile de Childress était entièrement plongé dans le noir. Adam voulut utiliser la lampe torche de son téléphone, mais il se souvint qu'il l'avait laissé dans l'engin de chantier. Il dut progresser à l'aveugle de pièce en pièce, tâtonnant pour éviter les obstacles.

C'est sans encombre qu'il arriva dans l'entrée, qui était fidèle à ses souvenirs.

Je suis déjà venu ici, mais rien ne prouve que ce soit récemment. Cet autre jour n'a pas existé, il n'était pas réel... Pour une raison ou une autre, je suis déjà entré dans cette maison, même si je ne m'en rappelle pas les circonstances...

La porte du bureau était grande ouverte. Adam n'entendait toujours pas le son du téléviseur. Lorsqu'il sortit son Beretta, il sentit un frisson lui traverser le corps. Il contempla l'arme dans sa main.

Jusqu'où exactement es-tu prêt à aller ?

Aussi loin qu'il le faudra pour connaître enfin la vérité.

Il vint se placer dans l'embrasure de la porte, sans faire de bruit. Childress était désormais assise à son bureau, en train de pianoter sur son téléphone mobile.

– Désolé de vous déranger à cette heure…

Elle leva les yeux et sursauta, bouche ouverte. Adam décela de la surprise sur son visage, mais pas de réelle panique.

– Que faites-vous là ? Comment êtes-vous entré ?

– Commencez par poser ce téléphone, docteur.

– Pardon ?

– Posez ce putain de téléphone sur votre bureau !

Adam fit deux pas en avant dans la pièce et montra de manière ostensible l'arme qu'il tenait en main. Cette fois, Childress le regarda d'un air incrédule.

– D'accord, je le pose, fit-elle d'un ton qu'il trouva trop serein au vu de la situation.

Il tourna la tête vers le téléviseur, dont le son était coupé. En haut à droite de l'écran, la photo d'un homme était incrustée en médaillon au-dessus du présentateur. Étrangement, Adam mit deux ou trois secondes à se reconnaître. Il ne s'agissait pas vraiment pour lui d'un choc. Non. Voir son visage aux informations lui paraissait plutôt une incongruité totale, une aberration. Il ne savait d'ailleurs pas où les médias avaient déniché cette photo dont il n'avait nul souvenir. La lumière brillante du poste, dans ce bureau plongé dans l'obscurité, l'aveuglait. Il plissa les yeux et lut au bas de l'écran : « LE MARI DE CLAIRE CHAPMAN ACTIVEMENT RECHERCHÉ. » Puis il reporta son regard sur les lèvres muettes du présentateur.

– Qu'est-ce qu'ils disent ?

– Écoutez, Adam, il n'est pas trop tard. Tout peut encore s'arranger…

– Je n'en suis pas aussi sûr que vous.

Childress fit un mouvement pour se lever.

– Je préférerais que vous restiez assise. Qu'est-ce qu'ils disent ? répéta-t-il plus fort.

Après un soupir, elle se laissa retomber dans son fauteuil.

– La police a retrouvé votre ami Carl assassiné chez lui. Ils vous soupçonnent de l'avoir tué. Un témoin vous a vu quitter son appartement précipitamment…

Adam passa une main moite sur son visage. Il revit le visage effaré de la voisine alors qu'il tenait le couteau ensanglanté dans sa main.

– J'étais chez Carl au moment où la police est arrivée, mais je ne l'ai pas tué.

– Je vous crois, Adam, et je suis sûre que la police vous croira aussi si vous lui racontez tout…

– Allons ! Vous savez bien que les choses ne marchent pas ainsi.

Il tourna à nouveau la tête vers l'écran. Son visage sur la photo, inexpressif et impénétrable, lui paraissait à présent celui d'un étranger.

– J'ai été piégé, reprit-il. Tout a été manigancé pour faire de moi le parfait coupable. Un homme brisé par la mort de sa femme, victime d'hallucinations, suivi depuis des années par un psychiatre… Rien de plus simple que de faire croire que j'aurais tué Carl dans une crise délirante. Quelqu'un avait prévenu la police avant même que j'arrive chez lui, j'en suis persuadé. On a même laissé sur place le couteau qui a servi à le tuer. On voulait que ce soit moi qui prévienne les secours.

– Vous devriez me donner cette arme, il pourrait arriver un accident.

Adam ignora sa remarque.

– L'histoire est facile à écrire : un fou poignarde son ami puis regrette son geste, ou ne se souvient même pas de l'avoir fait… Un pauvre type atteint d'un trouble psychique qui abolit son discernement et le contrôle de ses actes. Vous ne trouvez pas étrange que les médias soient déjà au courant de cette affaire et diffusent ma photo dans tout le pays ? Ça ne tient pas la route. Tout était préparé…

– Qui vous aurait piégé, Adam ?

Il scruta attentivement le visage de Childress, éclairé par la seule lueur bleutée du poste. Un observateur extérieur aurait aisément pu croire qu'elle ignorait tout. Elle jouait admirablement la comédie. Peut-être croyait-elle encore possible de se sortir de ce mauvais pas.

– La question n'est pas « qui m'a piégé ? » mais « pourquoi m'a-t-on piégé ? ».

– Avez-vous la réponse ?

Adam sortit la liasse de papiers de sa veste et la jeta sur le bureau. Childress leva les sourcils en signe d'incompréhension.

– Lisez !

Elle regarda l'arme d'Adam, cette fois avec une franche inquiétude, réajusta le pan de son kimono et prit les papiers. Il lui laissa tout juste le temps de tourner quelques pages.

– Vous comprenez à présent ? Je sais tout.

– « Tout » ? Comment avez-vous trouvé ces documents ?

– Je crois que vous le savez. C'est Carl qui a remonté votre piste. Il a découvert que vous travailliez depuis des années pour un laboratoire pharmaceutique du nom de Mnemos et que vous participiez à des recherches sur la mémoire. Votre profession vous permet de côtoyer chaque jour des personnes atteintes de multiples pathologies, dont beaucoup ont un rapport avec la manière dont notre cerveau traite les souvenirs : troubles de la mémoire, amnésies, psychoses… Votre expérience est précieuse, docteur, et vous avez utilisé certains de vos patients comme cobayes – car je ne pense pas être le seul à avoir été manipulé.

Childress secoua lentement la tête.

– J'ai en effet travaillé pour plusieurs laboratoires au cours de ma carrière, comme l'immense majorité de mes confrères. Est-ce suffisant pour en tirer de telles conclusions ? Je crois que vous perdez à nouveau vos repères, Adam. Vous êtes conscient que vous êtes en train de parler de complot ? Et que vos propos ont toutes les caractéristiques d'un délire paranoïaque ?

– Ne détournez pas la conversation ! Je ne parle que de choses très concrètes, qui sont confirmées par l'assassinat de Carl. Vous ne trouverez rien à répondre à ces preuves.

– Des « preuves » ? répéta-t-elle en reposant les papiers sur son bureau. Ces documents ne sont que des preuves de votre délire. Vous êtes convaincu d'être victime d'une persécution et vous interprétez tous les événements de manière à alimenter votre propre conviction.

– Vous m'avez utilisé, docteur. Je crois que nous nous sommes vus très peu de temps après la mort de Claire. J'étais dévasté, je venais de tenter de me suicider, et vous m'avez fait croire que vous pouviez me venir en aide en effaçant le souvenir traumatique de sa mort. J'ai lu tous ces articles : on est aujourd'hui capable de rayer de la mémoire d'un individu des souvenirs ciblés. Un peu comme si l'on provoquait une amnésie antérograde, de celles qu'on peut subir après un grave accident. Mais cela ne vous a pas suffi. Vous avez voulu aller plus loin, beaucoup plus loin. Après avoir effacé ma mémoire récente, vous avez tenté une expérience inédite : implanter dans mon cerveau de faux souvenirs, mais en dehors de toute situation expérimentale contrôlée. Je suis parvenu à sauver Claire dans des circonstances rocambolesques. « Un film basé sur un mauvais scénario… » Vous vous souvenez ? Ce sont vos propres paroles.

– Rien de ce que vous racontez n'est la réalité.

– Niez-vous que l'on puisse créer de faux souvenirs chez un patient ?

– Non, je ne le nie pas. Vous voulez que je sois honnête avec vous, Adam ? Dès les années 90 des médecins ont été accusés d'avoir utilisé la théorie du refoulement pour induire chez leurs patients de faux souvenirs. On peut faire remonter à la surface des scènes en réalité imaginaires, portant sur l'enfance le plus souvent, grâce à l'hypnose ou à l'utilisation de psychotropes. Mais vous parlez ici d'événements qui remonteraient à quelques jours seulement. Le scénario que vous imaginez n'est pas réalisable en l'état actuel de nos connaissances…

– Pas réalisable, mais pour de simples questions d'éthique. Je crois que Mnemos dépense depuis des années des sommes folles pour faire avancer ses recherches dans le plus grand secret. Ce laboratoire croit utiliser votre travail et celui d'autres chercheurs, mais la réalité est tout autre : c'est vous qui vous servez de l'argent et des moyens qu'il met à votre disposition. Vous n'avez pas de famille, docteur, pas de mari, pas d'enfants… Votre travail est votre seule raison de vivre, vous y consacrez tout votre temps. Un jour, soigner des malades ne vous a plus suffi, vous aviez besoin de davantage. Et seul Mnemos pouvait vous permettre de parvenir à vos fins à l'aide de je ne sais quelle pilule miracle de l'oubli…

– Une « pilule de l'oubli » ? Vous avez déniché ça dans ces articles ? Ce ne sont que des formules journalistiques destinées à attirer les lecteurs, Adam. Le délire paraphrénique induit souvent chez le patient une croyance en des technologies qui n'existent pas et cette fameuse pilule miracle vous permet de tout expliquer de manière simpliste et schématique.

Sans quitter le médecin des yeux, Adam recula et alluma l'interrupteur. La lumière du plafonnier inonda la pièce. Childress, restée trop longtemps dans l'obscurité, porta une main devant son visage pour faire écran.

– L'heure est venue de me dire toute la vérité. Carl avait découvert trop de choses, et c'est pour cela qu'on l'a assassiné.

Adam tira de sa poche la carte postale et vint la déposer sur le bureau, sous les yeux de Childress.

– « Comment saviez-vous ce qui allait se passer ? » continua-t-il. J'ai d'abord cru que c'était vous qui m'aviez fait parvenir ce mot, pour me faire perdre définitivement la raison. Quand je l'ai montré à Carl, il a immédiatement pensé que je l'avais écrit mais que je ne m'en souvenais pas. Des absences, suivies d'amnésie... Cela expliquerait bien des choses. J'imagine que ce genre de pathologies existe...

Childress hocha la tête.

– Oui, on appelle cela des « ictus amnésiques ».

– Mais je ne crois plus à cette hypothèse. Me faire parvenir cette carte postale aurait été beaucoup trop risqué pour vous. Vous n'en aviez pas besoin : je suis votre patient, il était facile au cours de futures séances de continuer à me mettre dans la tête ce à quoi vous vouliez que je croie. Quelqu'un a cherché à m'avertir. Quelqu'un qui est au courant de vos recherches et qui a pris conscience que vous passiez toutes les bornes. Mais cette personne ne pouvait pas tout me dévoiler, au risque d'être démasquée et de devenir à son tour une cible. On voulait que je découvre seul la vérité, en me laissant néanmoins un indice. Le sigle sur la carte, au-dessus de cette phrase... Lisez-le.

Childress s'empara de la carte postale.

– « PRFV » ?

– Je ne sais pas ce qu'il signifie mais Carl, lui, l'avait découvert. Avant de mourir, il m'a laissé un message pour me dire qu'il avait la preuve que vous étiez impliquée. Et c'est pour cela qu'on l'a tué. Pour l'un des motifs criminels les plus vieux de l'humanité : l'argent. Si votre machination était découverte, Mnemos devrait affronter un scandale retentissant et perdrait des milliards de dollars... Je crois que vous seriez prêts à tout pour éviter cela, y compris recourir au meurtre.

– Votre état est beaucoup plus grave que je ne le pensais, Adam, et...

– Fermez-la ! hurla-t-il en pointant son arme dans sa direction. Je n'ai plus rien à perdre, vous comprenez ?

Les deux seuls êtres qui comptaient pour moi sont morts. Je suis recherché par la police. Tous les indices sont contre moi. Il n'y a plus qu'une chose qui me maintienne en vie : connaître la vérité. Je n'hésiterai pas à utiliser ce flingue si vous me poussez à bout. J'ai déjà essayé de m'en servir contre moi et je serais passé à l'acte si Carl ne m'en avait pas empêché.

Adam se colla au bureau, le bras tendu vers Childress dont le visage affichait désormais de la panique. Elle venait de comprendre qu'il ne bluffait pas – mais sans doute craignait-elle moins de mourir que de voir s'écrouler sa carrière et tout ce qu'elle avait patiemment construit au cours de son existence.

– Ce n'est pas pour l'argent que nous faisons cela, lâcha-t-elle après un moment de silence.

À ces mots, Adam se figea. Il se sentit envahir par un sentiment qu'il n'avait jamais éprouvé. C'était plus que du soulagement ou de la libération. C'était comme s'il revoyait la lumière du jour après des mois d'obscurité. Comme si un grand voile venait de se lever. Childress avouait. Il n'était pas fou. Il n'avait jamais été fou.

– Que signifie ce sigle ? demanda-t-il, la gorge nouée.

– Je crois que vous le savez parfaitement.

– Comment le saurais-je ?

– Vous étiez volontaire, Adam.

Childress retourna la carte postale, jeta un coup d'œil rapide au tableau de Monet et finit par dire :

– Il s'agit d'un acronyme : « PRFV », pour « plan de réparation des familles de victimes ».

4

Adam baissa son Beretta. Son regard se troubla. Il avait depuis longtemps dépassé le stade de la fatigue. Il sentait que ses dernières forces étaient en train de l'abandonner.

– Carl avait raison ? demanda-t-il d'un ton fébrile. Vous essayez de soulager les familles des victimes, de les « réparer »…

– C'est un aspect de la raison d'être de ce plan.

– Je ne suis donc pas le seul à avoir subi cette expérience, n'est-ce pas ?

– Non.

– Combien sommes-nous ?

Childress se leva tranquillement de son fauteuil.

– Une dizaine pour le moment, mais nous espérons à l'avenir étendre cette expérimentation à beaucoup plus de monde.

– Rien de la seconde journée que j'ai vécue n'était réel ?

– Absolument rien. Vous n'avez jamais été en mesure de sauver Claire, vous n'avez pas poursuivi le tueur et vous ne l'avez même jamais vu de votre vie.

Adam demeura sans voix. Trop de questions se bousculaient en lui. Malgré l'aveu de Childress, il restait quantité de zones d'ombre, de choses inexpliquées. Il savait pour le minivan gris de Sipowicz bien avant que Miller lui en parle, tout comme pour la tache de naissance sur son front…

Childress ouvrit le tiroir de son bureau. Adam ne fit rien pour l'en empêcher. Elle en sortit un paquet de photos, de grand format, qu'elle posa devant lui.

– Regardez, Adam.

Il baissa les yeux. Le corps de Claire – une jambe repliée, les bras écartés en croix – était étendu dans le sable, au milieu d'un cercle de pétales de roses rouges. Sa poitrine était entièrement dénudée. Autour de son cou pendait la brassière qu'avait utilisée le tueur pour l'étrangler. Ses yeux étaient révulsés, sa bouche béante.

Il releva la tête. Il éprouva plus qu'un vertige : une sorte d'épouvante. Voir Claire ainsi était trop pénible, encore plus pénible que cela ne l'avait été à la morgue. Pourtant, sa main fit glisser la première photo sur le bureau. Le deuxième cliché, encore plus tranchant et froid que le précédent, était un gros plan du visage. Adam eut du mal à ne pas détourner les yeux. Il vit la peau cyanosée, le bout de langue gonflé qui émergeait de la bouche, les petites traces d'écume sur les lèvres et le nez.

– Vous ne les aviez jamais vues, n'est-ce pas ?

– Non, répondit-il en secouant la tête. Qui vous les a données ? La police ?

Childress ne répondit rien et il n'insista pas. Quelle importance cela pouvait-il avoir de toute façon ?

– Pourquoi me montrez-vous ces photos ? reprit-il. Est-ce que ça fait partie de la thérapie ? Vous voulez que j'affronte enfin la réalité, que je voie à quoi ressemblait Claire quand elle a été tuée ?

– Il fallait que vous les voyiez…

Adam sentit à nouveau la colère surgir en lui. Une bouffée puissante qui lui montait au visage.

– À quoi bon chercher à me faire oublier l'assassinat de Claire pendant quelques jours, puisqu'il fallait tôt ou tard que j'affronte la vérité ? À quoi a servi votre putain de plan de réparation, à part à me faire souffrir encore plus ? Claire est morte il y a presque deux semaines et ce n'est que maintenant que vous m'obligez à regarder son cadavre et son visage défiguré !

– Vous étiez volontaire pour vous soumettre à ce plan.

– J'étais désespéré ! hurla-t-il. Croyez-vous qu'un homme qui vient de perdre sa femme ait assez de discernement pour prendre ce genre de décisions ? Mais quel type de médecin êtes-vous ? Vous n'aidez pas les gens, vous vous servez d'eux pour accomplir vos délires de savant fou !

Adam tremblait et transpirait, comme s'il venait d'être pris d'un accès de fièvre. Sans même s'en rendre compte, il pointa une nouvelle fois l'arme vers Childress.

– Que faites-vous ?

– J'ai longtemps cru que j'étais malade, mais c'est vous qui l'êtes, et pas qu'un peu ! Combien de temps cette mascarade était-elle censée durer ? Pendant combien de temps pensiez-vous pouvoir me faire oublier la mort de ma femme ? Des semaines ? Des mois ? Des années ?

Childress ne faisait plus le moindre mouvement.

– Il n'y a aucune limite. On peut reproduire l'expérience à l'infini, chaque fois que les souvenirs réels du traumatisme sont susceptibles de refaire surface. C'est comme une ardoise d'écolier qu'on efface et sur laquelle on réécrit…

Adam secoua la tête de manière frénétique.

– Non, trop de détails ne collent pas… Je n'ai aucune confiance en vous.

– En qui alors croyez-vous pouvoir avoir confiance ?

– Qui a tué Carl ?

– Adam, baissez cette arme.

– Qui l'a tué ?

– Je l'ignore. Mais vous devez vous rendre à la police pour tout lui expliquer.

– On ne l'a pas seulement éliminé parce qu'il avait déchiffré ce sigle. Dans le message qu'il m'a laissé, il disait que ce qu'il avait découvert était bien pire que tout ce qu'on avait imaginé. Qu'est-ce que vous ne me dites pas ?

Childress demeura mutique. Adam serra fermement la crosse du pistolet, le doigt sur la détente. Il baissa les yeux vers la photo posée sur le bureau et regarda brièvement le visage méconnaissable de Claire. En lui, plus de peur ni de colère, mais de la haine. Contre Sipowicz, qui lui avait enlevé la seule femme qu'il eût jamais aimée. Contre Childress, qui l'avait manipulé comme un pantin. Contre lui-même, enfin, pour s'être montré si lâche et si faible.

D'un geste brusque, sans réfléchir, Adam détourna l'arme vers la bibliothèque et pressa la détente. Une terrible détonation explosa dans la pièce en même temps qu'il ressentait dans son bras un puissant effet de recul. Childress poussa un cri en rentrant sa tête dans ses épaules. Adam redirigea presque immédiatement le Beretta dans sa direction. Et dire que peu encore auparavant il avait considéré cette femme comme une alliée, la seule personne capable de l'aider à se sortir de son cauchemar…

– Je n'ai plus rien à perdre, je vous l'ai déjà dit. Pourquoi continuez-vous de mentir ?

– Je ne mens pas, Adam. Je vous ai dit la vérité. Je vous ai donné les bonnes réponses. C'est simplement vous qui ne posez pas les bonnes questions.

– « Les bonnes questions » ? répéta-t-il d'un air perdu.

Son estomac se noua. Tout allait trop vite dans sa tête. Il n'arrivait plus à suivre le fil.

« Réparer les familles des victimes ? – C'est un aspect de la raison d'être de ce plan. »

« Combien sommes-nous ? – Une dizaine pour le moment. »

« Rien n'était réel dans cette deuxième journée ? – Rien. Vous n'avez jamais été en mesure de sauver Claire… »

Il essuya des gouttes de sueur sur son front.

– Je ne comprends pas. Que cherchez-vous à me dire ?

– Il y a d'autres photos devant vous ; pourquoi ne les regardez-vous pas ?

Il baissa les paupières et posa une main sur le visage de Claire, pour ne plus affronter son regard vide et sa bouche déformée.

– Regardez-les, Adam.

Il grelottait. Des larmes de fièvre perlaient à ses yeux. Il avait du mal à garder son arme pointée sur Childress. Une voix obscure lui disait que, s'il retournait cette photo, il ne le supporterait pas.

C'est pourtant ce qu'il fit. Parce qu'il n'avait plus le choix. Parce que les choses devaient s'arrêter quel que soit le prix à payer. Ses doigts découvrirent une troisième photo de scène de crime, mais il ne s'agissait plus de Claire. Son cerveau mit quelques secondes à comprendre ce qu'elle représentait. La vision était abominable. C'était un corps brûlé, carbonisé, racorni. Réduit à sa structure la plus élémentaire. Un amas d'os noircis sur lesquels ne subsistait presque plus aucune chair. Et aussitôt s'imposa dans l'esprit d'Adam l'image d'une jeune femme aux cheveux bruns, emmitouflée dans un manteau gris et une écharpe. La jeune femme de la passerelle. La seule victime de Sipowicz que la police ait réussi à identifier.

– Zoe Sparks, murmura-t-il presque pour lui-même, sans quitter la photo des yeux. C'est elle, n'est-ce pas ? C'est une des victimes du tueur.

La voix de Childress ne lui parvint que dans un écho :

– Nous effaçons les mémoires, Adam. Mais ce ne sont pas celles des familles des victimes…

À ces mots, quelque chose se brisa en lui. Adam eut l'impression d'être arrivé au bout du chemin. D'avoir pénétré dans un univers inconnu qui l'horrifiait et le terrifiait à la fois. Quand il releva la tête, il ne vit pas Childress. En réalité, il ne vit plus rien du tout. Une immense tache noire occupait tout son champ de vision. Il était sans défense, vulnérable, comme un gosse terrorisé dans l'obscurité d'une nuit d'orage.

5

Fox News Channel
Extrait de l'émission Nouvelles de l'Amérique : le grand entretien

J. R. : Bonsoir à tous. C'est Jimmy Radcliffe, je suis très heureux de vous retrouver pour un nouveau numéro de *Nouvelles de l'Amérique*. Nous recevons aujourd'hui John Durning, sénateur républicain de l'État de Virginie. Bonsoir, sénateur.
J. D. : Bonsoir, Jimmy.
J. R. : Nos téléspectateurs vous connaissent bien. Vous êtes un habitué de notre émission et je ne crois pas qu'il soit utile de vous présenter trop longuement. Vous avez mené durant plus de trente ans une brillante carrière d'avocat. Lorsque vous avez pris votre retraite en 2018, vous avez décidé de vous engager en politique. Vous avez siégé à la Chambre des représentants durant quatre ans avant d'être élu au Sénat. Mais le public vous connaît aussi à cause d'un terrible drame qui a marqué votre vie. Il y a neuf ans, presque jour pour jour, en

juin 2019, vous avez perdu votre fille Claire dans de terribles circonstances puisqu'elle a été assassinée à l'âge de 36 ans…
J. D. : Oui.
J. R. : Drame aggravé par le suicide de votre gendre, Adam Chapman, le jour même du meurtre de votre fille.
(Silence.)
J. D. : Adam était… très amoureux de Claire. Il n'a pas supporté de la perdre dans des circonstances aussi tragiques. D'autant plus que, comme vous le savez, Claire était enceinte au moment où elle a été assassinée.
J. R. : C'est horrible.
J. D. : Cette nouvelle, qu'il n'a apprise que quelques heures après sa mort, lui a fait perdre pied. La dernière fois que j'ai vu Adam, nous étions à la morgue où se trouvait le corps de Claire. J'étais aveuglé par mon propre chagrin et je crois que je n'ai pas vu la détresse dans laquelle il se trouvait. Je regrette terriblement de ne pas avoir pu lui offrir l'aide dont il avait besoin.
J. R. : Je dois vous dire, sénateur, que je suis toujours très ému quand je vous entends aborder ce sujet. Trois ans après la mort de Claire, vous avez d'ailleurs raconté ce drame dans un livre qui a bouleversé des millions de nos concitoyens. Pardonnez-moi cette question très indiscrète mais… est-ce que le temps permet d'atténuer ce genre de blessure ?
J. D. : Non, je ne le crois pas. Je n'arrive pas à me dire que Claire est morte il y a neuf

ans déjà. J'ai même l'impression que la douleur s'est aggravée avec le temps… Chaque matin, quand je me réveille, je me prends à espérer qu'elle soit encore en vie, que tout ceci n'ait été qu'un horrible cauchemar. Mais c'est ainsi : nos vies sont faites de grandes joies et de terribles peines.

J. R. : Pourtant, si sa mort vous a « brisé » – c'est le terme que vous utilisez dans votre livre –, elle a aussi d'une certaine manière donné un nouveau sens à votre vie.

J. D. : C'est vrai. Après une période de deuil très difficile, j'ai voulu faire en sorte que ce drame personnel n'ait pas été tout à fait inutile. C'est pour cela que j'ai mis les questions de justice au cœur de mon combat politique. Je ne suis plus tout jeune et je sais que le temps presse désormais. Le décès de mon épouse, Clarissa, survenu l'an dernier, a accentué ce sentiment d'urgence. Je voudrais que le projet que je porte avec le soutien de nombre de mes collègues sénateurs puisse voir le jour de mon vivant.

J. R. : Parlons de ce projet. Voilà deux ans que vous êtes parti en croisade pour que le Sénat adopte la loi très controversée du PRFV, le plan de réparation des familles de victimes…

J. D. : Excusez-moi, Jimmy, mais il me semble que le terme de « croisade » ne convient pas. Je me bats pour ce que je crois être juste, tout simplement.

J. R. : Replaçons ce projet de loi dans un contexte plus général. L'augmentation record des meurtres violents dans notre pays ces dernières années a conduit au rétablissement de la peine de mort dans plusieurs États. Et d'autres États où elle n'était quasiment plus appliquée se sont livrés à un nombre croissant d'exécutions – ainsi, le Colorado, la Pennsylvanie ou l'Oregon… Or la loi dont nous parlons s'appuie sur l'idée que la peine de mort n'est plus la solution adaptée pour punir de dangereux meurtriers.

J. D. : Vous savez, j'ai longtemps cru en la loi du talion : « Œil pour œil, dent pour dent. » La réciprocité du crime et de la peine… La Bible ne dit-elle pas : « Si quelqu'un verse le sang de l'homme, par l'homme son sang sera versé » ?

J. R. : Vous avez d'ailleurs cité cette phrase dans la conférence de presse que vous avez donnée quelques jours après la mort de votre fille et qui a eu un gros impact sur l'opinion.

J. D. : Mais j'ai vite compris que l'exécution de criminels dénués de tout sens moral ne suffisait pas à rétablir la paix sociale et à atténuer la douleur des familles. Il nous fallait donc inventer une autre chose, et les progrès de la science nous permettent aujourd'hui cette « autre chose ». La justice restaurative existe depuis fort longtemps ; elle permet de prendre conscience des torts commis et de réparer ce qui peut l'être.

J. R. : Certes, sénateur, mais la justice restaurative dont vous parlez consiste essentiellement aujourd'hui en des rencontres entre détenus et familles de victimes. Son but

est de permettre aux prisonniers d'exprimer des regrets et d'apaiser les familles.
J. D. : Eh bien, je ne pense pas que cela soit suffisant. Je ne crois pas du tout aux excuses formulées par des criminels multi-récidivistes qui ont sauvagement assassiné des victimes innocentes. Certaines personnes sont incapables de changer, elles n'éprouveront jamais ni remords ni culpabilité. Elles se sont exclues d'elles-mêmes de la communauté humaine. Seule la loi que nous proposons permettra de punir ces criminels à la hauteur de leurs actes.
J. R. : Soyons concrets. Le cœur de votre loi pourrait se résumer ainsi : faire endurer psychologiquement aux meurtriers ce qu'ont vécu les familles de leurs victimes. Leur infliger les souffrances dont ils sont responsables. Une forme moderne de la loi du talion, en somme…
J. D. : Notre loi emploiera bien entendu d'autres termes, mais vous en traduisez l'esprit.
J. R. : Sénateur, les progrès scientifiques dont vous parliez tout à l'heure doivent beaucoup à des entreprises pharmaceutiques. Je pense en particulier au groupe Mnemos, devenu en moins de dix ans le plus gros laboratoire du pays, notamment grâce à ses découvertes sur des maladies neurodégénératives naguère incurables…
J. D. : J'entends ici et là des critiques qui laissent entendre que le PRFV profiterait économiquement à ces entreprises. Je tiens à

vous rassurer : pas un centime de l'État n'ira à ces laboratoires. La dimension scientifique et technique des choses n'est plus pour nous un problème, nous avons connu des avancées considérables dans la compréhension du fonctionnement du cerveau. Comme vous le savez, les médecins peuvent rendre temporairement la mémoire d'un homme semblable à une toile vierge, en effaçant tous ses souvenirs anciens ou récents.

J. R. : Je pense que notre public a du mal à réaliser à quoi le PRFV pourrait ressembler. Effacer la mémoire d'un patient est une chose, mais il s'agit ici de le persuader qu'il est une autre personne, avec tous les souvenirs et la palette d'émotions que cela implique.

J. D. : La science en est capable. Le condamné serait plongé artificiellement dans un « coma vigil », le stade le plus léger du coma, et on lui suggérerait ce à quoi il doit penser.

J. R. : Ce que vous décrivez ressemble beaucoup à de la suggestion hypnotique. Nous recevions le mois dernier à votre place un médecin qui nous expliquait combien l'hypnose était aujourd'hui utilisée dans les thérapies pour aider des patients ayant subi des traumatismes graves. Sauf qu'ici le procédé serait renversé : la peine du condamné s'apparenterait à une sorte de cauchemar…

J. D. : Il s'agit de beaucoup plus qu'un cauchemar, Jimmy. Il s'agit plutôt de substituer dans le cerveau humain une réalité à une autre. Le condamné serait parfaitement

incapable de distinguer le vrai du faux. Toutes les scènes auxquelles il serait soumis lui seraient dictées de l'extérieur, au cours d'un « cycle » qui ne varierait jamais.
J. R. : Et ce cycle, pour être précis, correspondrait à la pire journée qu'ait vécue un membre de la famille de la victime – celle où il a appris la mort de l'être aimé ?
J. D. : Un père, une mère, un fils… tout est envisageable. Pour autant, le condamné conserverait un certain libre arbitre, mais celui-ci ne pourrait s'exercer que dans un canevas prédéfini. Pour des raisons médicales évidentes, le condamné ne serait pas plongé en permanence dans cet état. Lors des phases d'éveil, il pourrait réfléchir aux conséquences de ses actes. C'est pourquoi je parlais de « justice restaurative ».
J. R. : Nous en arrivons à l'aspect éthique des choses. Notre dernier sondage montre que 63 % de nos concitoyens sont favorables à l'adoption de ce plan pour les meurtriers récidivistes et les tueurs d'enfants. Mais certains de vos adversaires politiques et de nombreuses associations de défense des droits de l'homme s'insurgent contre cette loi.
J. D. : Ces associations ne représentent aujourd'hui plus rien dans l'opinion publique. Quant à mes adversaires politiques, ils devraient apprendre que le principe même d'une démocratie est de se soumettre à la volonté du plus grand nombre.
J. R. : C'est oublier, sénateur, qu'une partie du monde médical s'élève aussi contre ce

qu'elle considère comme un dévoiement de la science et une torture inhumaine infligée au condamné.
(Nouveau silence.)
J. D. : Ma fille a été violée et étranglée alors qu'elle attendait un enfant. Le calvaire qu'elle a subi me semble, lui, bien plus inhumain.
J. R. : Je comprends votre émotion, sénateur. Néanmoins, pour permettre à chacun de se faire une opinion, je vous propose d'écouter l'intervention du docteur Elena McKay, chef de service de neurologie d'un grand hôpital, que nous sommes allés interroger cet après-midi.

« Ce projet de loi constitue sans doute la plus grave atteinte à la dignité humaine qu'ait jamais connue notre démocratie. Ce que le public doit comprendre, c'est que le PRFV va tout simplement rendre des individus étrangers à eux-mêmes. Ces condamnés n'auront plus de mémoire ni d'identité. Ils deviendront, dans le sens propre du terme, des "aliénés", condamnés à revivre un supplice prométhéen. Ce n'est pas la conception que je me fais de la justice. La souffrance des familles ne justifie pas tout. Le sénateur Durning explique à longueur d'interview que la science a déjà réglé tous les problèmes techniques et médicaux de sa loi, comme s'il s'agissait d'un simple détail. La vérité, c'est que nous ne savons absolument pas comment un individu pourrait réagir sur le long terme à ces expériences d'apprentis sorciers. Malgré des découvertes récentes, notre cerveau demeure une *terra incognita*. On ne pourra pas faire subir une pareille torture à un cerveau humain sans provoquer de terribles séquelles psychiques et physiques. Si cette loi était votée, nous deviendrions bien pires et inhumains que les criminels que nous sommes censés punir. »

J. R. : Une réaction, sénateur ?
J. D. : J'ai déjà entendu des dizaines de fois ces arguments pétris de grands principes moraux. En tant que représentant du peuple, vous comprendrez que ma compassion aille avant tout aux victimes et à leurs proches.
J. R. : Sénateur, Victor Sipowicz, l'homme qui a assassiné votre fille, a été condamné à la peine capitale pour l'assassinat de huit femmes, même si la police l'a toujours soupçonné d'être responsable d'autres meurtres non résolus. Il attend depuis presque neuf ans dans le couloir de la mort. Comprenez-vous que certains vous reprochent de vouloir avant tout accomplir une vengeance personnelle ?
J. D. : J'agis pour l'intérêt de mon pays, Jimmy.
J. R. : Pourtant, dans le livre que vous avez publié il y a quelques années, vous rapportez la dernière conversation que vous avez eue avec votre gendre. Voici les paroles que vous lui aviez adressées : « Quand on est mort, tout s'arrête : on ne ressent plus rien, on ne souffre plus. Or je veux que cet homme

souffre comme il me fait souffrir. Je rêve d'une vengeance qui n'aurait pas de fin. »
J. D. : J'ai effectivement prononcé ces paroles. Mais aujourd'hui je n'agis plus en tant que père de Claire Chapman. Je suis là pour porter la voix de tous ceux qui, dans ce pays, attendent une juste réparation aux souffrances qu'ils ont vécues.
J. R. : Une dernière question, sénateur. Si votre loi est adoptée et que Victor Sipowicz n'est pas exécuté d'ici là, il pourrait, selon les critères retenus, faire partie des condamnés concernés par le PRFV. Souhaiteriez-vous qu'il vive ce que vous avez vécu le jour de la mort de votre fille ?
J. D. : Non.
J. R. : Non ? Vous me surprenez…
(Silence.)
J. D. : Je crois qu'il mériterait de devenir l'espace d'une journée Adam Chapman, mon gendre. Qu'il subisse les heures de torture psychologique qu'il a connues depuis le moment où il a su que sa femme, qui portait son enfant, était morte jusqu'à celui où il a mis fin à ses jours, seul et désespéré, dans le grenier de sa maison…

6

Il se sentait porté par une vague qui enflait sous l'effet d'une attraction invisible. L'impression de flotter, sans plus éprouver le poids de son propre corps.

La grande tache noire qui avait obscurci son champ de vision avait laissé place à une douce lumière diffuse. Aucun repère autour de lui auquel se raccrocher. Aucun élément tangible qui aurait pu expliquer ce qui lui arrivait. Puis, sans prévenir, la vague décrut, lui donnant la sensation de tomber du haut d'un immeuble de plusieurs étages.

Il ouvrit les paupières. Une lumière aveuglante monta en vrille dans son cerveau. Il plissa les yeux, essaya de les ouvrir à nouveau. Tout était flou. Il mit plusieurs secondes à identifier son nouvel environnement. Une pièce blanche sans fenêtres. Des tuiles à plafond au-dessus de sa tête. Il était allongé sur un lit.

Debout à ses côtés, il reconnut le docteur Childress. Elle était accompagnée d'une jeune femme qui portait une blouse d'infirmière.

Il était à l'hôpital. Il s'était évanoui dans le bureau de Childress. Il avait dû faire un malaise cardiaque ou quelque chose dans ce genre, il n'y avait pas d'autre explication.

– Nous sommes heureux de vous retrouver, dit le docteur. Nous avons eu très peur. Nous avons vraiment cru vous perdre.

– Qu'est-ce qui… ?

Il ne put achever sa question. Sa bouche était pâteuse. Sa mâchoire le faisait souffrir atrocement. Il voulut porter une main à son visage mais elle ne répondit pas à l'appel de son cerveau. Il était paralysé. Son attaque avait dû le priver de l'usage de ses membres. C'est du moins ce qu'il crut jusqu'à ce qu'il ramène sa tête vers sa poitrine et découvre que ses mains étaient attachées aux barreaux du lit par des menottes. Il les agita, impuissant. Il aurait voulu se débattre, hurler, mais il n'en avait pas la force. Son corps ne parvenait pas à émerger de sa léthargie.

– Qu'est-ce qui m'arrive ? réussit-il finalement à articuler.

– Ne vous inquiétez pas, les réveils sont toujours douloureux. Les souvenirs vont lentement vous revenir.

Les souvenirs… Tout se mélangeait en lui. Un kaléidoscope d'images et de pensées qui, mises côte à côte, n'avaient aucun sens. Il n'arrivait pas à retracer le fil de son histoire. Son cerveau était rempli d'événements disparates qui ne semblaient pas suivre la moindre chronologie. Il secoua la tête frénétiquement.

– Tout ce qui s'est passé n'était pas la réalité, dit-il péniblement. Claire n'est pas morte, n'est-ce pas ? Où est-elle ?

Les deux femmes échangèrent un regard énigmatique. Childress s'empara d'un gobelet d'eau muni d'une paille, posé à côté du lit sur un plateau métallique.

– Buvez, vous en avez besoin. Vous êtes déshydraté.

– Où est ma femme, docteur ?

– Claire n'est pas votre femme, Victor.

– Pourquoi m'appelez-vous Victor ?

Elle détourna le regard tout en approchant la paille de sa bouche.

– Claire Chapman est l'une des nombreuses femmes que vous avez agressées et tuées.

Il écarta ses lèvres de la paille et leva les yeux vers le plafond. Chacune des dalles qui le constituait aurait pu être l'un des multiples compartiments qui divisaient son esprit et l'empêchaient d'avoir une vision d'ensemble de la situation.

– De quoi… de quoi est-ce que vous parlez ?

– Pensez à Claire… Que voyez-vous ?

Il n'eut pas d'effort particulier à faire. Quelque chose se débloqua dans sa tête.

Un musée. Une femme dont il ne connaît pas encore le nom se tient debout devant une toile représentant un pont noyé dans la végétation. Il s'approche, se poste à ses côtés et entame la conversation. La jeune femme semble gênée. Elle doit le prendre pour un fou ou un pervers. Mais lui sait déjà qu'ils se reverront. Il sait que le destin a décidé de cette rencontre. Que cette femme va changer son existence.

Il continua de fixer les dalles au plafond. Ce souvenir lui apporta un bref réconfort, bientôt chassé par un autre plus récent.

Une plage. Le soleil. La mer Méditerranée… Claire et lui se chamaillent dans l'eau comme deux adolescents amoureux pour la première fois. Claire a ôté son maillot à la suite d'un pari stupide et court à toute vitesse, nue sur le sable, pour regagner sa serviette.

– … et elle a crié : « Je l'ai fait ! Je l'ai fait ! »

Dès qu'il quitta le plafond des yeux, le souvenir s'effaça. C'est à ce moment qu'il réalisa qu'il n'était pas seulement en train de penser, mais qu'il venait de formuler à voix haute tout ce qui lui était passé par l'esprit.

– Les choses ne se sont pas déroulées ainsi, Victor. Vous avez effectivement croisé Claire Chapman dans ce musée mais vous ne lui avez jamais parlé. Vous l'avez suivie et avez décidé qu'elle deviendrait votre proie. Comme vous l'avez fait pour toutes vos victimes. Et vous n'êtes jamais allé au bord de la Méditerranée, vous n'avez même jamais quitté ce pays. Vous avez espionné Adam et Claire un jour où ils se baignaient dans le lac, là où vous l'avez plus tard assassinée. Vous avez même pris des photos, ce jour-là. Vous avez tout raconté lors de votre procès…

Childress lui donnait l'impression de s'adresser à quelqu'un d'autre, un mystérieux individu qui se serait caché dans la pièce.

– Quel procès ?

– Vous avez été condamné pour l'assassinat de huit femmes. Une condamnation à la peine capitale qui n'a jamais été exécutée. Vous souvenez-vous du PRFV ?

– Vous avez tout avoué dans votre bureau, docteur. Vous m'avez effacé la mémoire pour que j'oublie la mort de ma femme…

– Non, nous l'avons fait pour que vous oubliiez qui vous êtes réellement, Victor. Vous étiez volontaire. Vous avez choisi en toute connaissance de cause de vous soumettre à ce plan pour échapper à l'injection létale.

Il ferma les yeux et vit à nouveau Claire sur la plage. Mais, cette fois, elle s'éloignait de lui en courant sur le sable. Ils s'étaient disputés pour une raison quelconque. Il l'avait rejointe à grand-peine, avait cherché sa main, qui s'était dérobée… Pourquoi était-elle en colère ?

L'image devint soudain plus précise. Claire ne s'éloignait pas seulement de lui. Et elle n'était pas en colère.

Elle le fuyait, terrifiée. Un mur venait de se fissurer dans sa tête et ce qu'il commençait à voir à travers la faille le terrifiait lui aussi. Claire avait réussi à gagner le bois. Il l'avait rattrapée, l'avait tirée de toutes ses forces vers la plage et l'avait projetée au sol. Son corps s'était écrasé sur le sable dans un bruit sourd. Ensuite, il s'était jeté sur elle et l'avait frappée pour l'immobiliser. À cette pensée, il sentit une pulsion destructrice jaillir en lui. Il cessa de respirer.

Les yeux de Claire exorbités. Sa bouche grande ouverte. Ses bras et ses jambes qui s'agitaient dans tous les sens pour s'arracher à son emprise. Ce n'était plus de l'horreur qu'il éprouvait à ce souvenir, mais un puissant sentiment d'euphorie, une jouissance totale, contre lesquels il essayait vainement de lutter.

– Je n'ai pas pu faire ça, je suis incapable d'une telle monstruosité…

Déjà, les traits de Claire se faisaient moins nets dans son esprit, se diluant comme de l'encre dans de l'eau. D'autres visages émergèrent alors de sa mémoire. Des visages de femmes qui lui étaient étrangement familiers et qui tous exprimaient le même sentiment de terreur. Une terreur dont il était la seule et unique cause.

– Zoe, Claire, Olivia, Shirley, Abril, et bien d'autres encore… énonça Childress. Vous les avez toutes violées et tuées, Victor.

– Cessez de m'appeler Victor ! Je m'appelle Adam Chapman, j'ai 41 ans et je suis architecte !

– Non. Vous vous appelez Victor Sipowicz. Et vous avez commis tous ces meurtres il y a plus de dix ans.

– Dix ans ? Non, nous sommes en 2019… Claire est morte il y a deux semaines.

– Je vous l'ai dit : les choses vont lentement vous revenir. Il faut un certain temps après chaque cycle pour que le patient retrouve son identité et ses propres souvenirs.

– Non, non !… hurla-t-il.

Pris d'un accès de frénésie, il commença à agiter les bras et à se tortiller comme un forcené. Les deux femmes s'écartèrent du lit.

– Ne vous agitez pas comme ça ! Ne nous obligez pas à vous administrer un calmant.

– Je ne les ai pas tuées ! Vous continuez à me manipuler, comme vous le faites depuis le début !

– Réfléchissez, Victor, et soyez honnête envers vous-même. Vous n'avez aucun souvenir de Claire en dehors de ces quelques scènes que vous avez imaginées à partir de la surveillance que vous avez exercée sur elle. Aucun. Pour la simple et bonne raison qu'elle n'a jamais été votre femme.

Les paroles de Childress s'enfonçaient en lui comme autant de coups de poignard. Il fouilla sa mémoire, mais elle était désespérément vide. Il était incapable de se remémorer le quotidien de ses huit ans de vie commune avec Claire. Tout comme il était incapable de se rappeler quand il était né, où il avait grandi et vécu, dans quelles écoles il avait étudié, ou qui étaient ses propres parents. Il était une ombre, un fantôme, un homme de nulle part.

Alors qu'il se formulait ces questions, son mur mental s'écroula. Il vit alors, comme en équilibre au bord d'un gouffre, un abîme de violence et de noirceur.

– Je ne suis plus ce monstre, j'ai changé. Je ne suis plus cet homme ! cria-t-il. Je suis Adam Chapman !

Childress lui jeta un dernier regard.

– Et vous allez continuer à l'être. Car c'est la peine à laquelle on vous a condamné…

7

Notes du Dr Anabella Childress,
médecin en chef du centre pénitentiaire
de Shankshaw

Entré en application il y a un an, le Plan de Réparation des Familles de Victimes a globalement atteint les objectifs qu'on lui avait fixés. Il apparaît néanmoins, au vu des dysfonctionnements récents survenus dans l'exécution de la peine de Victor Sipowicz, que certains condamnés sont capables de résister aux « cycles » et de mobiliser au cours des séances des souvenirs antérogrades et rétrogrades susceptibles de les compromettre.

Pour être efficaces, les cycles ne peuvent dépasser une durée comprise entre une heure et une heure et demie, mais ce laps de temps est vécu par le condamné, plongé dans une torpeur profonde, comme l'équivalent d'une journée complète. Nous n'avions pas prévu que le cerveau d'un « patient » puisse conserver des traces d'un cycle précédent. Ces réminiscences provoquent une activité cérébrale anormale ainsi qu'une augmentation dangereuse du rythme cardiaque. Le cerveau du condamné, conscient d'avoir déjà vécu un cycle, tente d'en modifier le déroulement par tous les moyens et de recouvrer un total libre arbitre.

Au cours du cycle le plus problématique, l'état de Sipowicz s'est si brutalement dégradé que nous avons dû interrompre la procédure de suggestion, sans pouvoir pour autant écourter la phase de coma établie par le protocole. À son réveil, Victor Sipowicz a dû être hospitalisé durant une semaine en raison de son état de choc et de l'affaiblissement général de son organisme. J'ai par la suite pu l'interroger à trois reprises. D'abord mutique, il a accepté peu à peu de se confier à moi (voir annexes : retranscriptions de séances).

Lors de la séance qui a gravement dysfonctionné, Victor Sipowicz avait gardé intact en mémoire le précédent cycle, ce qui a créé chez lui l'impression d'être prisonnier d'une boucle temporelle. D'après son témoignage, il connaissait déjà le déroulement de la « journée type » et savait que Claire Chapman allait être assassinée. Au moment où nous avons interrompu la procédure de suggestion, son cerveau a divagué et élaboré une version alternative dans laquelle il aurait réussi à sauver sa supposée épouse.

L'identification de Sipowicz à Adam Chapman a été si puissante qu'il est même parvenu à intégrer à sa divagation des souvenirs fragmentaires liés à ses assassinats. Il a par exemple introduit dans son histoire le souvenir d'une de ses victimes, Zoe Sparks, dont l'existence lui aurait été dévoilée par l'inspecteur de police Andy Miller, qui a procédé à son interrogatoire il y a dix ans, juste après son arrestation.

Toujours d'après les dires du condamné, la journée qu'il a vécue (l'« autre jour », comme il l'a plusieurs fois nommée) s'est apparentée à une sorte d'enquête au cours de laquelle il aurait cherché à découvrir la vérité sur la mort de sa femme et sur lui-même. Il aurait été aidé dans ses investigations par un mystérieux ami du nom de Carl Terry. Après vérification, nous avons découvert que cet individu existait et qu'il avait été l'un des proches amis d'adolescence de Sipowicz. Carl Terry a été retrouvé mort en 2009, poignardé dans son appartement. L'enquête avait conclu à l'époque à un cambriolage qui aurait mal tourné ou à un règlement de comptes. Sipowicz n'a jamais été inquiété pour ce meurtre, même si l'affaire a été évoquée à plusieurs reprises au cours de son procès et que de lourds soupçons pèsent sur lui.

Sipowicz m'a également confié qu'il m'avait vue apparaître dans son délire sous les traits d'une psychothérapeute responsable d'un vaste complot destiné à le faire passer pour fou. C'est mon double qui aurait fini par lui révéler l'existence du PRFV juste avant que nous le réanimions.

Les anomalies survenues dans le cycle ont montré une capacité étonnante de son cerveau à transformer de sordides souvenirs réels en des souvenirs moralement acceptables. Incapable d'affronter l'horreur de ses actes et de sa propre nature, Sipowicz a élaboré un récit remarquablement cohérent et présentant toutes les caractéristiques du processus de déni ou de refoulement qu'on peut rencontrer dans certains deuils. Au cours de ce cycle problématique, deux identités cohabitaient dans le même esprit : celle de Sipowicz et celle de Chapman, le premier prenant progressivement l'ascendant sur le second, comme le montre dans son récit une nette tendance au délire paranoïaque.

Ces dysfonctionnements, quoique réels, ne sont pas à mes yeux suffisamment significatifs pour remettre en cause le Plan de Réparation des Familles de Victimes. Ils ne sont apparus qu'une seule fois et chez un unique individu. À titre de comparaison, les échecs récurrents d'exécution par injection létale n'ont jamais remis en cause dans notre pays le principe même de la peine capitale.

Nous préconisons que les cycles soient davantage espacés dans le temps, mais uniquement pour les condamnés qui y auraient développé une résistance par le passé. Nous réfléchissons également à la possibilité d'écourter la durée des cycles et de simplifier le déroulement des « journées types », pour éviter au cerveau du condamné une surcharge cognitive susceptible de le mettre en danger.

ÉPILOGUE

« La vie n'est pas ce que l'on a vécu,
mais ce dont on se souvient […]. »

Gabriel García Márquez,
Vivre pour la raconter

Le cycle

Vêtu d'une simple blouse blanche, Victor Sipowicz était étendu sur un lit médicalisé. Un masque à oxygène recouvrait son visage pour l'aider à respirer après l'injection de substances sédatives qui l'avaient plongé artificiellement dans le coma. Un casque à électroencéphalogramme équipé de huit électrodes polymères recouvrait son crâne. Celles-ci permettaient de surveiller et de mesurer à distance son activité cérébrale durant toute la procédure.

Dans la pièce régnait un parfait silence, qui d'ici quelques secondes serait brisé par la voix préenregistrée. Une voix d'homme, monocorde, diffusée pendant plus d'une heure par deux haut-parleurs intégrés au-dessus du lit. La voix qui suggérait au condamné la journée qu'il devrait revivre. Encore et encore… Une journée type dont le scénario avait été élaboré à partir des souvenirs et des témoignages des familles des victimes.

Une musique retentit. Quelques mesures du *Concerto pour clarinette en* la *majeur* de Mozart destinées à apaiser le patient et à vérifier sa réactivité aux sons extérieurs. Au bout de deux minutes, violons et instruments à vent allèrent *decrescendo* pour laisser place à la voix :

Tu t'appelles Adam Chapman, tu as 41 ans et tu es architecte. Tu es marié depuis huit ans à Claire, la femme que tu aimes, la seule femme que tu aies jamais aimée.

Tu as su dès le premier jour qu'elle était celle avec qui tu passerais le reste de ton existence. Un être comme même le plus chanceux des hommes n'en rencontre qu'un dans sa vie.

Nous sommes le samedi 8 juin 2019. Il est cinq heures et demie du matin. Pour le moment, tu dors. Tu ne le sais pas encore, mais cette journée sera la pire de toute ton existence. L'univers confortable et rassurant que tu t'es construit au fil des ans va s'effondrer comme un château de cartes. Après cette journée, rien ne sera plus comme avant.

En quelques secondes, tu vas tout perdre. En quelques secondes, tu deviendras une ombre, un être vide et sans avenir. Car Claire va croiser la route d'un homme qu'elle ne méritait pas de rencontrer. Un homme que personne sur cette terre ne mérite de rencontrer.

Tu es prêt, Adam ?

Réveille-toi.

*

Assis derrière un écran d'ordinateur, l'infirmier observait Victor Sipowicz à travers un mur vitré. La procédure avait débuté quelques minutes auparavant.

La porte de la petite pièce s'ouvrit. Un gobelet de café en main, Anabella Childress entra et rejoignit l'infirmier.

– Bonjour, docteur.

Childress observa l'électroencéphalogramme sur l'écran.

– Des problèmes à signaler ?

– Aucun. Le tracé est normal et les constantes cardio-circulatoires sont stables. Je crois que nous n'aurons plus de souci cette fois. Il est encore chez lui, dans sa chambre. Il croit que sa femme est en sécurité chez ses beaux-parents.

– « Sa femme » ! répéta Childress d'un ton ironique.

– Je veux dire... Mme Chapman.

L'infirmier détourna le regard de l'écran.

– Qu'est-ce que vous croyez qu'il éprouve vraiment ? reprit-il. Est-ce que ce qu'il vit est aussi terrible que ce qu'on raconte ?

Childress fronça les sourcils.

– Je crois que c'est bien pire encore. Vous savez, 80 % des condamnés à mort ont préféré se soumettre au PRFV plutôt que d'être exécutés. Mais s'ils avaient vraiment su ce qu'on leur réservait, je crois qu'ils auraient attendu avec soulagement le jour de leur exécution.

– Dire que ce type a tué huit femmes...

– Je suis persuadée qu'il en a tué bien plus, mais nous ne saurons jamais précisément combien.

Childress marqua une pause. En sourdine, derrière la vitre, on entendait la voix qui narrait la dernière journée d'Adam Chapman.

– Le sénateur Durning avait raison, dit-elle. « Quand on est mort, tout s'arrête... »

– « ... on ne ressent plus rien, on ne souffre plus », compléta l'infirmier. Ce sont ses mots, n'est-ce pas ? La scène de la morgue... j'ai fini par la connaître par cœur à force d'entendre cette voix.

Anabella Childress contempla le condamné, dont la poitrine se soulevait doucement à chaque respiration.

– Cet homme… il semble si banal et inoffensif. Qui pourrait imaginer à le voir ce qu'il a fait à ces femmes ? L'être humain est un abîme…

– Pardon ? demanda l'infirmier.

– Rien, je pensais à voix haute.

– Vous savez, je n'ai évidemment connu ni Claire ni Adam, mais chaque fois que j'entends cette voix je me sens bouleversé. Ce qui leur est arrivé est vraiment terrible. Je ne sais pas ce que je ferais si ma femme disparaissait de cette manière… C'est triste qu'Adam Chapman se soit suicidé.

– Ça ne l'est peut-être pas tant que ça.

– Que voulez-vous dire ?

Childress lui adressa un sourire triste.

– « Quand on est mort, tout s'arrête. » Je crois que c'est à cela que pensait Adam quand il a choisi de se suicider. Parce qu'il savait, au fond de lui, qu'il ne serait pas capable de supporter une telle souffrance chaque jour du reste de sa vie…

RÉALISATION : NORD COMPO À VILLENEUVE-D'ASCQ
IMPRESSION : CPI FRANCE
DÉPÔT LÉGAL : OCTOBRE 2020. N° 143471 (3039634)
IMPRIMÉ EN FRANCE

Éditions Points

DERNIERS TITRES PARUS

P5216. Le Sang noir des hommes, *Julien Suaudeau*
P5217. À l'ombre de l'eau, *Maïko Kato*
P5218. Vik, *Ragnar Jónasson*
P5220. Le Dernier Thriller norvégien, *Luc Chomarat*
P5222. Steak machine, *Geoffrey Le Guilcher*
P5223. La paix est possible. Elle commence par vous
Prem Rawat
P5224. Petit Traité de bienveillance envers soi-même
Serge Marquis
P5226. Histoire de ma vie, *Henry Darger*
P5227. Hors-bord, *Renata Adler*
P5228. N'oublie pas de te souvenir, *Jean Contrucci*
P5229. Mur méditerranée, *Louis-Philippe Dalembert*
P5230. La Débâcle, *Romain Slocombe*
P5231. À crier dans les ruines, *Alexandra Koszelyk*
P5233. Nuit d'épine, *Christiane Taubira*
P5234. Les Fillettes, *Clarisse Gorokhoff*
P5235. Le Télégraphiste de Chopin, *Eric Faye*
P5236. La Terre invisible, *Hubert Mingarelli*
P5237. Une vue exceptionnelle, *Jean Mattern*
P5238. Louvre, *Josselin Guillois*
P5239. Les Petits de décembre, *Kaouther Adimi*
P5240. Les Yeux rouges, *Myriam Leroy*
P5241. Dévorer le ciel, *Paolo Giordano*
P5242. Amazonia, *Patrick Deville*
P5243. La Grande à Bouche molle, *Philippe Jaenada*
P5244. L'Heure d'été, *Prune Antoine*
P5245. Pourquoi je déteste l'économie, *Robert Benchley*
P5246. Cora dans la spirale, *Vincent Message*
P5247. La Danse du roi, *Mohammed Dib*
P5210. Maudits Mots. La fabrique des insultes racistes
Marie Treps
P5248. Il était une fois dans l'Est, *Arpád Soltész*
P5249. La Tentation du pardon, *Donna Leon*
P5250. Ah, les braves gens !, *Franz Bartelt*
P5251. Crois-le !, *Patrice Guirao*
P5252. Lyao-Ly, *Patrice Guirao*
P5253. À sang perdu, *Rae DelBianco*
P5254. Mémoires vives, *Edward Snowden*
P5255. La Plus Belle Histoire de l'intelligence
Stanislas Dehaene, Yann Le Cun, Jacques Girardon

P5256. J'ai oublié, *Bulle Ogier, Anne Diatkine*
P5257. Endurance. L'incroyable voyage de Shackleton *Alfred Lansing*
P5258. Le Cheval des Sforza, *Marco Malvaldi*
P5259. La Purge, *Arthur Nesnidal*
P5260. Eva, *Arturo Pérez-Reverte*
P5261. Alex Verus. Destinée, tome 1, *Benedict Jacka*
P5262. Alex Verus. Malediction, tome 2, *Benedict Jacka*
P5263. Alex Verus. Persécution, tome 3, *Benedict Jacka*
P5264. Neptune Avenue, *Bernard Comment*
P5265. Dernière Sommation, *David Dufresne*
P5266. Dans la maison de la liberté, *David Grossman*
P5267. Le Roman de Bolaño, *Gilles Marchand, Eric Bonnargent*
P5268. La Plus Précieuse des marchandises. Un conte *Jean-Claude Grumberg*
P5269. L'avenir de la planète commence dans notre assiette *Jonathan Safran Foer*
P5270. Le Maître des poupées, *Joyce Carol Oates*
P5271. Un livre de martyrs américains, *Joyce Carol Oates*
P5272. Passe-moi le champagne, j'ai un chat dans la gorge *Loïc Prigent*
P5273. Invasion, *Luke Rhinehart*
P5274. L'Extase du selfie. Et autres gestes qui nous disent *Philippe Delerm*
P5275. Archives des enfants perdus, *Valeria Luiselli*
P5276. Ida, *Hélène Bessette*
P5277. Une vie violente, *Pier Paolo Pasolini*
P5278. À cinq ans, je suis devenue terre-à-terre, *Jeanne Cherhal*
P5279. Encore plus de bonbons sur la langue. Le français n'a jamais fini de vous surprendre !, *Muriel Gilbert*
P5280. L'Ivre de mots, *Stéphane de Groodt*
P5281. The Flame, *Leonard Cohen*
P5282. L'Artiste, *Antonin Varenne*
P5283. Les Roses de la nuit, *Arnaldur Indridason*
P5284. Le Diable et Sherlock Holmes, *David Grann*
P5285. Coups de vieux, *Dominique Forma*
P5286. L'Offrande grecque, *Philip Kerr*
P5287. Régression, *Fabrice Papillon*
P5288. Un autre jour, *Valentin Musso*
P5289. La Fabrique du crétin digital, *Michel Desmurget*
P5290. Le Grand Manipulateur. Les réseaux secrets de Macron *Marc Endeweld*
P5291. Vieillir ensemble. Un tour du monde des solutions qui rapprochent les générations, *Julia Chourri, Clément Boxefeld*
P5292. La vie est une célébration, *Mata Amritanandamayi*
P5293. Les Plus Beaux Contes zen, *Henri Brunel*